KNAUR

Über die Autorin:
Stefania Bertola wurde 1952 in Turin geboren. Sie arbeitet unter anderem als Übersetzerin, Regisseurin und Rundfunkredakteurin. Bekannt wurde sie in Italien aber vor allem durch die Veröffentlichung mehrerer Liebes- und Frauenromane mit viel Sinn für Situationskomik.

Stefania Bertola

Tante Giulietta tanzt

Roman

Übersetzt von
Gabriela Schönberger

KNAUR

Die Originalausgabe erschien 2020 unter dem Titel
»Via delle Magnolie 11« bei Einaudi.

Besuchen Sie uns im Internet:
www.knaur.de

Aus Verantwortung für die Umwelt hat sich die Verlagsgruppe Droemer Knaur zu einer nachhaltigen Buchproduktion verpflichtet. Der bewusste Umgang mit unseren Ressourcen, der Schutz unseres Klimas und der Natur gehören zu unseren obersten Unternehmenszielen. Gemeinsam mit unseren Partnern und Lieferanten setzen wir uns für eine klimaneutrale Buchproduktion ein, die den Erwerb von Klimazertifikaten zur Kompensation des CO_2-Ausstoßes einschließt. Weitere Informationen finden Sie unter: www.klimaneutralerverlag.de

FSC www.fsc.org MIX Papier aus verantwortungsvollen Quellen FSC® C014496

Deutsche Erstausgabe Juni 2022
Knaur Taschenbuch
Ein Imprint der Verlagsgruppe
Droemer Knaur GmbH & Co. KG, München

Covergestaltung: buxdesign I Lisa Höfner
Coverabbildung: Collage von Lisa Höfner, buxdesign unter Verwendung von Motiven von Getty Images / Emma Fitzgerald-Lombard / EyeEm und Mark Owen / Arcangel
Satz: Daniela Schulz, Gilching
Druck und Bindung: GGP Media GmbH, Pößneck
ISBN 978-3-426-52828-0

2 4 5 3 1

Folge eins

Da ist sie. Die Dritte in der Schlange.
Stella Marina an der vierten Kasse des Coop-Marktes in der Via Gemelli del Gol nimmt innerlich Haltung an. Es ist nicht das erste Mal, dass Ludovica Roberti hier einkauft, und auch nicht das erste Mal, dass sie an der Kasse von Stella Marina landet. Vorausgesetzt, es ist Zufall und es steckt nicht die Absicht dahinter, ihr unter die Nase zu reiben, dass sie Lorenzos Verlobte ist. Rivabella ist eine kleine Stadt und dieser Coop der einzige. Aber Kassen gibt es sechs, und mit etwas gutem Willen könnte man die ihre meiden.

Jetzt trennt sie nur noch ein Kunde von Ludovica, und Stella Marina muss sich sehr zusammenreißen, um so zu tun, als sähe sie sie nicht, bis sie direkt vor ihr steht. Wie hypnotisiert fixiert sie den alten Mann, der zwei Kartons Tafelwein, eine Packung Stracchino und ein Netz Kartoffeln auf das Band legt. Der Alte lächelt sie unsicher an. Kann doch wohl nicht wahr sein, denkt er, dass dieses hübsche Mädchen, das noch keine dreißig Jahre alt ist, mich mit solcher Inbrunst anstarrt. Bestimmt spielt ihm sein hoher Blutdruck einen Streich. Die schöne Kassiererin folgt ihm mit ihrem Blick wie eine Katze einer Eidechse, und erst als der klapprige Rentner, ein ehemaliger Busfahrer, bezahlt, seine Einkäufe in der Tüte verstaut und sich von der Kasse entfernt hat, zieht Stella Marina es vorsichtig in Betracht, sich der Existenz der nächsten Kundin bewusst zu werden. Und das auch nur mit einem Ausdruck größter Verwunderung: Na so etwas, da ist ja noch jemand …

»*Ciao!* Wie geht's?«, trällert Ludovica, wie immer mit zehn Ausrufezeichen in der Stimme.

»Gut, danke. Und dir?«

Ludovica lädt eine Reihe äußerst irritierender Artikel auf das Band: eine Flasche Ferrari Brut, eine Packung Krebsschwänze, Brie, Speck, tiefgekühlten Blätterteig, eine Tube Veet-Enthaarungscreme für die Bikinizone, einen Deodorantstift. Vorbereitungen für einen romantischen Abend zu zweit?

Noch im selben Moment gibt Ludovica eine Antwort auf die unausgesprochene Frage.

»Heute Abend gibt's Blätterteigröllchen mit Speck und Brie und danach Risotto mit Krebsschwänzen. Wir haben zwar nichts Besonderes zu feiern, aber du weißt ja … dann muss man solche speziellen Anlässe eben selbst kreieren.«

Stella Marina lächelt stumm.

»Also dann, *ciao,* vielleicht sehen wir uns später noch … Alvise und Giulietta kommen zum Apéro. Wenn du Lust hast, schau doch auch vorbei.«

»Danke, aber ich bin mit Freunden verabredet.«

Ludovica hebt eine Augenbraue, zahlt und geht.

Stella Marina verharrt einen Moment wie in Trance, bis die nächste Kundin sie sanft aus ihrer Umnachtung holt.

»Würde es Ihnen eventuell etwas ausmachen, meinen Einkauf in die Kasse zu tippen, bevor der Laden hier schließt?«

In exakt demselben Moment, in der Kleinstadt Bridgeton, New Jersey, schüttelt Antonia Capece, geborene Ballarin, auf das Heftigste den Kopf in Richtung ihrer Tochter Nancy. Die Augenbrauen gerunzelt und abwehrend mit beiden Händen fuchtelnd, versucht sie deutlich zu machen, dass sie die Sache vollkommen anders sieht.

»Aber wieso ein Hotel oder ein Bed and Breakfast? Wir haben doch die Wohnung in Rivabella!«

Nancy durchfuhr es wie ein Blitz. »Die Wohnung in Rivabella! Existiert die überhaupt noch?«

Antonias Stiernacken bebt bejahend.

»Ich hab sie nie verkauft und auch nicht vermietet. Laut dem Sohn meines Cousins hätte man viel zu viel reinstecken müssen. Also, wenn sie für Jeremy gut genug ist … dafür ist sie schließlich da.«

Beider Blicke wenden sich Jeremy zu, der fröhlich lächelnd erwidert: »Klar gebe ich mich damit zufrieden. Solange es annähernd fließend Wasser dort gibt?«

Stella Marina hat ihre Schicht beendet und nimmt ihr Fahrrad vom Ständer. In flottem Tempo radelt sie durch die begrünten Straßen von Rivabella und überquert die Piazza mit dem Park, ohne die nähere Umgebung des »Pink Flamingo« auch nur eines Blickes zu würdigen. Dort läuten sie gerade die Happy Hour ein. Ihr schlägt keine einzige glückliche Stunde mehr, seit Lorenzo in den zweiten Stock der Via delle Magnolie Nummer 11 gezogen ist. Das heißt, in den ersten Tagen, als der neue Mieter sie bei jeder Begegnung auf der Treppe mit einem gewissen Blick voller Intensität bedachte, auf den sie mit einem noch intensiveren Wummern ihres Herzes reagierte, da konnte sie noch einigermaßen von Glück reden. Doch eines Abends, eines schrecklichen Abends vor ein paar Wochen, war er, der Ingenieur Lorenzo Bonvicini, in Begleitung einer Brünetten mit kurzen Haaren am Tor erschienen, gerade als Stella Marina ihr Fahrrad an die Buche lehnte. Und dann hatte er ihr die Dame auch noch vorgestellt, der unsensible Klotz.

»*Ciao,* Stella Marina. Wie geht's? Das ist Ludovica, meine Freundin. Ludo, das ist Stella Marina, die Tochter meines Vermieters.«

»Tatsächlich? Du heißt wirklich Stella Marina?«

In dem Moment war ihr das Fahrrad aus der Hand gerutscht und direkt auf den linken Fuß geknallt. Der heftige Schmerz hatte es ihr zum Glück erspart, eine Antwort geben zu müssen. Lorenzo hatte das Fahrrad aufgehoben, und nach einer Reihe konfuser Dankeslaute ihrerseits waren sie ins Haus gegangen und hatten dort getrennt ihren Weg fortgesetzt. Die beiden zu Fuß in den zweiten Stock. Sie im Aufzug in den vierten.

Normalerweise nahm Stella Marina den Aufstieg immer voller Elan in Angriff, doch an jenem Abend hätte sie mit diesem unglückseligen Paar nicht einmal eine Treppenstufe gemeinsam beschreiten wollen.

An diesem Abend hingegen eilte sie rasch die Stufen hinauf, spannte bei jedem Schritt vorbildlich die Bauchmuskeln an, doch gerade als sie schwungvoll in den dritten Stock einbiegen will, geht die Tür auf, ihre Cousine erscheint und streckt gebieterisch einen Finger in die Höhe.

»Komm einen Moment rein, ich muss mit dir reden.«

»Claudia, geht das auch morgen? Ich bin hundemüde und würde vor dem Essen gern noch duschen.«

»Vergiss die Dusche, Stemarì! Die Familie ist in Gefahr!«

Folge zwei

Maddalena checkt noch einmal ihren Instagram-Account. Nichts. Noch immer nicht mehr als fünfhunderteinundvierzig Follower. Was für ein Elend. Ihre Karriere als Influencerin will einfach nicht anlaufen. Dabei sind diese selbst gehäkelten Babysöckchen in Regenbogenfarben, die ich gestern gepostet habe, doch megamäßig, denkt sie. Wenn die nicht Trendsetter werden bei den Mädels jenseits der achtzig …

Wie ist es möglich, dass sich keine Sponsoren bei ihr melden?

Noch immer fixiert sie ungläubig besagte wunderbare Babysöckchen, als sie hört, wie die Wohnungstür zufällt und vom Eingang her eine Art heftiges Flüstern an ihr Ohr dringt.

»Claudiaaaaa! Wer ist das?«

»Schrei doch nicht so, Nonna! Das ist Stella Marina.«

»Hat sie die Lakritzbonbons dabei?«

Stella Marina tritt in den Türrahmen zum Wohnzimmer.

»Nein, Nonna, heute keine Lakritzbonbons. Aber ein Mandeltörtchen habe ich noch in der Tasche, wenn du willst.«

»Spinnst du!«, keift Großmutter Maddalena. »Das ist doch purer Zucker! Ich hab schließlich Diabetes!«

»Das stimmt nicht, du hast keinen Diabetes, und außerdem sind die Lakritze auch Zucker pur. Und jetzt entschuldige mich, Stemarì und ich haben was zu besprechen.«

Claudia zerrt Stella Marina in die Küche und schließt die Tür.

»Erinnerst du dich an Cousine Antonia aus New Jersey?«

»Wer?«

»Cousine Antonia, die Tochter von Großtante Rosaura.«

»Hör mal, Claudia. Ich bin müde und deprimiert. Ich will nichts weiter als duschen und den Mond anheulen, sobald er aufgeht. Ich habe keine Lust auf unsere Familiengeschichte, nicht jetzt.«

Stella Marina schickt sich an, aufzustehen, aber Claudia drückt sie ohne große Umstände wieder zurück auf den Stuhl. Man beachte den Unterschied zwischen den beiden Cousinen. Stella Marina bringt gerade mal zarte fünfzig Kilo auf die Waage, und die auch noch verteilt auf eine Körpergröße von einem Meter siebzig. Claudia hingegen ist ein eher kompaktes Modell, sprich: fünfundsechzig Kilo auf einen Meter sechzig. Allerdings fünfundsechzig Kilo betörende Kurven, dazu Haare in wechselnden Farben und strahlend blaue Augen, die ihrem Blick eine verführerische Exotik verleihen. Wenn Claudia Stella Marina auf den Stuhl drückt, dann setzt die sich.

»Also. Jeremy, der Enkel von Tante Antonia, kommt nach Italien, um hier zu arbeiten, und will in die Wohnung.«

»Die Wohnung? Welche Wohnung?«

»Die, die nicht mehr da ist, Schätzchen. Die im zweiten Stock.«

Ohne auch nur die geringste Ahnung von der Bedrohung zu haben, die sich über dem Haus zusammenbraut, in dem sie alle wohnen, schlürfen der Ingenieur Lorenzo Bonvicini und Alvise Boscolo, Betreiber eines Fitnessstudios und Personal Trainer, genüsslich ihren Boulevardier, das heißt einen Negroni mit Whisky statt mit Gin. Der Cocktail ist momentan schwer angesagt.

Giulietta hat ihn gemixt, Alvises Gattin. Als Hausfrau ist sie spezialisiert auf alles Überflüssige. Ein Risotto zu kochen, das sollte man von Giulietta lieber nicht verlangen. Tätigkeiten wie ein Bad zu putzen oder den Wäscheschrank neu einzuräumen übersteigen vollends ihre Fähigkeiten – sie hat nicht mal einen, einen Wäscheschrank –, aber wenn es darum geht, Cocktails zu mixen, Blumen in einer Vase zu arrangieren und die Farbe der kleinen Seifen auf der Gästetoilette auszuwählen, dann wächst sie über sich hinaus. Dimitri und Natasha, ihre beiden Kinder, tragen die seltsamsten Kombinationen am Leib und müssen selten ein Pausenbrot in der Schultasche mit sich herumschleppen.

Giulietta und Ludovica genießen indes einen etwas lieblicheren Aperol Spritz und unterhalten sich tuschelnd in einer Ecke, während sich das Gespräch der beiden Männer um ein handfesteres Thema dreht: Sport. Alvise versucht Lorenzo zu überreden, sich in seinem Fitnessstudio anzumelden.

»Und, hast du dich jetzt entschieden?«, flüstert Giulietta unter dem schützenden Vorhang ihres himmelblauen Ponys hervor.

»Ich weiß nicht, Giuli. Die Methoden kommen mir ein bisschen veraltet vor.« Ludovica steht unter Druck. Sie hat Mühe, nicht zu laut zu werden, damit die Männer nicht mitbekommen, was sie sagt. Nicht ein Trällern, nicht ein akustisches Ausrufezeichen. Die reinste Härte für sie.

»Die Methoden sind deswegen alt, weil sie noch immer funktionieren«, betont Giulietta in dem für sie typisch kreativen Umgang mit der Wahrheit.

»Ja, aber für mich persönlich ist das demütigend.«

»Ach was! Auf das Ergebnis kommt es an, liebste Freundin.«

Ludovica seufzt. »Ich weiß nicht, wir werden ja sehen … heute Abend bekoche ich ihn jedenfalls … ich habe Spumante besorgt …«

In dem Moment tritt Alvise zu den Frauen.

»Giuli, gehen wir? Die Kinder haben bestimmt Hunger.«

»Keine Sorge, ich habe ihnen eine Schüssel Cashewnüsse hingestellt. Denen geht's gut.«

Auch an diesem kalten Märztag senkt sich die Nacht wieder über Rivabella. Das Frühjahr lässt auf sich warten, aber schließlich befinden wir uns im Norden Italiens, in der Nähe der Berge, und hier dauert es, bis eine Jahreszeit die nächste ablöst. Die Magnolien in der Via delle Magnolie sind noch nicht aufgeblüht, nicht einmal die besonders großen vor der Hausnummer elf. Stella Marina steht am Fenster im vierten Stock und betrachtet den Mond. Allerdings ohne zu heulen. Zu viele Gedanken gehen ihr durch den Kopf. Und wenn tatsächlich dieser Jeremy auftaucht und die Wahrheit ans Licht kommt?

Aber dann zuckt sie mit den Schultern und erinnert sich wieder an den Rat von Anna aus *Die Eiskönigin:* Stell dich deinen Problemen Schritt für Schritt. Der erste Schritt besteht jetzt darin, herauszufinden, ob Ludovica nach Hause geht oder dableibt, um bei Lorenzo zu schlafen. Denn wenn sie geht, heißt das, dass ein Zusammenleben noch lange nicht in Sicht ist, und solange sie nicht zusammenleben, besteht Hoffnung. Daher macht sie es sich auf der Fensterbank bequem und stützt den Kopf in beide Hände. Müde, wie sie ist, schläft sie in dieser Haltung ein wie die Kinder in der Schulbank.

Als sie wieder aufwacht, ist es zwei Uhr morgens. Sie hat einen total steifen Nacken und wird wohl nie erfahren, ob Ludovica an diesem Abend gegangen oder geblieben ist.

Folge drei

Es ist Sonntag, als Stella Marina am nächsten Morgen erwacht. Zum Glück ist der Coop von Rivabella kein Ipermercato, sondern nur eine kleine Filiale, die sich am Sonntag an das dritte Gebot hält und den Feiertag heiligt. Stella Marina kann also länger im Bett liegen bleiben, unter verschwenderischem Einsatz eines nach sizilianischen Zitrusfrüchten duftenden Duschgels ausgiebig duschen, eine Pflegespülung für die Haare auftragen, in Ruhe frühstücken und sich nebenbei wieder der Lektüre von *Jenseits der Wirbel* von Elinor Glyn widmen, einer Autorin aus der Herz-Schmerz-Reihe von Rosa Salani. Stella Marina hat diese fesselnde, inzwischen jedoch leider eingestellte Buchreihe bei einem ihrer häufigen Ausflüge an einen Stand mit antiquarischen Büchern auf der Piazza Guevara entdeckt; ein wenig ähneln die Liebesromane der Salani denen der Harmony, nur dass deren Heldinnen weitaus eleganter sind.

Die Heftchen ermutigen sie und lassen sie hoffen: In ihnen werden die Ludovicas dieser Welt schonungslos von den Stella Marinas besiegt, und die Ingenieure namens Lorenzo verlieben sich ausnahmslos in die schöne Bewohnerin im vierten Stock. Stella Marina verschlingt die dritte Scheibe Brot mit Butter und Sardellenpaste und seufzt. Zu ihrem Leidwesen bedroht nicht nur Ludovica ihre eventuelle Romanze mit Lorenzo, jetzt mischt sich da auch noch diese Cousine Antonia aus New Jersey ein.

Und außerdem muss sie sich beeilen: Die gesamte Familie Boscolo ist zum Mittagessen in die Wohnung von Giuseppe und Jolanda geladen, um Kriegsrat zu halten.

Jhr, Esszimmer im Erdgeschoss des Wohnhau-
elle Magnolie Nummer 11. Um den großen,
ziehbaren Esstisch von Ikea sind versammelt
anda Boscolo, der ältere Sohn Alvise mit Frau
ı Kindern Dimitri und Natasha, die jüngere Tochter Stella Marina, Großmutter Maddalena, Giuseppes Mutter, und die Nichte Claudia.

In der Mitte des Tisches befindet sich ein doppelstöckiges Backblech voll mit Nudelauflauf, den Großmutter Maddalena gerade fotografiert, um ihn auf Instagram zu posten, in der Hoffnung, er möge ihrer noch kaum existenten Karriere als Influencerin einen ordentlichen Schub geben.

Schließlich ergreift nun Mutter Jolanda, die in der Lage ist, zwei Dinge gleichzeitig zu tun, das Wort: Kohlenhydrate zu verteilen und die Hilfe des Herrn anzuflehen.

»Das Beste«, sagt sie, während sie zehn Zentimeter im Quadrat an Nudelauflauf auf Natashas Teller häuft, »wäre es, wenn dieser Jeremy krank werden würde, sodass er nicht fahren kann. Und das sage ich deswegen, weil es besser ist, als wenn das Flugzeug in den Ozean stürzt und wer weiß wie viele arme Teufel, die nichts damit zu tun haben, vielleicht sterben müssen.«

»Tante.« Claudia fasst bereits zum zweiten Mal nach. Die Geschwindigkeit, mit der sie Nahrung konsumiert, ist legendär. »Völlig sinnlos, dass wir hier herumsitzen und hoffen, Jeremy möge der Schlag treffen oder so was. Wir sollten uns besser überlegen, was zu tun ist, wenn er bester Gesundheit hier eintrifft.«

»Wer ist Scheremiii?«, brüllt Dimitri. Der Fünfjährige steckt in einem grünen Drachenkostüm, dem einzigen noch halbwegs sauberen Kleidungsstück an diesem Morgen in seinem Schrank.

»Das ist ein Cousin, der in Amerika wohnt, mein Herzblatt. Der Sohn von Nancy, der Tochter von Antonia, der Enkelin der Großtante Rosaura.«

»Und was will er?«, erkundigt sich Natasha, acht Jahre alt, ein hässliches kleines Mädchen mit Brille. Ihr Genmaterial wird wohl auf immer und ewig ein Geheimnis bleiben in dieser Familie voll ausnahmslos schöner Menschen.

»Kinder, nehmt eure Teller, ich schalte euch den Zeichentrickfilm ein, ihr könnt auf der Couch essen.« Giulietta sähe es gerne, wenn dieses Mittagessen noch vor vier Uhr zu Ende ginge, denn um diese Uhrzeit hat sie eine Verabredung, zu der sie sich nicht verspäten darf, und so hofft sie, dass die Unterhaltung rasch auf den Punkt kommt, wenn sie die Kinder woandershin verfrachtet. Noch immer dreht sich alles um diesen amerikanischen Verwandten, der im Anmarsch ist. Als ob das so eine Tragödie wäre. Vielleicht ist er ja ganz ansehnlich.

Sobald die Kinder vor einer für sie unverhofften Doppeldröhnung *Paw Patrol: Helfer auf vier Pfoten* untergebracht sind, fasst Giuseppe noch einmal die Situation für diejenigen unter ihnen zusammen, die noch gewisse Informationslücken haben.

»Gestern hat Antonia mit der Nonna telefoniert und ihr erzählt, dass ihr Enkel Jeremy aus beruflichen Gründen nach Italien kommen wird. Die eröffnen eine Starbucks-Filiale in Mailand, und er organisiert das Ganze. Er braucht eine Wohnung, aber soweit ich das verstanden habe, ist er so ein Umweltschützer oder wie man das nennt, auf jeden Fall ein Anhänger von diesem Mädchen mit den Zöpfen, und deswegen will der blöde Kerl nicht in Mailand wohnen, sondern in einem Kaff in der Nähe, und dieser blöden Kuh von Antonia, entschuldigt den Ausdruck, meine Damen, ist nichts Besseres eingefallen als der zweite Stock hier bei uns.«

Bleiernes Schweigen senkt sich über die Tafelrunde. Denn alle wissen nur zu gut Bescheid, wie das gelaufen ist mit dem zweiten Stock. Alle, bis auf eine.

»Entschuldige mal, Giuseppe, aber im zweiten Stock liegt die

Wohnung, die an Lorenzo vermietet ist. Was hat diese Antonia damit zu tun?«, will natürlich prompt Giulietta wissen.

»Jetzt hör mal gut zu, Giuli«, setzt Giuseppe mit kaum verhohlener Ungeduld zu einer Erklärung an. »Bei der Aufteilung des Erbes von Urgroßvater Florindo ist diese Wohnung an die amerikanische Cousine gegangen. Sie wollte sie vermieten, aber wir haben ihr erzählt, dass die Türen und Fenster marode sind, dass im Bad die Rohre lecken, dass die Fliesen erneuert werden müssen, dass sich das Parkett wölbt und dass es außerdem Mäuse und Kakerlaken gibt.«

»Ich war von vornherein dagegen«, protestiert Alvise.

Jolanda ignoriert die Bemerkung ihres Sohns und gießt sich lieber ein schönes Glas Gewürztraminer ein. »Und deshalb hätte Antonia einen Haufen Geld in die Wohnung stecken müssen, um sie zu vermieten. Damit belassen wir es besser.«

Giulietta starrt ihre Familie fassungslos an und fühlt sich wie ein kreuzbraves Mädchen aus Palermo, das dahinterkommt, dass es einen Cousin des Mafiabosses Badalamenti geheiratet hat.

»Ihr habt sie betrogen!«

»Na klar doch.« Jolanda nimmt den Zahnstocher aus dem Mund, mit dem sie gerade ein Fitzelchen Wurst hervorgepult hat. »Die Wohnung ist super, und wir haben sie immer vermietet, seit zwanzig Jahren. Immer schwarz natürlich«, fügt sie stolz hinzu. »Nie irgendwelche Kontrollen, nie ein Problem. Und jetzt will uns diese Knalltüte den Spaß verderben!«

»Nächste Woche schon«, präzisiert Claudia düster. »Was machen wir jetzt, Leute?«

»Wir müssen den Ingenieur rauswerfen«, lautet die einfache und praktikable Lösung aus Giuseppes Mund.

An dieser Stelle springt Stella Marina auf und enthüllt jählings das in ihr schlummernde Temperament einer Schützefrau.

»Das kommt überhaupt nicht infrage!«, verkündet sie. »Lorenzo zieht nicht aus. Gebt mir fünf Minuten, ich finde eine Lösung.«

»Tick, tack, tick, tack«, zählt ihre Cousine und deutet auf die große Pendeluhr über der Anrichte. »Zehn Sekunden sind schon um.«

Folge vier

Stellt euch eine Päonie vor«, fordert Lehrerin Giulebba Gormiti sie auf. Giulietta schließt die Augen, sieht aber nichts aus dem einfachen Grund, weil sie keinen blassen Schimmer hat, wie eine Päonie aussieht. Sie hätte besser noch einen raschen Blick in ein Pflanzenbuch werfen sollen, bevor sie sich in den Sonntagskurs »Blumenmeditation« einschrieb. Die Schlichtheit der Margerite, die Schüchternheit des Veilchens, die Gefühlskälte der Tulpe – mit diesen Übungen war sie noch einigermaßen klargekommen ... alles simple Gewächse. Aber die Päonie?

»Die Päonie oder der große Bluff«, erklingt Giulebbas Singsang. »Die Päonie, oder auch Pfingstrose, die sich als Rose ausgibt, allerdings ohne deren Duft. Pfingstrosen – üppig und wunderschön anzuschauen, aber reine Fassade wie operierte Titten.«

Besäße Giulietta auch nur einen Hauch von Kritikfähigkeit, fände sie diese Schlussfolgerung ein wenig geschmacklos. Aber die hat sie nun mal nicht. Außerdem ist sie mit ihren Gedanken woanders und landet über den Umweg der Pfingstrose als Sinnbild für Lug und Trug zwangsläufig beim Mittagessen mit der Familie. Das Mittagessen, dem sie gerade noch rechtzeitig entfliehen konnte, um Punkt vier Uhr das Zentrum für Polynatürliche Meditation zu erreichen, und bei dem sie dahinterkam, dass ihre Familie – wie die Pfingstrose und vielleicht sogar noch stärker – Lüge und Betrug zu ihrer Lebensmaxime erhoben hat. Und deshalb, denkt sich Giulietta, ist es nicht schlimm, wenn auch ich sie ein wenig hinters Licht führe.

Im selben Moment, in einer Kleinstadt in New Jersey, ist das zu betrügende Zielobjekt der Familie Boscolo in einem öffentlichen Park unterwegs. Joggenderweise und in Begleitung seiner Mutter.

»Bist du sicher?«, fragt Nancy, eine Frau, die nur aus Haut und Knochen zu bestehen scheint und es nicht im Geringsten nötig hätte, joggen zu gehen, sich stattdessen lieber ein Hobby zulegen sollte, um etwas auf die Rippen zu bekommen. Sticken zum Beispiel.

»Aber ja doch. Mir gefällt die Vorstellung, eine Wohnung ganz für mich allein zu haben.«

Das also ist Jeremy, die Bedrohung. Ein junger, sommersprossiger Mann, die sind zumindest das Erste, was an ihm auffällt. Tausende von Sommersprossen im Gesicht, auf den Armen, vielleicht auch auf den Beinen, wären die nicht von orangefarbenen Härchen bedeckt. Orangefarben auch die Wimpern, die Augenbrauen, die Haare, die Augen. Trotzdem ist er kein hässlicher Kerl, außer man ist allergisch gegen diesen Farbton.

»Aber das muss die reinste Bruchbude sein!«

»Mir egal. Im Gegenteil, mir ist es sogar lieber, wenn die Wohnung ein bisschen in die Jahre gekommen und nicht so supermodern ist.«

»Alt wäre ja noch okay, Liebling, aber die Bude ist total heruntergekommen.«

»Du weißt doch, dass ich ein begeisterter Heimwerker bin, Mamma. In meiner freien Zeit macht es mir sicher einen Heidenspaß, meine neue Bleibe herzurichten.«

Jeremy ist, trotz dieser Behauptung, nicht schwul, denn kurz darauf treffen wir ihn wieder, in Gesellschaft von Debra Lou, seiner Freundin. Sie sind gerade dabei, eine geschmackvolle Garnitur luxuriöser Koffer zu packen. Debra Lou spielt Schlagzeug (Rock 'n' Roll, Typ Amanda Palmer) und schleudert deshalb vollkommen wahllos ein Teil nach dem anderen in den Koffer, ohne Rücksicht zu nehmen auf die Angstzustände, die sie bei ihrem Verlobten damit auslöst.

»Schatz, ich brauch diesen polypenartigen Luftentfeuchter nicht!«

»In Norditalien ist es feucht. Cynthia hat mir erzählt, dass es in ihr Zimmer geregnet hat, als sie in Verona gespielt haben.«

»Cynthia ist doch permanent zugedröhnt, Schatz. Die lebt in einer Parallelwelt … Nein, nicht die Büste von dem Erzengel Gabriel, die auf keinen Fall! Die ist viel zu schwer.«

»Das ist dein Karma. Ohne das kannst du nicht verreisen. Hätte der Erzengel Gabriel damals nicht Mohammed auf einen Kaffee eingeladen, gäbe es jetzt kein Starbucks.«

Jeremy zerrt den Entfeuchter, die Büste und ein Glas Erdnussbutter wieder aus dem Koffer.

»Das kann man auch vor Ort kaufen.«

Debra Lou schnaubt.

»Mit dir Koffer zu packen macht überhaupt keinen Spaß. Ich spüre böse Schwingungen.«

Jeremy hält inne und nimmt seine Freundin in den Arm. »Warum kommst du denn nicht einfach mit, Süße? Wenigstens eine Zeit lang?«

Debra Lou versetzt ihm einen leichten Tritt gegen das Schienbein. »Weil ich nicht deine Geisha bin. Bloß weil du wegfährst, soll ich mitkommen? Wo sind wir denn, im Alten Testament?«

Jeremy schüttelt den Kopf, aber jetzt ist seine Freundin erst recht in Fahrt.

»Ich habe mein eigenes Leben. Meine eigenen Prioritäten! Ich muss die Schlagzeugadaption der *Pathétique* von Tschaikowsky einstudieren. Und das soll ich alles sausen lassen, nur um dir hinterherzulaufen? Nächsten Monat habe ich ein Konzert in Tampa. Versuch ja nicht, mir das auszureden!«

Und Türen knallend verlässt sie die Wohnung. Jeremy seufzt und holt auch noch die Überbrückungskabel für das Auto aus dem Koffer.

Giulietta ist nicht das einzige Mitglied der Familie Boscolo, welches an diesem Sonntagnachmittag meditierend in sich geht. Oder, anders gesagt, für Menschen, die eher zum Drauflosreden als zum Nachdenken neigen, sind die Boscolos heute reichlich einsilbig. Sie haben sich zum Kaffeetrinken in den Garten um den steinernen Tisch unter der Magnolie gesetzt, und während Dimitri und Natasha mit ihren Rollern im Haus umherflitzen, brüten die versammelten Erwachsenen vor sich hin und zerknüllen Bonbonpapierchen. Die von Stella Marina vorgeschlagene Lösung hat einen gewissen Charme, ist aber auch riskant, so viel steht fest. Sollte dieser Jeremy kein kompletter Idiot sein, könnte es schiefgehen. Und wer sollte ihnen schon mit Sicherheit sagen können, dass Jeremy ein kompletter Idiot ist?

»Genügend«, wirft Giuseppe, der sich als treuester Verbündeter seiner Tochter entpuppt hat, gerade ein. »Cousine Antonia ist keine Leuchte, und sie hat Bartolomeo Capece geheiratet, der einen Kropf hatte. Die mit einem Kropf, die sind doch alle ein bisschen plemplem, oder?«

»Aber ihre Tochter Nancy hat einen Amerikaner geheiratet«, wendet Jolanda ein.

»Umso schlimmer«, meint Giuseppe.

»Und außerdem«, kommt Claudia ihrer Cousine zögernd zu Hilfe, »ist seit dem Tod von Urgroßvater Florindo jede Menge Zeit vergangen. Die kennen sich mit den Stockwerken doch gar nicht mehr aus … zweiter, dritter, vierter … die haben doch keine Ahnung.«

»Keine Ahnung?« Alvise schlägt mit der Faust auf den Tisch. »Ihr spinnt doch alle. Es gibt Urkunden, Lagepläne, Unterschriften.

Testamentszusätze, was weiß ich, notarisch beglaubigte Dokumente! Ein Testament ist schließlich keine Bagatelle. Wir landen noch alle im Knast!«

»Willst du lieber auf tausend Euro Miete im Monat verzichten? Du mit deinem Fitnessstudio, das kurz vor der Pleite steht?« Normalerweise fasst Stella Marina ihren Bruder mit Samthandschuhen an, doch in diesem Fall geht ihr seine Tugendhaftigkeit gehörig gegen den Strich, und so fährt sie die Krallen aus. Alvise murrt, widerspricht aber nicht.

Ein klarer Widerspruch hingegen kommt von Großmutter Maddalena, mit der ihre ganze Unternehmung steht und fällt. Mit spitzem Finger zeigt sie auf Stella Marina und verkündet: »Noch so eine will ich nicht in der Wohnung haben. *E basta!*«

Stella Marina öffnet den Mund, um ihr eine entsprechende Antwort zu geben, schließt ihn aber sofort wieder. Und mit ihr auch alle anderen, als die kleine Tür zum Garten aufgeht und der ahnungslose Lorenzo Bonvicini erscheint.

Folge fünf

Ähnlich der Pfingstrose repräsentiert auch Lorenzo Bonvicini, der Ahnungslose, eine Form des spontanen, von der Natur hervorgebrachten Betrugs. Mit den dunklen Locken, seinen tiefschwarzen Augen, dem bernsteinfarbenen Teint, dem festen, aufrichtigen Blick und den breiten, aber nicht zu breiten Schultern könnte man ihn für einen südamerikanischen Schönling halten, jederzeit bereit, sich für ein Ideal zu opfern. Stattdessen ist er ein Sohn des nördlichen Piemont, zu irgendwelchen Opfern keineswegs imstande, dafür umso mehr auf die Verteidigung seines hedonistischen Lebensstils bedacht.

Ungefähr sechs Monate bevor diese Geschichte hier ins Rollen kam, nutzte er zu diesem Zweck eine kurze Abwesenheit seiner damaligen Verlobten Chiara aus und machte sich unter Mitnahme all seiner Sachen aus der gemeinsamen Wohnung aus dem Staub. Als Chiara von einem Besuch bei ihrer Mutter in Domodossola wieder nach Hause zurückkehrte, fand sie außer einem freundlichen Brief, in dem Lorenzo ihr mitteilte, dass er für ein beschauliches Leben zu zweit nicht geschaffen sei, auch reichlich Platz in Schränken, Kommoden und Bücherregalen vor.

Und noch weniger für ein Leben zu dritt. Das hatte sich Lorenzo wenige Stunden zuvor, ehe er anfing, seine Kleidung aus den Schränken zu räumen, noch gedacht, als er ganz unten in dem Kosmetikeimer auf einen gnädigerweise negativen Schwangerschaftstest stieß. Und den hatte er auch nur durch Zufall gefunden, als er den Inhalt des Eimers zum Wegwerfen in eine

Plastiktüte kippte. Das also war der Dank dafür gewesen, dass er zur Haushaltsführung etwas hatte beitragen und Chiara damit überraschen wollen, die Wohnung sauber und den Abfalleimer geleert zu hinterlassen.

Lorenzo weiß bestens, dass aus einem negativen Schwangerschaftstest nur allzu schnell ein positiver werden kann. Und dann hätte sie ihm irgendeine schwachsinnige Geschichte aufgetischt, wie sie sich übergeben und die Pille wieder ausgekotzt hatte, dieses eine Mal, als sie die Muscheln gegessen hatten … und schon wäre es passiert. Aus und vorbei. Ein für alle Mal hätte sich der Vorhang vor seinem Leben als freier Mann gesenkt.

Doch der Vorhang hat sich nicht gesenkt, und Lorenzo hat eine neue Wohnung in der Via delle Magnolie Nummer 11 gefunden. Und in Ludovica eine neue Verlobte, die anscheinend wenig Interesse an stabilen Verhältnissen hat. Oder zumindest redet er sich das ein.

Das Leben schenkt ihm ein Lächeln an diesem frühlingshaft lauen Sonntag im März. Morgen wird er wieder zur Arbeit gehen, als Techniker bei Brioschi, da, wo der berühmte Kaffee hergestellt wird. Doch heute ist er ein freier Mann und bereitet sich darauf vor, in den Genuss eines kurzweiligen, wenn auch verbotenen nachmittäglichen Zeitvertreibs in Gesellschaft einer gutwilligen Angestellten von Brioschi zu kommen. Ludovica ist mit ihren Freundinnen in das Einkaufszentrum La Trota Blu gefahren, seine Eltern hat er bereits zum Mittagessen gesehen, und jetzt ist das Leben dran.

Er holt sein Fahrrad, das er am selben Ständer wie Stella Marina abgestellt hat, nickt den Boscolos mit einem Lächeln zu, bedenkt die wunderhübsche Schwester, mit der er sich früher oder später intensiver beschäftigen wird, mit einem schmachtenden Blick, und weg ist er. Schön und falsch wie ein Goldtaler aus Schokolade.

Kaum ist Lorenzo verschwunden, nimmt Großmutter Maddalena den Faden exakt dort wieder auf, wo sie unterbrochen wurde. Abermals zeigt sie mit spitzem, bebendem Finger auf Stella Marina und bekräftigt ihre Aussage.

»Ich will die nicht in der Wohnung haben!«

»Mamma, das ist die einzige Lösung.« Giuseppe macht ein ernstes Gesicht. Dasselbe Gesicht wie sein Vater, dasselbe Gesicht, das Maddalena sechzig Jahre lang in Abhängigkeit hielt, bis der Herr im Himmel ihr den Gefallen tat, sie zur Witwe zu machen. »Stella Marina zieht zu dir und Claudia in die Wohnung, und dem Enkel von Antonia geben wir die im vierten Stock.«

»Die Mansarde? Aber der will eine Wohnung haben, keine Dachkammer!«

»Nonna, der ist Amerikaner. Die hausen doch in Schachteln. Für die ist unsere Mansarde ein Palast.«

Alvise wirft seiner Cousine einen ärgerlichen Blick zu. »Claudia, du weißt doch rein gar nichts! Du glaubst, Amerika zu kennen, nur weil du dir *Friends* anschaust.«

»Mag sein.« Jolanda ergreift nur selten das Wort, aber wenn, dann hören ihr alle zu. »Wir haben keine Zeit, uns etwas Besseres zu überlegen. Das war eine gute Idee von Stella Marina, und die müssen wir jetzt umsetzen. Sollte der Typ sich querstellen, schustern wir eben irgendein falsches Dokument zusammen. Darum wird Claudia sich dann kümmern.«

Claudia arbeitet als Sekretärin in einer Anwaltskanzlei. Daher das Vertrauen in sie.

»Aber ich will nicht noch eine von diesen Weibern in der Wohnung haben! Vergesst nicht, das Haus gehört mir! Ich schmeiß euch alle raus.«

Überwältigt von dieser Wahrheit, verstummen die Boscolos. Es stimmt, das Haus gehört Großmutter Maddalena. Und keine Frage, wenn sie wollte, könnte sie sie alle rauswerfen.

Kurze Panik. Doch wahre Liebe, so heißt es, überwindet alle Hindernisse, und Stella Marina, die gerade erst Lorenzo in seiner ganzen Pracht wiedererblickt hat, ist nicht bereit, ihn zu verlieren, nicht bereit, auf ihn zu verzichten. Stattdessen ist sie fest entschlossen, ihre heiß geliebte Wohnung zu verlassen, um bei ihrer übergeschnappten Großmutter und dieser Klette von Claudia einzuziehen, in eine Abstellkammer, in die gerade mal ein Bett reingeht. Und ganz sicher wird diese halsstarrige Achtzigjährige mit ihren lila Löckchen sie nicht von dieser Idee abbringen.

»Nonna, jetzt hör mir mal gut zu. Wenn du mich bei euch wohnen lässt, dann helfe ich dir, mehr Follower zu generieren. Ich weiß, wie das geht. Du wirst eine Wahnsinns-Influencerin werden, alle alten Damen weltweit werden sich nur noch nach dir richten. Vertrau mir.«

Alvise starrt seine Schwester mit offenem Mund an. Soweit er weiß, ist Stella Marina noch nicht einmal auf Instagram.

Während Alvise sich bloß wundert, fixiert Jolanda ihre Tochter aus zusammengekniffenen Augen. Typisch Mutter. Sofort voller Argwohn. Warum nimmt sich Stella Marina diese Angelegenheit gar so zu Herzen? Warum ist sie bereit, bei ihrer Großmutter einzuziehen, nur damit die Familie keine tausend Euro an Miete verliert?

Jolanda kneift die Augen noch stärker zusammen, und plötzlich präsentiert sich ihr die Sache aus einem ganz anderen Blickwinkel: Vielleicht bringt ihre Tochter dieses unverständliche Opfer nicht, um tausend Euro im Monat zu retten. Vielleicht tut sie es, um einen Auszug zu verhindern …

»Bist du sicher?«, fragt ihre Schwiegermutter. »Du weißt, wie ich mehr Foloer bekomme?«

»Klar doch. Du wirst schon sehen. Die werden dich mit Klicks überhäufen. Also, sind wir uns einig?«

Die Familie nickt heftig.

»Alvise, hilfst du mir morgen mit dem Umzug?«

An diesem Punkt beschließt Jolanda, der Sache auf den Grund zu gehen.

»'tschuldige mal, Schätzchen, aber dein Bruder muss arbeiten. Wieso fragst du nicht Gabriele?«

Ein bleiernes Schweigen senkt sich über diesen so extrovertierten Familienclan. Gabriele. Wie kann Jolanda es wagen, den unaussprechlichen Namen in den Mund zu nehmen?

Folge sechs

Gehen wir einen Schritt zurück. In jedem klassischen Roman kommt es vor, dass man einen Schritt zurückgehen muss. Und jetzt sind wir an der Reihe. Dieser Schritt versetzt uns ungefähr ein Jahr zurück in die Vergangenheit. Auch damals war es März und das Leben in der Via delle Magnolie Nummer 11 mehr oder weniger dasselbe wie jetzt, mit dem einen kleinen Unterschied, dass die Wohnung im zweiten Stock an die Großfamilie Zuccaro vermietet war, bestehend aus Vater, Mutter und vier Kindern. Ungefähr sechs Monate später verschwindet diese Familie aus unserer Geschichte, als die Mutter, Signora Rosalba, mit dem fünften Kind schwanger ist und die Zuccaros beschließen, sich eine größere Wohnung zu suchen. Sie finden sie, sie ziehen aus, und die Wohnung im zweiten Stock wird – unrechtmäßig wie seit Jahren – an den Ingenieur Bonvicini vermietet. In jenem März war Claudia als Sekretärin in der Anwaltskanzlei Romagnosi, Romagnosi & Lamberti eingestellt worden, und eines Tages, als ihre Cousine vorbeikam, um sie abzuholen und mit ihr gemeinsam eine passende Frühjahrshandtasche im Zentrum auszusuchen, war es zu der schicksalhaften Begegnung zwischen Gabriele Lamberti und Stella Marina Boscolo gekommen. Von Gabrieles Seite war es Liebe auf den ersten Blick gewesen. Seit er im Kindergarten das erste Mal mit den kleinen Mädchen der »Margeritengruppe« in Kontakt gekommen war, hatte Gabriele eine ausgeprägte Vorliebe für rotes Haar entwickelt, für Mädchen mit mehrfarbigen Augen, für große Mädchen und für Mädchen mit einem strahlenden Lächeln. Stella

Marina verfügte über alle, wirklich alle diese Eigenschaften, die nun, vor der Anwaltskanzlei, wo er sich aus reinem Zufall befunden hatte, als ihre neue Sekretärin, dieses sympathische Dickerchen, gerade in Begleitung einer zarten Nymphe herausgekommen war, gebündelt auf ihn trafen.

So hatte die Geschichte zwischen Gabriele und Stella Marina begonnen. Liebe auf den ersten Blick von seiner, wohlwollende Sympathie von ihrer Seite. Nicht unbedingt die ideale Voraussetzung für immerwährendes Glück, und in der Tat hatten sich ab einem gewissen Punkt einige Dinge in rascher Folge ereignet: Stella Marina hatte Gabriele mit einem Beauftragten der Kühlschrankwartung des Coop betrogen, einem blendend aussehenden jungen Ukrainer mit Kosakenaugen. Gabriele war dahintergekommen, daraufhin Szenen, Vorwürfe und Bedauern bei Stella Marina, was alsbald in tiefste Reue umschlug, nachdem sie von der Existenz der beiden Verlobten von Kosakenauge erfahren hatte, von denen eine aus der Ukraine, die andere aus Biella stammte.

Kurze Denkpause, in der Gabriele eigentlich entscheiden wollte, ob er Stella Marina verzeihen oder sie für immer aus seinem Leben verbannen sollte. Leider war Gabriele in der Zwischenzeit zu dem Schluss gekommen, dass es zwar tatsächlich das Beste wäre, Stella Marina zu verzeihen, nicht jedoch, ohne sich vorher revanchiert zu haben. Folglich hatte er sich auf eine flüchtige Affäre mit einer anderen Sekretärin der Kanzlei eingelassen, woraufhin Claudia prompt die gesamte Familie Boscolo bei einem ihrer berüchtigten sonntäglichen Mittagessen über dieses Verhältnis informiert hatte.

Stella Marina hatte das nicht so gut aufgenommen. In ihren Augen ließ dieses Verhalten auf einen argwöhnischen und nachtragenden Charakter schließen, auf einen Mangel an authentischer Seelengröße und auf andere Eigenschaften, die aus Gabriele einen wenig verlässlichen Verlobten gemacht hätten.

Sie hatte Gabriele diese Eindrücke kundgetan, der seinerseits daraus geschlossen hatte, dass Stella Marina wohl darauf zählte, ihn weiterhin mit einer ganzen Reihe von Wartungsbeauftragten aus Ländern der ehemaligen Sowjetunion betrügen zu können und dabei erwartete, dass er ihr jedes Mal wieder verzeihen würde, was sich auf die Dauer als ziemlich frustrierend herausstellen könnte. Und so hatten sie sich endgültig getrennt. Um nicht untätig zu bleiben, hatte Gabriele noch ein paar Monate lang die Geschichte mit der Sekretärin weiterlaufen lassen, während Stella Marina diese Zeit dazu genutzt hatte, um in sich zu gehen und schließlich zu begreifen, dass es sich bei Gabriele von ihrer Seite her nicht nur um wohlwollende Sympathie, sondern um wahre Liebe handelte, und sie den Rest ihres Lebens damit zubringen würde, ihm nachzutrauern.

Und sie hatte ihm nachgetrauert, heftig und für jeden sichtbar und hörbar, zumindest bis zu jenem magischen Tag im September, an dem Alvise der Familie verkündete: »Ich habe einen neuen Mieter für den zweiten Stock gefunden«, und an dem Lorenzo Bonvicini in ihr Leben getreten war und damit jede Erinnerung an Gabriele Lamberti in ihr auslöschte.

Machen wir jetzt wieder einen Schritt nach vorne und kehren zurück zu diesem trägen Sonntagnachmittag und zu Familie Boscolo, die – noch immer unter der Magnolie – dabei ist, die Neuverteilung der Familienmitglieder auf das Wohnhaus zu regeln. Wir erinnern uns, dass Jolanda gerade eben ihrer Tochter Stella Marina vorgeschlagen hat, Gabriele um Hilfe für den Umzug zu bitten, ihn, dessen Name nicht ausgesprochen werden darf. Denn jedes Mal wenn Claudia ihn auch nur zufällig erwähnte, vermeinte Stella Marina einen Dolch zu spüren, der sich in ihr Herz bohrte, was sie dann auch sofort jedem in ihrer Nähe kundtat, ganz den Gepflogenheiten ihrer Familie folgend.

(BEISPIEL:
Claudia:»Nein, also wirklich! Heute ist dieser Mistkerl von Romagnosi senior doch noch tatsächlich mit einer eidesstattlichen Erklärung dahergekommen, die ich zu den Akten nehmen soll, und zwar drei Minuten, ich schwöre dir, drei Minuten bevor ich mich gerade in den Feierabend verabschieden will, aber zum Glück hat Gabriele sich eingemischt und ihm gesagt, dass ich das auch morgen machen könn… Ahhh! Was ist, Stemarì?«
Ihre Cousine, mit der sie sich gerade ein Bierchen im Garten genehmigte, war aufgesprungen und hatte den eisernen Gartenstuhl und den voll behängten Wäscheständer daneben umgestoßen.
Stemarì: »Du sollst seinen Namen nicht nennen! Ich hab's dir doch schon gesagt! Du darfst seinen Namen nie in den Mund nehmen, das macht mich krank! Könntest du vielleicht so freundlich sein? Ist dir überhaupt klar, dass ich eine einzige offene Wunde bin? Also streu ruhig noch ein bisschen Salz hinein. Willst du mir vielleicht auch noch eine Dornenkrone aufsetzen?«)

Als sie nun Jolanda mit ruhiger Nonchalance fragen hörten: »Wieso lässt du dir nicht von Gabriele helfen?«, erstarrten die Boscolos zur Salzsäule in Erwartung einer hysterischen Reaktion. Die allerdings ausblieb. Stella Marina hatte ihre Mutter nur fassungslos angesehen.

»Aber wieso der? Gabriele? Den hab ich ewig nicht gesehen und ewig nichts von ihm gehört, ich weiß schon gar nicht mehr, wie er aussieht …«

»Tja«, war Jolanda unerschrocken fortgefahren. »Er ist immer noch dein Ex. In der neuen *Vanity Fair* steht, dass man im Fall von Umzügen als Erste seine Ex anrufen soll.«

»Mamma, du liest die *Vanity Fair* doch gar nicht, du liest doch höchstens *VIPissimi*.«

»Ich habe das beim Friseur gelesen.«

»Trotzdem nein. Ich habe nicht die leiseste Absicht, diesen Typen anzurufen.«

Jolanda erwidert nichts. Sie hat erfahren, was sie wissen wollte.

»Sieh mal, Jeremy, ich habe das Foto gefunden, das mir Maddalena letztes Jahr geschickt hat.«

Antonia Capece möchte ihren Enkel wenigstens mit einem Minimum an Information über seine Verwandten versorgen, die er bald treffen wird, und so scrollt sie rasch durch ihr Handy, bringt Meter um Meter an WhatsApp-Nachrichten hinter sich, bis sie schließlich bei einem leicht weihnachtlich angehauchten Foto landet. Es ist eine Aufnahme von Heiligabend dieses Jahres, als die Boscolos sich zu diesem Anlass alle in Bassano del Grappa bei Leandro getroffen hatten: Das Foto zeigt Maddalena in der Mitte zwischen ihren beiden Söhnen Giuseppe und Leandro. Neben Giuseppe sind Jolanda, Alvise, Giulietta, Natasha, Dimitri und Stella Marina zu sehen. Neben Leandro stehen seine Frau Domenica, der Sohn Battista und die Tochter Claudia aufgereiht. Einige von ihnen tragen potthässliche Pullover mit dem Weihnachtsmann vorne drauf, andere haben rote, mit weißem Pelz besetzte Mützen auf dem Kopf, doch das hindert Jeremy nicht daran, das Foto mit größtem Interesse näher zu betrachten.

Und er stellt sich die Frage: Wer ist diese Göttin ganz in Rosa, deren Haupt ein Haarreif mit Rentieren ziert?

Folge sieben

Während der März, wie es seine Art ist, nahtlos in den April übergeht, bereiten sich die Boscolos mit paramilitärischer Effizienz auf die Ankunft von Jeremy vor. So auch Claudia und Stella Marina, die an einem Dienstagabend Kisten und Kartons von der Mansarde hinunter in den dritten Stock schleppen, unterstützt von Natasha und Dimitri. Von dem, was hier vor sich geht, scheinen jene nichts begriffen zu haben, zeigen sich jedoch hocherfreut über das Durcheinander. Seit zwei Tagen herrscht ein reges Hin und Her zwischen den Wohnungen, dass sogar Natasha und Dimitri nicht mehr wissen, wo sie zu Hause sind, und deshalb oft in fremden Betten, an fremden Tischen oder vor fremden Fernsehern landen. Ganz wie in *Schneewittchen* oder *Goldlöckchen und die drei Bären.*

»Stemarì«, fängt Claudia an, während sie gemeinsam mit ihrer Cousine einen Stoffschrank von Ikea aufstellt, einen von diesen weißen mit Reißverschluss zu vierzehn Euro. »Ich versteh dich einfach nicht. Das heißt, du ziehst hier runter und haust hier wie auf einem Campingplatz, du packst fast alles, was dir gehört, in Umzugskartons, und überlässt deine voll eingerichtete Mansarde mit allen deinen Sachen diesem Typen, und warum? Wegen eines Kerls!«

Ihr müsstet mal die Verachtung und Abscheu hören, die Claudia in die letzten fünf Buchstaben legt.

»Solange ich nicht lesbisch werde, wird mir nichts anderes übrig bleiben«, entgegnet Stella Marina, welcher plötzlich erschreckend klar wird, dass sie in einem Vuku höchstens fünfzehn Kleiderbügel unterbringt.

»Ich bitte dich! Wer ist schon dieser Lorenzo? Okay, ein bisschen sieht er aus wie der junge Banderas, aber …«

»Claudia, das Thema hatten wir doch schon. Nur weil du von Fede beschissen worden bist, sind nicht alle Männer scheiße. Fede ist ein Scheißkerl. *Basta.*«

Es folgt eine Schweigesekunde in Erinnerung an Federico Vidussi. Er ist der Grund, weshalb Claudia Bassano del Grappa und ihre Familie verlassen hat, ebenso wie Freundinnen und Verehrer, um nach Rivabella ins Haus von Onkel und Tante zu ziehen. Der junge Mechaniker Federico, Mitbesitzer der Autowerkstatt Vidussi & Pulfero (Pulfero ist der Kfz-Elektriker), hatte, noch während er mit Claudia verlobt war, eine andere geheiratet. Ein grober Akt der Unhöflichkeit, den man nur schwer auf sich sitzen lassen kann.

Um zu verhindern, dass seine Tochter sich mit möglichen Straftaten ins Gefängnis bringt, hatte Leandro seinem Bruder noch folgende Instruktionen mitgegeben, bevor er sie in dessen Haus geschickt hatte: »Sperr sie ein, bis der Hitzkopf sich wieder abgekühlt hat, okay, Bepi?«

Giuseppe und Jolanda hatten augenblicklich die Gelegenheit ergriffen und sich darüber gefreut, endlich eine Mitbewohnerin für Großmutter Maddalena gefunden zu haben. *Et voilà* – gesagt, getan. Irgendwann hatte sich das erhitzte Gemüt dann abgekühlt, doch in der Zwischenzeit hatte Claudia Arbeit in Rivabella gefunden, und so war sie nach fast zwei Jahren immer noch da.

»Besser so«, lautete der Kommentar ihre Mutter am Telefon zu Jolanda. »Besser, wenn sie nicht zurückkommt, weil die Frau von dem Kerl gerade Zwillinge geworfen hat. Die ist fähig und macht sie platt, wenn sie auf sie trifft.«

Claudia hat in der Tat ein ungestümes und hitziges Temperament, wovon ein paar Burschen aus Rivabella ein Lied singen können, die sie in diesen Jahren in Anspruch genommen, benutzt und wie Kaugummipapierchen zerknüllt und weggeworfen hat. Verliebt hat sie sich kein einziges Mal mehr und betrachtet deshalb die romantische Umnachtung ihrer Cousine voll irritiertem Mitleid.

»Ja, aber er ist schließlich verlobt! Und wenn Ludovica zu ihm in den zweiten Stock zieht und in deiner Wohnung Cousin Jeremy wohnt, dann musst du FÜR IMMER bei mir und Nonna bleiben. Ist dir das klar?«

Das ist Stella Marina durchaus bewusst. Sie riskiert viel. Ungefähr wie Paul Newman und Robert Redford in dem Film, in dem die Leute Poker oder andere Glückspiele spielen und circa eine Stunde und zwanzig Minuten nach Beginn alles auf einen einzigen Schachzug setzen.

»So weit wird es aber nicht kommen. Ich werde nämlich diejenige sein, die zu ihm in den zweiten Stock zieht. Weil ich ...«

Stella Marina legt den Inbusschlüssel beiseite und Claudia das Rohr A, welches einfach nicht in die Anschlussstelle B passen will, und mit der Ungezwungenheit zweier junger Frauen – *und* Cousinen –, die sich lieber unterhalten wollen, setzen sie sich auf den Boden.

»Weil ich der Ansicht bin, dass ein so starkes Gefühl nicht auf Einseitigkeit beruhen kann. So ein Gefühl findet sein Echo. Natürlich. Zwangsläufig. Ich bin mir sicher, es hallt auch in Lorenzo wider. Wir müssen uns nur die Zeit nehmen, das zu begreifen, und jetzt, wo es draußen langsam wieder schöner wird, werden wir das auch tun. Ein lauer Frühlingsabend im Garten, ein Nachmittag oben auf der Terrasse ... wir werden uns die Zeit nehmen.«

»Nur wirst du die Terrasse dort oben nicht mehr zur Verfügung haben. Dort sitzt dann der Amerikaner.«

Bei dem Gedanken an diese bezaubernde kleine Terrasse auf dem Dach, den absoluten Pluspunkt der Mansarde, muss Stella Marina seufzen.

»Macht nichts. Um zu gewinnen, muss man spielen, und ich spiele.«

Eine andere, die spielt, um zu gewinnen, ist ihre Schwägerin Giulietta, die sich just in diesem Moment per Videochat mit ihrem Mann Alvise unterhält, der gerade mit Signora Borrello am Heimtrainer beschäftigt ist. Natasha und Dimitri sind endlich in ihren Betten eingeschlafen, inmitten eines chaotischen Haufens aus Spielsachen, zerknitterten Kleidern, nicht erledigten Hausaufgaben und alten, zerbröselten Kuchenstücken. Ihre Mama hingegen ist proper und entzückend anzusehen in ihrem mit Bärchen bedruckten Schlafanzug.

»*Ciao,* Schatz! Ich wollte dir nur kurz ›Hallo‹ sagen.«

»*Ciao,* Giuli, äh, ich kann jetzt wirklich nicht, ich trainiere gerade mit Signora Borrello … sag ›Hallo‹ zu Signora Borrello …«

»Hallo, Signora Borrello!«

»Wer ist das? Was soll das?«, keucht Signora Borrello völlig außer Atem, während sie versucht, ihr Übergewicht auf dem Sattel des Heimtrainers im Gleichgewicht zu halten.

»Das ist meine Frau, Giulietta. Sie erinnern sich?«

»Leg das Telefon weg, *pronto!* Ich bezahl dich nicht dafür, mit deiner Frau zu telefonieren!«

Giulietta legt auf, seufzt. Es bleiben ihr noch gute vierzig Minuten. Zieht man zehn Minuten Sicherheitsreserve ab, bleibt ihr noch eine halbe Stunde. Vorsichtig nähert sie sich der Tür zum Kinderzimmer und dreht den Schlüssel um. Eine einfache, aber effektive Maßnahme: Sollten sie aufwachen, werden sie sich nicht hinausschleichen können, was bei ihnen eine ganze Reihe folgenschwerer Traumata auslösen könnte und eines schwedischen Films würdig wäre. Im schlimmsten Fall werden sie schreien; Giulietta wird hineingehen und sie beruhigen.

Dann greift sie zum Handy und wählt eine Nummer, aber es ist besetzt. Wie nervig. Sie wartet einen Augenblick und probiert es erneut. Besetzt. Wieder wartet sie einen Augenblick und probiert es erneut. So geht es mehrere Male weiter, bis endlich das Freizeichen ertönt.

»Spinnst du!«, fährt sie ihren Gesprächspartner an. »Wir haben gerade mal eine halbe Stunde, und du vertust die Zeit am Telefon? Mit wem?«

»Mit Ludo, sie wollte auf Biegen und Brechen vorbeikommen, ich habe eine Weile gebraucht, um sie davon zu überzeugen, dass ich fix und fertig bin. Aber hör mal, ich glaube, es wäre besser …«

»Ja, ja, klar doch«, unterbricht sie ihn. »Sicher. Los, komm runter, beeil dich, uns bleiben noch fünfundzwanzig Minuten.«

Folge acht

Als Alvise fünfunddreißig Minuten später nach Hause kommt, hat sich seine Frau im Bad eingeschlossen und trällert vor sich hin.

»*Ciao, tesoro!* Ich bin wieder da!«

»Hallöchen!«, jauchzt Giulietta. Sie ist bester Laune, weil ihr Zeitplan aufging, vor allem aber, weil Lorenzos Leistung an diesem Abend erstklassig war. Von hohem Niveau. Nach einem etwas matten Start kam er dann doch noch in Fahrt und war bald nicht mehr zu bremsen. Und wenn zum Wollen auch noch das Können kommt, lässt der Erfolg nicht lange auf sich warten.

Claudia Boscolo ist eine Frau mit vielen Qualitäten: Sie ist herzlich, hat ein gutes Gedächtnis, kann recht passabel Sudokus lösen, verfügt über körperliche Kraft und verliert nicht gleich die Geduld, wenn sie irgendwo anstehen muss. Diskretion, Verschwiegenheit und eine gewisse Zurückhaltung, wenn es darum geht, die Angelegenheiten anderer auszuplaudern, gehören jedoch nicht dazu. Jetzt steht sie gerade in der Bar »Lume«, einer einladenden kleinen Cafeteria vis-à-vis der Anwaltskanzlei Romagnosi, Romagnosi & Lamberti, wo sie Gabriele Lamberti mit einer unverfänglichen Version der neuesten Nachrichten aus der Via delle Magnolie Nummer 11 unterhält.

»Wir sind alle völlig durcheinander, weil dieser Cousin aus Amerika im Anmarsch ist und Stella Marina jetzt zu uns in die Wohnung runterzieht.«

Nicht eine Regung in Gabrieles Gesicht bei der Erwähnung

des Namens seiner Ex, die erahnen ließe, welch spitzer Dorn sich dabei jedes Mal in sein Herz bohrt. Er ist ein Mann voller Tatkraft, mit hohen Wangenknochen und einem schmalen Nasenrücken, dunklen, gewellten Haaren und nervösen Händen, die den Bombolone mit Vanillecreme in diesem Moment ein wenig fester als normal halten. Ihn und Claudia verbindet die gemeinsame Vorliebe für ein süßes, kalorienreiches Frühstück und lässt sie jeden Morgen in der Bar »Lume« zusammenkommen: er Krapfen, sie eine Brioche mit Nutella.

»Und wieso zieht sie zu euch runter?«

»Weil sie ihre Wohnung Jeremy überlässt, so heißt der Kerl. Wir machen das aus reiner Gastfreundschaft, du weißt doch, wie das so ist. Ein Verwandter, der ein paar Monate in Italien verbringen muss, da können wir ihn doch nicht ins Hotel schicken.«

»Dann könnte er doch bei Alvise unterkommen. Der hat eine große Wohnung.«

Claudia seufzt. »Bei Alvise? Mit den Kindern? Das wäre keine Gastfreundschaft, Gabriele, das wäre die reinste Bosheit. Auf jeden Fall hat Stemarì kein Problem damit. Weil nämlich …«

Claudia zögert. Sag ich es ihm, oder sag ich es ihm nicht, dass meine Cousine einen anderen liebt? Aber sicher sag ich es ihm, diesem blasierten Heini, der sie wegen einer kleinen Treulosigkeit in die Wüste geschickt hat.

»Die Alternative wäre gewesen, den Mieter aus dem zweiten Stock rauszuwerfen – Ingenieur, ein cooler Typ, und sympathisch ist er auch noch. Er verdient gut, ist kultiviert …«

Claudia befleißigt sich dabei jenes scheinbar mitfühlenden Tonfalls, den wir oft benutzen, wenn wir kurz davorstehen, jemanden ein Messer in den Rücken zu rammen. Einschließlich einer Hand auf dem Unterarm und einer leichten Neigung des Körpers, um innige Vertrautheit anzudeuten. Eine Technik, die von den Borgias veredelt und über die Jahrhunderte weitervererbt wurde.

»Weißt du … ich glaube, dass meine Cousine ein Auge auf ihn geworfen hat. Deshalb hätte sie ihn nur ungern aus dem Haus geschickt. Drück die Daumen! Wenn alles gut geht, werden wir über kurz oder lang Hochzeitsmandeln essen.«

»Wer isst die?«, erwidert Gabriele – gelinde gesagt – schroff.

»Du auch, klar doch … ich bring selbstverständlich die Bonbonnieren mit den *confetti* in die Kanzlei, schließlich bist du ein Ex von ihr. Vielleicht lädt sie dich sogar zur Hochzeit ein …«

Ein vages, bedauerndes Lächeln, mehr bringt Anwalt Lamberti als Antwort nicht zustande, ehe er rasch zahlt, auch für Claudia, geht und den angebissenen Bombolone auf dem Teller liegen lässt.

Mit einem schiefen Lächeln betrachtet Claudia den Krapfen, während sie genüsslich ihre fluffige Brioche verzehrt.

An diesem Nachmittag verspürt Anwalt Lamberti auf dem Nachhauseweg den plötzlichen Drang, ein paar Einkäufe im Coop zu machen. Rivabella ist, wie schon gesagt, klein, aber außer dem Coop gibt es dort durchaus noch weitere Supermärkte, zudem das abermals bereits erwähnte Einkaufszentrum La Trota Blu außerhalb der Stadt, und bisher hat Gabriele Stella Marinas Arbeitsplatz immer tunlichst gemieden. Auf dem Weg zwischen der Kanzlei und seiner Wohnung befindet sich beispielsweise ein bestens ausgestatteter Conad. Doch an diesem Tag im April legt Gabriele sich im Geist eine Rechtfertigung zurecht, um seine Schritte dorthin zu lenken, wohin er gehen will, und dabei so zu tun, als geschehe es aus reinem Zufall. Ich schau mal in der Buchhandlung vorbei, überlegt er, und frage nach, ob der neue Jeffrey Archer schon erschienen ist. Die Buchhandlung liegt gleich in der Nähe des Coop. Was soll's! Schließlich braucht er dringend noch eine Packung tiefgefrorenen Stängelkohl, der aus für ihn nicht nachvollziehbaren Gründen nur dort zu kaufen ist.

Als er den Laden betritt, sieht er sie sofort an der Kasse Nummer vier in ihrem türkisfarbenen Kittel sitzen.

Mit leicht beschleunigtem Herzschlag hält der Anwalt direkt auf die Abteilung mit Tiefkühlkost zu, ergreift drei Packungen voll Stängelkohl (da steht auch ein Becher mit Gianduja-Eis von Pepino) und reiht sich in die Schlange vor der Kasse Nummer vier ein, obwohl die Nummer drei offen und nur ein Kunde vor ihm in der Reihe ist. Um Wunder wie beschäftigt zu wirken, greift er zum klassischen Trick mit dem Handy: Er zieht es aus der Tasche und tippt daran herum, während das Blut immer stärker in seinen Ohren rauscht und eine gereizte Stimme in sein Gehirn zischelt: »Spinnst du? Ihr habt euch vor mehr als einem Jahr getrennt ... sie ist eine eingebildete Kuh, die dich mit einem Typen betrogen hat, der Kühlschränke repariert. Was kümmert es dich, wenn sie sich mit einem Ingenieur zusammentun will? Soll sie doch! Ruf doch morgen lieber gleich die Dottoressa Piccinini an, die dir gestern nach der Verhandlung ihre Visitenkarte in die Tasche gesteckt hat!«

»Weil ich seit den Zeiten von *Sex and the City* keine so primitive Anmache mehr gesehen habe«, wehrt Gabriele ab, der oft mit seiner inneren Stimme diskutiert. Aber jetzt bleibt ihm keine Zeit mehr, jetzt ist er an der Reihe, schon geht es los ... Hilfe ...

Er legt die drei Packungen Tiefkühlgemüse und das Eis auf das Band der Kasse, hebt den Blick, um Stella Marina anzusehen, und Stella Marina blickt auf, um ihn anzusehen.

Er ist dünner geworden, denkt sie.

Ihre Haare sind länger, denkt er.

Lorenzo sieht viel besser aus, denkt sie.

Sie hat die Augen geschminkt, denkt er.

»Oh, *ciao*«, sagt sie.

»Hallo, wie geht's?«, erwidert er.

Sie scannt die Artikel, nennt den Preis und fragt, ob er eine Tüte haben will.

»Ja, danke. Alles klar?«, hakt er nach, da sie ihm keine Antwort auf die Frage gegeben hat.

Stella Marina schenkt ihm ihr spektakuläres Lächeln, in das er sich schon einmal verliebt hatte.

»Bestens, danke. Und dir? Deinem Vater?«

»Gut, danke.«

Er ist völlig neben der Spur. Dieser Anwalt, bekannt für seinen messerscharfen Verstand und einen scheinbaren Mangel an Empathie, besteht – wie ein Teenager – im Moment nur noch aus nebulösen Gedankenspiralen, und da er keinen klaren Satz mehr herausbringt, zahlt er wortlos, nimmt seine Einkäufe und läuft davon.

Stella Marina sieht ihn weggehen, wie in einem Traum, der sich verflüchtigt, ohne dass man davon aufwacht.

Folge neun

Weißt du, von diesen Nonna-Ratschlägen will doch keiner mehr was wissen. Das Netz ist voll davon. Nonnas Rezepte, Nonnas Hausmittelchen, Großmütter, die singen, Großmütter, die tanzen – das gibt es doch schon alles. Und von den sexy Omis ganz zu schweigen – die gibt es zuhauf.«

»Aber eine Miss Nonna? Gibt es Miss-Nonna-Wahlen? Und wenn wir so eine Misswahl organisieren?«

Stella Marina und Maddalena sitzen vor dem Mac, vor der Instagram-Seite der Großmutter. Obwohl sie (außer den berühmten selbst gehäkelten Babyschühchen) inzwischen zahlreiche Fotos von spektakulär in Szene gesetzten Speisen, ein Video, in dem sie sich die Haare lila färbt, einen Schwarz-Weiß-Schnappschuss von sich als Siebzehnjährige in Jesolo, wo sie mit einem rudimentären Vintage-Bikini bekleidet in einem Tretboot sitzt, und die Tanzschritte in der richtigen Reihenfolge für eine Mazurka gepostet hat, sind es immer noch nicht mehr als schlappe 602 Follower auf ihrem Account.

»Nein, wir brauchen etwas vollkommen Neues. Eine Idee, die allen Großmüttern dieser Welt völlig neue Wege eröffnet!«

»Wie wäre es mit den Morden von Nonna Maddalena«, meldet sich Natasha überraschend zu Wort, die gerade gemeinsam mit ihrem Bruder dabei ist, ein Puzzle wieder zum Ganzen zusammenzusetzen. Weil der Papa zum Flughafen gefahren ist und die Mama sich wer weiß wo aufhält, sind sie für ein paar Stunden im dritten Stock geparkt worden und versuchen sich gerade an einem harmlosen Motiv von Micky, Donald und Goofy-Baby, die sich mit Torten bewerfen.

Großmutter und Tante drehen sich zu ihrer Enkeltochter respektive Nichte um, die trotz eines Haarreifs mit riesigen rosa Blumen und eines mit Wendepailletten besetzten Kleidchens gnadenlos unglamourös aussieht. Wie aus einem Mund ertönt es schließlich:

»Was sagst du da?« Von einer entsetzten Stella Marina.

»Tolle Idee!« Von einer begeisterten Maddalena.

Überlassen wir diese kleine Rumpffamilie fürs Erste der Planung von Großmutter Maddalenas Tötungsdelikten und schauen nach, was Giulietta so treibt.

Es ist Sonntagmorgen, neun Uhr, und heute, ausgerechnet heute, wird Cousin Jeremy aus New York erwartet. Die Mansarde im vierten Stock steht bereit, blitzeblank und angenehm duftend, und Alvise ist nach Malpensa gefahren, um Jeremy abzuholen. Giulietta hat ihn nicht begleitet, weil sie, wie sie sagte, die Blumenmeditation nicht versäumen wolle.

»Ist die nicht erst heute Nachmittag?«, hat ihr Mann gefragt.

»In dieser Woche findet sie vormittags statt, weil Giulebba am Nachmittag was vorhat. Ist doch besser so, oder? So hab ich Zeit für deinen Cousin.«

Alvise verzieht das Gesicht. Er ist noch immer der Meinung, dass sie aus der Sache niemals ungestraft herauskommen werden und dass der Knast bereits auf sie wartet. Aber er ist nun mal der Einzige der Familie, der sich an das Gesetz halten will. Sogar seine Kinder sind mit wehenden Fahnen übergelaufen, als Großvater Giuseppe ihnen erklärte, dass es bis Weihnachten aus sei mit den Zeichentrickfilmen, falls ihnen auch nur ein einziges Mal herausrutschen würde, dass bis jetzt Tante Stemarì die Mansarde bewohnt hat.

Gerade eben biegt Giulietta am Steuer ihres roten Fiat 500 in eine kleine Straße in der Peripherie von Rivabella ein, dort, wo die Stadt aufhört und der Wald anfängt. Vor einer Villa, die schon länger nicht mehr bewohnt scheint und an der ein morsches Schild mit der Aufschrift MARLÈ DOLCI PER TE hängt, wird sie langsamer.

Hier stellte einst Giancarlo Marlè, der Vater von Giulietta, den traditionellen Panettone und Süßwaren im Allgemeinen her, wozu unter anderem die berühmten Marletti gehörten, Pralinen mit einem Herz aus Rum, umhüllt von einer Zuckerschicht und mit drei Lagen Kuvertüre verfeinert: Milchschokolade, Gianduja und Zartbitter. Jetzt haben sich Giancarlo und seine Frau Loredana aufs Land zurückgezogen, und das MARLÈ DOLCI PER TE hat seine Pforten wohl für immer geschlossen, doch noch steht die Villa da und wartet, bis jemand sie für den exorbitant hohen Kaufpreis erwirbt, der dafür verlangt wird. In der Zwischenzeit hat Giulietta den Schlüssel und nutzt den Leerstand für ihre Zwecke.

Als sie vorfährt, bemerkt sie das Fahrrad von Lorenzo, das am Geländer festgemacht ist, und ihr entweicht ein nervöses Schnauben. Was für ein idiotischer Schwachkopf. Was, wenn jemand vorbeikommt, der es kennt? Wie viele in diesem Nest haben schon ein Fahrrad mit Aufklebern von Queen? Ich habe ihm bestimmt hundertmal gesagt, er soll es hineinstellen, aber nein, der Kerl hat ein Hirn wie ein Sieb, am liebsten würde man ihm jede Kleinigkeit einhämmern. Giulietta hingegen öffnet nun per Fernbedienung das Tor, fährt in den Hof und parkt ihren Wagen unter einem Vordach, wo er vor neugierigen Blicken geschützt ist.

Als sie ins Haus geht, hört sie Musik. Lorenzo hat bereits die Boxen angeschlossen und übt alleine vor dem großen Spiegel, den sie in einem der Arbeitsräume hatten aufstellen lassen.

»*Ciao*«, begrüßt sie ihn knapp. Giulietta ist zu allen Menschen freundlich und zuvorkommend, nur nicht zu Lorenzo. Schließlich muss klar sein, wer das Sagen hat. Und außerdem hängt ihre Zukunft von ihm ab.

»*Ciao*, Giuli. Hör mal, wir bewegen uns wirklich auf dünnem Eis. Gestern Abend habe ich Blut und Wasser geschwitzt, um nicht mit Ludo schlafen zu müssen. Ich habe mir die absurdesten Ausreden einfallen lassen, so etwas wie, dass ich heute Vormittag auf eine Baustelle müsste. An einem Sonntag! Die Firma Brioschi baut doch nichts, die macht Kaffee!«

Giulietta tritt vor einen Kalender, der als einzige Zierde in dem kahlen Raum an der Wand hängt, und tippt mit dem Finger auf ein rot umrandetes Datum: 28. April.

»Es sind keine zwanzig Tage mehr bis dahin. Wollen wir jetzt aufgeben? Wollen wir tatsächlich auf fünfundzwanzigtausend Euro pfeifen?«

»Nein, aber ...«

»Aber was? Los, komm schon, besser, wir verlieren keine Zeit. Heute proben wir die Bachata Sensual. Und leg bitte ein bisschen Seele hinein.«

Die Alpen, was für ein Anblick. Einfach überwältigend ... Wenn der Mensch sie nur nicht mit seinem Müll verunstalten würde! Oder ist das da der Everest?

Durch das Kabinenfenster schaut Jeremy hinunter auf die schneebedeckten Gipfel, während das Flugzeug zum Landeanflug auf Mailand-Malpensa ansetzt, und spürt sein ökologisches Herz im gleichen Rhythmus wie das der Rehe, Häschen, Steinböcke, Wildschweine und anderer von der blinden Gedankenlosigkeit des Menschen bedrohter tierischer Bergbewohner schlagen. »Blinde Gedankenlosigkeit«, ein wunderbarer Ausdruck, wie er findet, und er notiert ihn sich im Geist. Er könnte ihn in seinem nächsten Artikel für *In Nature We Trust* verwenden, das Onlinemagazin, für das er gelegentlich schreibt. In dem Notizheft, das er dazu verwendet, stecken zwei Gegenstände, die beide mit seiner bevorstehenden Ankunft in Italien zu tun haben. Zum einen das Foto, das ihm Großmutter Antonia hat ausdrucken lassen und auf dem alle Cousins und Cousinen Boscolo zu sehen sind. Über jeden und jede von ihnen hat er in den sozialen Medien Recherchen angestellt, vor allem über Cousine Claudia, die ihm auf den ersten Blick aufgefallen war. Jeremy liebt Debra Lou, er war ihr immer treu, aber es ist schließlich nichts Schlimmes dabei, ohne jeden Hintergedanken eine rassige italienische Verwandte zu bewundern. Einfach so, um sich auf die lokalen Gepflogenheiten einzustellen. Der italienische Mann ist nun mal ein großer Bewunderer der Frau an sich, und für ein paar Monate muss er sich nun italienischer als jeder Italiener gebärden. »Ich werde ihnen meine Kultur nicht aufzwingen, sondern mich geschmeidig an ihre lokalen Gepflogenheiten anpassen«, denkt er sich und versucht im gleichen Atemzug, Claudias Körbchengröße zu berechnen.

Er steckt das Foto wieder zwischen die Seiten und holt den zweiten Gegenstand heraus, ein Blatt Papier, mehrfach zusammengelegt, welches sich auseinandergefaltet als ziemlich groß erweist und den maßstabsgetreuen Grundriss der Wohnung im zweiten Stock des Wohnhauses in der Via delle Magnolie Nummer 11 wiedergibt. Den hat ihm Großmutter Antonia auch mitgegeben.

»Hier, Geremia. Das ist unsere Wohnung. Sie liegt im zweiten Stock, hundertzwanzig Quadratmeter, zwei Bäder, ein Balkon. Gute Reise!«

Folge zehn

Jeremy und Alvise fällt es nicht schwer, während der Autofahrt von Malpensa nach Rivabella Themen für eine Unterhaltung zu finden. Zum einen entstammen sie beide einem Genpool, der so etwas wie Kommunikationsschwierigkeiten nicht kennt, und zum anderen, weil Jeremy seinen Cousin mit Fragen über die Familie löchert, sowohl zu dem Zweig aus Rivabella als auch zu dem aus Bassano del Grappa, und sich vor allem wiederholt nach dem Zustand der Wohnung erkundigt, was wiederum größte Panik bei dem hasenherzigen Alvise hervorruft.

»Meine Großmutter meinte, dass sie in einem fürchterlichen Zustand sein soll. Was mir zwar keine Angst macht, aber Wasser, Strom, Gas – das habt ihr doch alles wieder anschließen lassen?«

»Ja, ja. Klar doch. Wir haben die Wohnung ein bisschen hergerichtet … Wirst schon sehen, sie ist besser, als du es dir erwartest. Und ihr wollt also Starbucks-Filialen in Mailand eröffnen?«

Sein vierter Versuch, das Thema zu wechseln, und bisher hat Alvise sich wacker geschlagen; der fatale Unterschied zwischen »zweitem Stock« und »vierter Stock Mansarde« ist bis jetzt noch nicht zutage getreten. Alvises Hoffnung ist es, das Thema zu meiden, bis sie an ihrem Ziel angekommen sind, danach sollen sich sein Vater, seine Mutter, seine Schwester und seine Cousine damit herumschlagen: Schließlich waren sie es, die sich dieses Konstrukt haben einfallen lassen, und folglich ist es auch ihre Aufgabe, sich aus dieser schwierigen Situation wieder zu befreien.

»Und deine Schwester und deine Cousine? Sind sie verlobt?«

Jeremy hat keine Lust, über Starbucks zu reden. Morgen, an seinem ersten Arbeitstag, wird er anfangen, sich darüber Gedanken zu machen.

»Nein, sie sind nicht verlobt. Sie haben sich beide von ihren Mackern getrennt, und jetzt sind sie wieder solo.«

»Aha«, denkt Jeremy. »Nicht dass es mich interessieren würde, trotzdem: *Aha.*«

»Jawohl!«, denkt Giulietta, während sie durch die sonntäglich verwaisten Straßen von Rivabella brettert. »Ja! Endlich hat dieser Tölpel von Lorenzo eine anständige – was sage ich, spitzenmäßige – Bachata hingelegt, auch wenn ich das ihm gegenüber nie zugeben würde, denn einen wie ihn muss man mit harter Hand führen, hält er sich doch jetzt schon für den Größten und Schönsten der Provinz, unvorstellbar, wenn ich ihm jetzt auch noch Komplimente mache. Aber er ist gut. Sehr gut sogar. Ich habe mich nicht in ihm getäuscht«, triumphiert sie innerlich, »als ich mich für ihn als idealen Partner entschieden habe, um bei *Let's Dance* mitzumachen. Und wir werden gewinnen! Der erste Preis sind fünfzigtausend Euro, nächste Woche werden die vier Finalistenpaare bekannt gegeben.« Und unter die letzten acht Halbfinalisten sind sie bereits gekommen, dank einer Onlineabstimmung auf Grundlage der von den Konkurrenten eingesandten Videos. Giulietta erinnert sich an jenen Tag im Dezember, als ... *Dring!* Ihr Handy klingelt.

Ludovica. Die hat mir gerade noch gefehlt.

Als eine Frau, die sich an die Regeln hält und beim Fahren nicht telefoniert, lenkt Giulietta den Wagen an den Straßenrand.

»*Ciao*, Ludo.«

»Giulietta, jetzt bin ich mir ganz sicher. Lorenzo betrügt mich.«

»Aber ich bitte dich. Wie kommst du denn auf die Idee?«

»Hör dir das mal an. Erst neulich wollte er mich nicht sehen, weil er angeblich müde war. Müde von was? Davon, dass er immer im Büro hockt, vom Nichtstun ... Und erst gestern ... also, gestern Abend hat er einen solchen Hammer gebracht, dass ich ihn hätte umbringen können. Er hat doch tatsächlich zu mir gesagt, dass er nicht bei mir schlafen kann, weil er heute Morgen früh aufstehen muss, um auf eine Baustelle zu fahren!«

»Aber entschuldige mal, das kann doch stimmen, oder nicht? Ingenieure machen so was. Sie fahren auf Baustellen.«

»Heute ist Sonntag, Giuli. Und er arbeitet in der Technikabteilung bei Brioschi. Der fährt auf keine Baustelle!«

»Was verstehst du schon davon?« Hektisch sucht Giulietta nach einem Argument, das Ludovica beruhigen könnte. Es ist unbedingt notwendig, dass sie sich nicht aufregt und ihnen keine Schwierigkeiten bereitet. Lorenzo verliert nämlich leicht die Nerven, was typisch ist für egozentrische Männer, und wenn sie ihm Ärger macht, dann bricht er zusammen, und dann lebe wohl, Wettbewerb. »Vielleicht müssen sie ein neues Werk eröffnen.«

»Das hätte er mir doch erzählt!«

»Machst du Witze? Hast du schon mal was von Betriebsgeheimnis gehört? Stell dir vor, die von Caffè Meraviglia kommen dahinter, dass Brioschi ein neues Werk eröffnet, sagen wir mal in ... in Verbania.«

»Und dann?«

»Und dann, zack ... dann eröffnen sie auch eins. Stattdessen sollten sie vor vollendete Tatsachen gestellt werden und denken: Mist, die von Brioschi haben ein neues Werk in Verbania eröffnet. Wenn wir das gewusst hätten!«

Ludovica ist nicht überzeugt. »Ja, mag schon sein, aber mir könnte er es doch sagen.«

»Aber nein. Kann er nicht. Niemand darf das wissen. Nicht einmal die Verlobten der Ingenieure.«

Kurzes Schweigen. Gott sei Dank ist Ludovica nicht die Hellste, denkt Giulietta.

»Meinst du?« Erste Zweifel schleichen sich ein, und Giulietta atmet erleichtert auf.

»Schau, vielleicht dürfte ich es dir gar nicht erzählen … aber heute Morgen bin ich um sechs aufgewacht, habe nach den Kindern gesehen und dabei einen Blick aus dem Fenster in ihrem Zimmer geworfen, wo die Rollläden immer nur halb heruntergelassen sind, weil sie Angst im Dunkeln haben. Und dabei habe ich Lorenzo weggehen sehen.«

»Um sechs?«

»Um sechs Uhr. Mit Wanderschuhen und einem gelben Helm. Der ist auf eine Baustelle gefahren, Ludo. Von wegen Untreue.«

»Mit einem gelben Helm?«

»Ja. Gelb.« Was die Farbe des Helms angeht, orientiert sich Giulietta an einem Fernsehspot, den sie einmal gesehen hat und der auf einer Baustelle spielte. Sie hofft, dass sie das richtig interpretiert hat, auf jeden Fall arbeitet Ludovica in einer Bank und dürfte wahrscheinlich auch nicht mehr als sie von Schutzverordnungen im Baugewerbe verstehen.

»Dann soll ich deiner Meinung nach nichts zu ihm sagen?«

»Stumm wie ein Fisch sollst du bleiben. Erzähl mir lieber, wie es mit der Operation ›Ehehafen‹ läuft, ja?«

»Es geht voran. Gestern haben wir uns zusammen den Ikea-Katalog angeschaut.«

»Sehr gut, weiter so. Und jetzt entschuldige mich, ich muss mich beeilen, ich muss schnell nach Hause, weil der Amerikaner kommt.«

Der Amerikaner ist schon da. Er steht vor dem Wohnhaus in der Via delle Magnolie und denkt sich: Ist das schön. Prächtige italienische Provinzarchitektur der 1960er-Jahre.

»Die Villa des Landvermessers!«, sagt er verzückt zu Alvise, während sie seine drei Koffer aus dem Wagen zerren, wovon einer besonders schwer ist. Hoffen wir nur, denkt er, dass Debra Lou die Büste des Erzengels nicht heimlich wieder eingepackt hat.

»Welcher Landvermesser?«

»Das sagt man so unter Architekten.«

Alvise nickt und bemerkt erleichtert die, bereit für Jeremys Empfang, in Reih und Glied angetretene Familie im Garten: seine Mutter und sein Vater, die Großmutter, Stella Marina, Claudia, Natasha und Dimitri. Natasha umklammert einen Blumenstrauß und hält entschlossen auf ihren Vater und diesen Kerl mit den orangefarbenen Haaren zu.

»Willkommen, Cousin Jeremy«, kräht sie und streckt ihm die Blumen hin.

Es folgen Küsse, Umarmungen, man macht sich miteinander bekannt und erkundigt sich nach der Reise – mit einem Wort, ein fröhliches familiäres Durcheinander. Aber noch befindet man sich im Garten. Keiner hat es eilig, den nächsten Schritt zu machen, bis Jolanda sich schließlich traut.

»Aber du bist doch sicher müde«, sagt sie. »Komm, wir bringen dich jetzt rauf in deine Wohnung.«

»Ich weiß sogar schon, wie sie aussieht, wisst ihr«, verkündet Jeremy munter. »Die Nonna hat mir den Plan mitgegeben. Zum Glück gibt es einen Aufzug, so müssen wir nicht alles in den zweiten Stock hochschleppen.«

Das amüsierte Gelächter, das Jeremy erwartet, bleibt aus. Stattdessen starren ihn die Boscolos mit versteinerter Miene an. Aber warum? Was hat er denn Schlimmes gesagt?

Folge elf

In gewissen Lebenslagen besteht die dringende Notwendigkeit, dass das Familienoberhaupt sich seiner Verantwortung stellt, und in diesem Fall ist es Großmutter Maddalena, welche das Ruder übernimmt. Sie hat ihre Gründe, sich für die Situation berufen zu fühlen, und dieser sommersprossige Amerikaner wird ihr ganz gewiss keine Probleme bereiten. Während Giuseppe und Alvise die Koffer ins Haus schleppen, hakt sie sich bei Jeremy unter und schaut ihn verwirrt und glupschäugig an.

»Wieso zweiter Stock? Antonias Wohnung liegt im vierten. Die Mansarde.«

»Nein, Tante Maddalena, im zweiten Stock. Hundertzwanzig Quadratmeter, Küche, Wohnzimmer, drei Schlafzimmer, zwei Bäder.«

»Ja, das ist die Wohnung im zweiten Stock, die, welche Florindo, möge seine Seele in Frieden ruhen, Gaspare, ruhe auch seine Seele in Frieden, vermacht hat, der sie wiederum beim Pokern an Renato verloren hat, woraufhin Renato sie meiner Schwester überlassen hat, die sie nach ihrem Tod wieder mir vermacht hat, sodass heute der ganze Palazzo uns gehört bis auf die Wohnung von Antonia« – wirkungsvolles Innehalten –, »die Mansarde.«

»Aber nein, du täuschst dich. Die Nonna war eindeutig, ihre ist die im ...«

Ungeduldig fällt Maddalena ihm ins Wort. »Antonia hatte schon immer ein Spatzenhirn, und als Florindo starb, da war sie bereits seit Jahren in Amerika. Was soll sie schon über die Wohnungen wissen, sie weiß ja nicht einmal, wo Rivabella liegt!«

»Aber ich habe doch den Grundriss, Tante!«

»Und? Was heißt das schon … man sieht doch, dass sich bei unserem Umbau einiges verändert hat.«

Allmählich verspürt Jeremy eine leichte Gereiztheit. Giuseppe und Alvise sind mit seinen Koffern verschwunden, und er bleibt allein im Hausflur zurück, umzingelt von Frauen. Einen Moment lang steigen vage Erinnerungen an das in ihm auf, was er am College gelernt hat, und er fühlt sich wie dieser Kerl, kurz bevor die Bacchantinnen ihn übel zu bedrängen beginnen.

»Tante Maddalena, kein Umbau der Welt versetzt die Stockwerke in einem Haus.«

»Hör mal, Jeremy …«, ergreift nun Claudia das Wort, optisch die typische Italienerin mit den entsprechenden Rundungen, die ihn aus veilchenblauen Augen von unten ansieht (sie klein, Jeremy groß). »Was hältst du davon, wenn wir jetzt zusammen hochfahren, du deine Sachen auspackst und wir anschließend alles in Ruhe besprechen? Du bist bestimmt müde, hast ja eine lange Reise hinter dir, und die Wohnung im vierten Stock ist sehr gemütlich, du wirst schon sehen …«

»Na gut«, erwidert er seufzend. »Aber dieser Sache muss auf den Grund gegangen werden. Unter allen Umständen.«

An diesem selben Nachmittag, gegen siebzehn Uhr, werden wir Zeuge, wie sich die Familie Boscolo an mehreren kleinen Tischen in der Eisdiele »Nustrizio«, der besten in Rivabella, versammelt. Auch Giulietta ist da, die Einzige, die Jeremy bisher noch nicht persönlich kennengelernt hat, da sie erst kurz nachdem der Amerikaner hinter der Wohnungstür der Mansarde verschwand, atemlos angehetzt kam.

»Also, merkt euch das. Alle. Wir einigen uns auf folgende Version: Antonia hat sich getäuscht«, lässt sich Giuseppe vernehmen, während er den Löffel in seinen Amarena-Eisbecher steckt.

»Und die Unterlagen sind alle bei dem Brand siebenundsiebzig zerstört worden«, fügt Claudia hinzu.

»Welcher Brand?«, fragt Giulietta zerstreut. Sie schaut sich gerade das Video von Loris und Mikela an, das Paar, das ihnen unter allen Wettbewerbern am gefährlichsten werden kann. Heilige Scheiße, was für eine Rumba!

»Kein Brand, Giuli.« Alvise berührt zärtlich seine Frau. »Den haben wir erfunden. In solchen Fällen ist ein Brand, der alle Dokumente zerstört hat, immer die beste Lösung. Sogar in diesen Filmen über mörderische Waisenkinder machen die das so.«

»Stimmt, wenn die Adoptiveltern sich an das Institut wenden und die Dokumente ihrer kleinen Adoptivtochter, die aber kein Mädchen, sondern eine Zwergin ist, sehen wollen, und die Direktorin sagt …« Stella Marina ist ein Fan von Horrorfilmen und sofort Feuer und Flamme.

»… dass alle Unterlagen bei einem Brand zerstört wurden«, vollendet Jolanda, ebenfalls eine Liebhaberin von Horrorfilmen, den Satz.

Claudia ruft die Verwandten zur Ordnung. »Hört ihr jetzt endlich auf damit? Wir müssen hier und heute eine Strategie ausarbeiten!«

Die Boscolos sind deswegen geschlossen zu »Nustrizio« ausgewandert, damit Jeremy oben in seiner Mansarde weder optisch noch akustisch etwas von ihrer Zusammenkunft mitbekommt. Irgendwann ist Jolanda hinauf und hat unter dem Vorwand bei ihm geklopft, ihm einen Willkommenskuchen überreichen zu wollen (in Wahrheit, um seinen Gemütszustand auszuloten), aber er hat nicht aufgemacht. Wahrscheinlich schläft er, lautete die Hypothese der Optimisten unter den Boscolos. Die Pessimisten unter ihnen (sprich Alvise) mutmaßten, dass er bereits dabei war, die Polizei zu verständigen.

»Also«, fasst Claudia zusammen, nachdem es ihr gelungen ist, erneut die allgemeine Aufmerksamkeit zu erringen, »Cousine Antonia hat sich nun mal geirrt! Ich frage mich, wie dieser Plan des zweiten Stocks überhaupt so lange existieren konnte! Und genau das ist unser Ass im Ärmel! So ist es nämlich schon lange nicht mehr!«

Claudias ausrufezeichengeschwängerte Begeisterung, die sogar Ludovica Tränen des Neids in die Augen treiben würde, ist der unverhofften Beihilfe des Grundrissplans von Antonia geschuldet, der sich auf eine frühere Version der Wohnung im zweiten Stock bezieht, noch vor dem Umbau in den Sechzigerjahren. Mittlerweile sind es keine drei Zimmer mehr, sondern nur noch zwei, und aus dem Salon ist ein nutzloses, verschnörkeltes Doppelwohnzimmer geworden.«

»Und wenn der Kerl zum Notar gehen und den Grundbucheintrag einsehen will? Wenn er die Besitzverhältnisse klären oder, was weiß ich, wissen will, wer die Steuern für die Wohnung bezahlt?« Alvise lässt nicht locker. Da kann man nichts machen, er ist nun mal eine gesetzestreue Seele und ehrlich bis auf die Knochen.

»Niemand. Niemand zahlt die Steuern!«, verkündet Maddalena triumphierend. »Das läuft alles auf einen anderen Namen.«

Es gibt Schwellen, vor denen man besser anhält, die Pforten der Hölle zum Beispiel und die Grundbuchverhältnisse des Palazzos in der Via delle Magnolie Nummer 11. Die Familie geht deswegen auch nicht weiter ins Detail. Alle schweigen betreten, bis Giuseppe den Faden wieder aufnimmt.

»Wenn er mehr wissen will, wird er nach Bassano fahren müssen, wo Urgroßvater Florindo gestorben ist. Und dort kümmert sich Leandro um alles.«

»Aber das wird er nicht machen«, meint Stella Marina lächelnd, »weil er sich in der Mansarde bestimmt wohlfühlen wird … ich habe ihm sogar die Boxen dagelassen. Die Patchworkdecke, die allem einen amerikanischen Touch verleiht. Die Räucherstäbchen mit Grüner-Apfel-Duft. Die Wohnung ist so schön, wer oder was soll ihn da schon auf die Idee bringen, nach Bassano del Grappa auf das Katasteramt zu fahren?«

Die Frage verharrt über der Familie Boscolo und weckt Zuversicht und Optimismus, als Dimitri plötzlich eine mit Pistazieneis verschmierte Hand hebt und losbrüllt: »*Ciao,* Lorenzo! *Ciao,* altes Stinktier!«

Als Stella Marina sich umdreht, sieht sie Lorenzo auf sich zukommen, der den saloppen Gruß mit einem heiteren Lächeln erwidert. Er ist in Begleitung von Ludovica, die in ihren Leo-Leggings von Roberto Cavalli mit der Geschmeidigkeit eines Panthers neben ihm einhergleitet.

»Na, wie geht's? Sonntägliches Eisessen?«, erkundigt sich der Ingenieur herzlich, während Ludovica in einer komplizierten Choreographie Küsschen an die anwesenden Damen zu verteilen beginnt, einschließlich Stella Marina, die indes zur Salzsäule erstarrt wie jedes Mal, wenn sie die beiden zusammen sieht.

»Tja …« Alvise deutet auf das Durcheinander an Eisbechern und Espressotassen auf dem Tisch. »Wollt ihr euch zu uns setzen? Soll ich euch was bestellen?«

Lorenzos Blick wandert zu Stella Marina, die ihn ihrerseits mustert, und wieder einmal kommt ihm der Gedanke: Mann, sieht die gut aus. Und was für Augen. Die ist ja ganz scharf auf mich. Was soll ich bloß machen?

Und genau in diesem Moment, während Lorenzo und Ludovica sich fragen, ob sie bleiben und mit der Familie Boscolo ein Eis essen oder doch lieber ihr ursprüngliches Programm fortsetzen wollen, das einen kurzen Abstecher nach MediaWorld vorsah, um sich dort die Handys anzuschauen, weil Lorenzo seines umtauschen will … in eben genau diesem Moment kommt zu allem Übel Giulebba Gormiti vorbei, die Dozentin der Blumenmeditation, bleibt neben Giulietta stehen und fragt mit ihrer tiefen, meditativen Stimme: »Giulietta. Wie kommt es, dass du heute nicht da warst?«

Folge zwölf

Gegen zehn Uhr abends an diesem Sonntag im April entlädt sich in jedem Stockwerk des Wohnhauses in der Via delle Magnolie Nummer 11 ein eigenes Gewitter. Die Anwohner sehen zwar nur hell erleuchtete Fenster, doch hinter jedem davon leiden aufgewühlte Gemüter.

Wie in der Mansarde im vierten Stock. Hier schreitet Jeremy ein Zimmer nach dem anderen ab. Es sind nicht viele: ein großer Wohnraum mit Kochnische, ein Schlafzimmer, das Bad. Aber in Topzustand: modernste und funktionale Elektrogeräte, Fliesen und sanitäre Einrichtungen vom Feinsten, Fenster mit Doppelverglasung, besagte prachtvolle Terrasse mit einer Unzahl üppig bepflanzter Töpfe. Selbst wenn man davon ausgeht, dass dies tatsächlich die Wohnung seiner Großmutter sein sollte, warum wurde ihnen dann jahrelang eingeredet, wegen ihres schlechten Zustandes sei es unmöglich, sie zu vermieten oder zu verkaufen? »Morgen werde ich mich mal ans Telefon hängen müssen«, überlegt Jeremy. Dann tritt er hinaus auf die Terrasse, um die Sichel des italienischen Mondes zu bewundern. Sein Blick sucht den Lago dell'Ondina, der irgendwo da unten am Rand der Stadt liegen muss. Jeremy scheint es, als spiegele sich im Mond ein wässriges Funkeln. »Dann geh ich jetzt mal wieder rein und ruf Debra Lou an«, sagt er sich und schaut auf seine Armbanduhr mit dem doppelten Zifferblatt. Vier Uhr nachmittags, perfekt.

Großmutter Maddalena im dritten Stock starrt hingerissen auf ihre Instagram-Seite: Zweitausendfünfhundert! Im Verlauf weniger Stunden hat sich die Zahl ihrer Follower verfünffacht! Ein Foto hat gereicht, auf dem sie mit dem Brotmesser ihre Enkelin Claudia bedroht, die mit der Wäscheleine an einen Stuhl gefesselt ist, genau wie in dieser spanischen Serie, die sie so gerne sieht! Kein Kommentar, keine Erklärung, nur ein Titel: DIE MORDE DER NONNA MADDALENA, Copyright: Natasha. Es hat funktioniert! Die Leute in den sozialen Medien sind völlig ausgeflippt! Das Tüpfelchen auf dem i war das von Stella Marina vorgeschlagene Abendkleid. In zartrosa Seide gehüllt, mit Smokey Eyes und einem schlichten Tigerhaarreif verkörpert Maddalena die achtzigjährige Mörderin, die zu werden sich alle wünschen. Und jetzt muss ich mir meinen morgigen Mord überlegen, denkt sie, und verteilt Nachtcreme auf ihrem Gesicht, bevor sie ins Bett geht. Dieses Mal werde ich jemanden vergiften, beschließt sie zufrieden und putzt sich dann die Zähne.

Die anderen beiden Bewohnerinnen sind nicht da. Claudia ist mit ihren Freundinnen unterwegs zum Essen beim Griechen, danach beim Bowling, Stella Marina ist allein unten im Garten, wo sie unruhig auf und ab läuft und versucht, die schockierende Entdeckung zu verdauen, die sie an diesem Nachmittag gemacht hat: Ihre Schwägerin hat eine Affäre mit Lorenzo! Blitzartig wurde ihr das klar, eine jener intuitiven Eingebungen, die einen ohne jede Vorwarnung treffen und auf die man liebend gerne verzichten würde. Giulebbas Frage: »Wie kommt es, dass du heute nicht da warst?« und der Schrecken, der sich augenblicklich auf ihren beiden Gesichtern abzeichnete. Ludovica, die auf der Suche nach einem kalorienarmen Eisbecher die Speisekarte durchforstete, bekam nichts davon mit, sie aber sehr wohl. Sie sah Giulietta erbleichen, Lorenzo erbeben und Alvise verständnislos seine Frau anschauen, erst den Mund zum Reden öffnen, um ihn umgehend wieder zu schließen, während Giulietta, nachdem sie sich wieder gefangen hatte, unverschämt lächelnd erwiderte: »Ich hatte zu tun, unser Cousin aus Amerika ist heute angekommen. Ich erzähl dir dann alles. Wir sehen uns Mittwoch …«

Stella Marina hatte Giulietta nämlich an diesem Morgen gesehen, als sie mit einer Sporttasche das Haus verließ; sie hatte gehört, wie sie sich von den Kindern mit den Worten verabschiedete: »Seid brav und macht der Nonna ja keinen Ärger, Mamma geht zum Meditieren.«

Zum Meditieren. Auch mal was anderes.

Als ihr Blick nach oben zu den Fenstern im ersten Stock wandert, sieht Stella Marina Alvises Schatten hin und her laufen, so aufgewühlt, wie ein Schatten nur sein kann. Und jetzt? Eine Familie kaputt, und was wird aus *mir?* Gegen eine Verlobte mag man noch ankämpfen können, aber gegen eine Verlobte und eine Geliebte, das ist ein bisschen viel. Soll ich vielleicht verzichten? Soll das etwa heißen, ich bin in diese Rumpelkammer gezogen, damit der Liebhaber meiner Schwägerin hier im Haus bleiben kann?

Und noch während Stella Marina sich die Frage stellt, welche Richtung sie ihrem Leben geben soll, sieht sie, wie die Gartentür aufgeht und Lorenzo mit raschen Schritten auf das Haustor zueilt. »Nein«, denkt Stella Marina, »nein, nein, nein. So kommst du mir nicht davon.« Und schießt los.

Der zweite Stock ist leer, wie wir gerade gesehen haben, weil Lorenzo jetzt erst nach Hause kommt. Aber er wird auch noch eine Weile leer bleiben.

In Wahrheit ist es doch der erste Stock, der uns interessiert, nicht wahr? Jene Etage, in der sich die Abrechnung zwischen Giulietta und Alvise abspielt. Natasha und Dimitri sind im Bett, fix und fertig von diesem Sonntag mit Besuch aus Amerika,

Eisessen und einer Mamma und einem Papà, die sich beim Abendessen sehr seltsam verhalten haben. Jetzt dürfen Mamma und Papà endlich aufhören, sich seltsam zu verhalten, und aufeinander losgehen. Im Gegensatz zu seiner Schwester hat Alvise zum Glück nicht mitbekommen, welcher Schreck Lorenzo durchzuckte. Auch wenn er seine Frau für eine treulose Lügnerin hält, kommt er nicht eine Sekunde lang auf die Idee, bei dem Komplizen dieses schändlichen Ehebruchs könnte es sich um den hochgeschätzten Bewohner des zweiten Stocks handeln. Stattdessen hält er diesen »Gigolo« (er benutzt einen anderen Ausdruck) Pasquale Labricciarola, einen Freund von Freunden, der während eines gemeinsamen Abendessens Giulietta heftigst schöne Augen und ihren himmelblauen Haaren unerwünschte Komplimente gemacht hatte, für den Liebhaber.

Während Alvise seine wütenden Beschuldigungen abfeuert, die Giulietta gelassen über sich ergehen lässt, offenbart sich die unbestrittene Überlegenheit des Lebens gegenüber der Fiktion. In einem Roman würde Giulietta alles abstreiten, ihren Gatten anflehen, ihr zu vertrauen, und unter Tränen beteuern, unschuldig zu sein, ihm jedoch auf keinen Fall offenbaren zu können, womit sie beschäftigt war, statt über Blumen zu meditieren. Alvise würde ihr nicht glauben und eine Reihe von Missverständnissen auslösen, die, je nachdem ob der Roman Ambitionen auf den Premio Strega, den prestigeträchtigsten Literaturpreis Italiens, hat oder nicht, in einer Tragödie oder in einem Thriller enden würden.

Im wahren Leben hingegen wird eine Ehefrau, die tatsächlich eine Erklärung für eine vermutete Untreue abzugeben hat, ja noch dazu eine Erklärung, die stimmt und leicht zu überprüfen ist, auch darauf zurückgreifen. Auf keinen Fall wird sie die Treuekarte spielen oder ähnliche ungewisse Optionen ausloten. Und deswegen hebt Giulietta die Hand, kaum dass Alvise zu poltern aufhört, und setzt zur Verteidigung an.

»Bist du fertig? Gut. Dann hör mir jetzt mal gut zu: Heute Morgen war ich mit Lorenzo im ›Marlè Dolci per te‹. Wir haben eine Bachata geprobt. Wir treffen uns seit drei Monaten heimlich, weil wir uns für *Let's Dance* angemeldet haben. Und wir sind auch schon im Halbfinale.«

Alvise fühlt sich wie die Titanic nach ihrem Zusammenstoß mit dem Eisberg.

Er schnappt nach Luft und starrt seine Frau an – Giulietta, Tochter des Satans!

»Du hast dich angemeldet? Ich habe dir doch gesagt, dass ich das nicht will! Ich habe dir gesagt, dass das auf keinen Fall infrage kommt! Und du hast mir versprochen, es nicht zu tun!«

Richtig, alles richtig. Direkt nach den ersten Aufrufen im Fernsehen, sich für das Casting zu *Let's Dance* zu bewerben, hatte Giulietta ihrem Mann ihr Interesse bekundet, schließlich war sie eine der besten Schülerinnen der Tanzschule Santamarta gewesen und hatte ihm vorgeschlagen, sich für den Wettbewerb anzumelden. Alvise hatte seine Meinung deutlich kundgetan: Nein. Er konnte nicht tanzen, er wollte es nicht lernen, und er wollte nicht, dass seine Frau mit einem anderen Mann daran teilnahm. Denn man weiß ja, wie so was geht – hier ein Tänzchen, dort ein Tänzchen, und schon landet man im Bett.

»Ja, ich habe dir versprochen, es nicht zu tun, aber dann habe ich es doch getan. Weil als Preis für das Finale fünfzigtausend Euro winken, fünfundzwanzigtausend für uns und fünfundzwanzigtausend für Lorenzo. Wir können das Geld dringend brauchen, er auch, weil er sich einen Lamborghini Diablo für zweihunderttausend kaufen will, und die fünfundzwanzigtausend sind die erste Rate.«

»Dieser elende Wurm, gleich gehe ich runter und bring ihn um, und du packst inzwischen deine Koffer und verschwindest!«

Giulietta seufzt. »Also. Geht das jetzt in deinen Schädel? Lorenzo und ich, wir tanzen zusammen, *e basta*. Glaubst du vielleicht, mir könnte einer imponieren, der zweihunderttausend Euro für ein Auto zum Fenster rauswerfen will? So ein Doofkopf? Aber wir können das Geld brauchen. Für das Fitnessstudio. Um neue Geräte zu kaufen und vielleicht endlich Wassergymnastik einzurichten. Ich mach das für dich, du Idiot! Ich habe keinen Geliebten, weil ich keinen brauche. Für mich bist *du* der perfekte Liebhaber. Und jetzt kannst du mir entweder glauben und dich mit der Tatsache abfinden, dass ich an diesem Wettbewerb teilnehme, mehr noch, dass ich vielleicht sogar bei dir im Studio statt in der Süßwarenfabrik mit meinem Tanzpartner üben werde, oder du glaubst mir eben nicht, brichst Lorenzo die Nase, verlierst einen guten Mieter nach all der Mühe, die wir uns gegeben haben, ihn im Haus zu behalten, und ziehst – da ich einen Teufel tun und von hier weggehen werde – in ein teures Apartment, kommst einmal die Woche vorbei, um tütenweise deine Klamotten zu holen, verzichtest auf Sky und Netflix, bist mit deiner ganzen Familie über Kreuz und bekommst Natasha und Dimitri gerade mal zwei Wochenenden im Monat und vierzehn Tage im Sommer zu Gesicht. Entscheide dich.«

Giulietta und Alvise stehen sich wie in einem klassischen Showdown gegenüber. Und durch eine jener magischen Ellipsen, die das Leben von Geschwistern miteinander verflechten, tritt in exakt demselben Moment Stella Marina vor Lorenzo, der gerade seinen Schlüssel ins Haustor stecken will.

»Bleib stehen, du Schuft, ich muss mit dir reden.«

Folge dreizehn

Lorenzo staunt nicht schlecht über den Auftritt dieser bezaubernden jungen Frau, die ihn bisher immer nur voll offensichtlicher Bewunderung, mit Befangenheit, verhaltener Leidenschaft und Verlangen angesehen hat, aber nie so, als wollte sie ihm gleich den Schädel mit einer Axt spalten. Welche ihn aber gerade in diesem Moment genau so ansieht, nämlich, als wollte sie ihm den Schädel mit einer Axt spalten, was im Licht der Lampe über dem Haustor deutlich zu erkennen ist.

»Wie bitte?«, stammelt er ungläubig.

»Bist du jetzt glücklich?« Stella Marina hebt eine Hand und deutet auf die Fenster im ersten Stock, hinter denen weiter Schatten auf und ab wandern. »Bist du zufrieden? Du hast eine Familie zerstört. Giulietta und Alvise werden sich scheiden lassen, und Natasha und Dimitri werden mit einem Haufen Problemen aufwachsen, und alles nur wegen dir, du verdammter Scheißkerl!«

Nein, und nochmals nein. Lorenzo sieht es nicht ein, sich so titulieren zu lassen. Alles andere schön und gut, aber Scheißkerl – nein. Er packt Stella Marina an den Schultern und schüttelt sie leicht.

»Spinnst du? Ich habe nichts zerstört! Es ist deine superschlaue Schwägerin, die es ihrem Mann nicht sagen wollte. Ich hätte es allen erzählt! Ich mag solche Heimlichtuereien nicht!«

»Ach, aber natürlich!« Stella Marina befreit sich aus seinem Griff und tritt einen Schritt zurück. »Du hättest es allen auf die Nase gebunden, du magst keine Heimlichtuereien. Die Frauen anderer Männer zerrst du lieber bei helllichtem Tag ins Bett!«

Einen Augenblick lang verwandelt sich der Garten in ein karibisches Paradies samt großem Doppelbett und lilienweißen Laken an einem sonnendurchfluteten Strand, auf dem sich Lorenzo und die Frau eines anderen rekeln, aber nur einen Windhauch lang, dann bringt die Realität die Vorstellung zum Platzen.

»Wie, welche Frauen, welches Bett? Wir tanzen, das ist alles! Ich weiß ja nicht, was sie euch erzählt hat, aber da ist absolut nichts zwischen uns. Ich fange nichts mit Verheirateten an. Einmal habe ich mich darauf eingelassen, als junger Kerl, und ich hatte nichts als Ärger, das passiert mir nie wieder!«

Ein winziger Teil in ihr würde sich die Geschichte und den Ärger von damals gerne erzählen lassen, aber Stella Marinas übrige bewusste Gedanken konzentrieren sich auf das Wesentliche.

»Ihr tanzt? Wie, ihr tanzt?«

»Wir tanzen zusammen, und sogar recht gut, wenn du es genau wissen willst. Wir hatten eigentlich gehofft, den Contest zu gewinnen. Aber das können wir jetzt wohl vergessen!«

»Ihr trefft euch heimlich, um zu tanzen?«

»Ja! Da gibt es immerhin fünfzigtausend Euro zu gewinnen.«

Die Erleichterung ist zu viel für sie. Sie ist einfach zu groß. Wie eine der Heldinnen aus den Herz-Schmerz-Romanen der Salani lässt Stella Marina sich hinreißen, bricht in Tränen aus und stammelt Phrasen wie: »Entschuldige … ich dachte … es tut mir leid.« Und wie ihr vielleicht wisst, gibt es Männer, auf die Tränen eine unwiderstehliche Wirkung haben. Wenn eine schöne junge Frau weint, können sie nicht widerstehen. Und Lorenzo widersteht nicht.

Ein paar Stunden später, als der übrige Rest der Via delle Magnolie Nummer 11 im Bett liegt, selig schlummernd der eine, ein nervöses Wrack der andere, steht Alvise vor dem offenen

Kühlschrank und ist unentschlossen, ob er das letzte Stück Kuchen oder doch lieber die letzten pikanten Hähnchenflügel als kleinen Imbiss zu sich nehmen soll. Beides ist nicht in dieser Küche zubereitet worden, aber für Alvise ist einzig und allein wichtig, dass alles hier in seinem Kühlschrank ist, in seiner Wohnung, und dass er in Kürze eines oder alle beide Gerichte verzehren wird, an seinem geliebten Küchentisch, auf einem der Teller, die er so gut kennt. Und anschließend wird er in sein Bett zurückkehren, unter die Decke schlüpfen, die er so gut kennt, neben seiner Frau, mit der er sich gerade erotisch ausgesöhnt hat. Er ist nicht durch diese entsetzliche Tür gegangen, die sich vor ihm aufgetan hat und direkt in eine anonyme, wahrscheinlich teure Apartmentanlage geführt hätte. Er ist geblieben in der Umgebung, die sein Leben ausmacht.

Mit einem tiefen Seufzer der Zufriedenheit holt er die Hähnchenflügel aus dem Kühlschrank (schließlich ist er Fitnesstrainer und weiß, dass Zucker mitten in der Nacht ein absolutes No-Go ist) und stellt sie in die Mikrowelle. Nachdem er die Knochen abgenagt hat, kehrt er ins Bett zurück; auf dem Weg dorthin bleibt er aber noch einmal stehen und greift sich den Laptop, der auf dem niedrigen Sofatisch im Wohnzimmer liegt.

»Giuli, zeig mir doch mal die, die dir solche Sorgen machen … wie heißen sie?«

Giulietta mustert ihn von der Seite und frohlockt. Von jetzt an wird ihr Kampf auch Alvises Kampf sein.

»Loris und Mikela heißen sie.« Sie startet den Mac. »Sieh dir nur diese Rumba an!«

Der grässliche Klang einer Kuhglocke reißt Stella Marina aus einem unruhigen und zerrissenen Schlaf. Wenn der Mann, den man seit Monaten anschmachtet, einen endlich küsst, verbringt man wohl kaum eine ruhige Nacht, und Stella Marina ist erst gegen fünf Uhr morgens, mehr schlecht als recht, eingeschlafen.

Und wieso läuten die Kühe um … (sie schaut auf den Wecker) … zehn vor sieben?

Schwankend erhebt sie sich und taumelt in die Küche, wo die Großmutter mit unverhohlener Energie doch tatsächlich eine Kuhglocke schwenkt.

»Wach auf! Wach auf, du Faulpelz! Es ist Montagfrüh, auf zur Arbeit!«

»Nonna, ich hatte meinen Wecker auf halb acht gestellt …«

»Was willst du denn mit einem Wecker! Dem geht irgendwann die Batterie aus, und ihr schlaft einfach weiter. Claudia weiß schon Bescheid, dass ich mich darum kümmere!«

Und jetzt taucht auch Claudia auf und stellt finster und wortlos einen Espressokocher für sechs Portionen auf den Herd.

Maddalena betrachtet die beiden schlecht gekleideten Zombies, die in ihren alten T-Shirts und ausgeleierten Leggings vor ihr stehen.

»Besitzt ihr denn nicht mal ein anständiges Nachthemd? Wie wollt ihr einen Ehemann bei der Stange halten, wenn er euch nachts so im Bett sieht?«

»Wir haben keinen Ehemann«, murrt Stella Marina. Claudia hat bereits vor einiger Zeit damit aufgehört, ihrer Nonna morgens eine Antwort zu geben.

»Stimmt. Und so werdet ihr auch keinen finden!«

Mit dieser tröstlichen Prophezeiung verschwindet die Großmutter im Bad, um sich auf das Video des Tages vorzubereiten, und die Cousinen bleiben allein zurück.

»Das mit der Kuhglocke hast du mir aber nicht gesagt«, raunzt Stella Marina vorwurfsvoll und holt die Schachtel mit den Keksen aus dem Schrank.

»Da gibt es so einiges, was ich dir nicht gesagt habe.«

»Dann hör mir jetzt mal zu, Claudia. Gestern Abend ist was passiert.«

»In welcher Hinsicht?«

»In der Hinsicht, dass Lorenzo mich geküsst hat.«

Schlagartig ist Claudia wach, ihre Augen weiten sich, und ihre Stimme senkt sich zu einem Flüsterton.

»Schwöre es! Und wann?«

Stella Marina erstattet minutiös Bericht. Und falls ihr nun denkt, sie könnte den Teil mit Giulietta und dem Tanzwettbewerb auslassen, dann kennt ihr die Boscolos schlecht. Claudia staunt entsprechend und kommentiert gebührend, fasst sich aber kurz, da für sie der Kuss die wichtigste Tatsache ist.

Als die Großmutter fertig angezogen und mit astreinem Make-up aus dem Bad kommt, sind die beiden bereits bei der zweiten Tasse Kaffee und analysieren die möglichen Konsequenzen dieses Kusses.

»Aber danach? Seid ihr hoch zu ihm?«

»Nein, nein. Im Gegenteil, ich bin geflüchtet. Ich fühle mich so schon schuldig genug.«

»Schuldgefühle sind nicht das Problem, problematisch wird es erst, wenn du dir den Schuh anziehst und die zweite Geige spielst.«

»Welcher Schuh? Welche Geige?«

»Das sagt man halt so. Der Mann will sich alle Möglichkeiten offenhalten? Okay, aber darauf darfst du dich nicht einlassen. Wir müssen die *erste* Geige spielen, Stemarì.«

Stella Marina nickt. »Verstehe. Du hast recht. Außerdem geht mir so etwas gegen den Strich. Schließlich kenne ich Ludovica, wir haben sogar schon zusammen gegessen.«

»Was spielt das schon für eine Rolle?«

»Das spielt eine Rolle. Man hat nichts am Laufen mit dem Kerl einer anderen, mit der man schon gemeinsam am Tisch saß.«

»Na gut. Aber der Punkt ist doch der: Wenn er dich will, dann muss er mit Ludo Schluss machen. Und zwar vorher. Schau mich an: *vorher*. Solange er nicht Schluss macht, kein weiterer Kuss. Nicht einmal ein halber. Klar? Das heißt, du musst quasi ein Korallenriff um dich herum aufbauen.«

»Klar. Ein Korallenriff.«

Und in diesem Moment betritt Großmutter Maddalena den Raum, mit schwarzen Jettsteinen um den Hals und zwei unnatürlich violetten Ringen unter den Augen.

»Mädchen, kann eine von euch bitte, bevor ihr geht, das Video drehen, in dem ich Natasha erdrossle? Aber schnell, ich will es noch vor neun posten.«

Folge vierzehn

Einer hatte es gesehen. Auch wenn alle Fenster in der Via delle Magnolie Nummer 11 dunkel waren, und auch wenn nur ein schlafloser Vogel in der Nacht vor sich hin trällerte, einer hatte gesehen, wie Lorenzo sanft eine in Tränen aufgelöste Stella Marina gegen die Hauswand schob, sie an sich drückte und küsste. Besser gesagt – eine. Und die macht sich an diesem Morgen, als sie den Wasserkocher anschaltet, so ihre Gedanken. Es ist sieben Uhr morgens, und während ihre Tochter und ihre Nichte im dritten Stock Kaffee trinken, bereitet Jolanda sich den ersten Tee des Tages zu. Ähnlich der Signora Ramotswe und der Signorina Makutsi in Botswana glaubt sie an die stärkende Kraft dieses Getränks und greift darauf zurück, wann immer es schwierig wird. »Diese Woche geht ja schon schlecht los«, denkt sie und stellt eine Tasse auf das Deckchen mit dem provenzalischen Muster. Bald wird auch ihr Mann zum Frühstück kommen, um anschließend mit ihr zusammen aus dem Haus zu gehen und zu ihrem gemeinsamen Arbeitsplatz zu fahren: zu *Brioschi*. Jawohl, auch das Ehepaar Boscolo gehört zur Belegschaft dieses Unternehmens, dem in der Tat wichtigsten Betrieb von Rivabella Lago, kurz Rivabella genannt. Beide arbeiten in der Kantine, er als Koch, sie als Kellnerin, und hier haben sie sich vor vierzig Jahren auch kennengelernt. Im Moment ist Jolanda jedoch alleine in der Küche. Und wie es ihre Gewohnheit ist, teilt sie ihre Gedanken mit den unbelebten Gegenständen, die sie umgeben.

»Es reicht wohl noch nicht, dass dieser Amerikaner mit dem Grundriss hier auftaucht«, murmelt sie in die Zuckerdose, als sie diese auf den Tisch stellt. »Jetzt kommt Stella Marina auch noch auf die fabelhafte Idee, sich mit diesem Mistkerl einzulassen. Wenn ich den nicht so genau kennen würde …«

Und sie weiß, wovon sie spricht, denn die Kellnerin einer Betriebskantine weiß genauestens Bescheid über ihre Belegschaft. Ihren aufmerksamen Augen und Ohren entgeht nichts: weder die großen Aufreißer unter den Kollegen, vor denen keine Frau sicher ist, noch der Rest, der höflich und zurückhaltend ist. Sie kennt alle Mitarbeiter, die ihre zerbrochenen Zahnstocher auf die Teller werfen, und weiß zu unterscheiden zwischen denjenigen, die immer mit denselben Freunden zusammen essen, und den anderen, die auf der Suche nach Frischfleisch permanent den Platz wechseln. Lorenzo Bonvicini gehört eindeutig in die Kategorie der Frischfleisch-Aufreißer. Und keine Mutter, die diesen Namen verdient, sieht es gerne, wenn ihre Tochter im Garten mit einem Frischfleisch-Aufreißer herumknutscht, der zudem mit der Tochter des Bürgermeisters verlobt und zu allem Überfluss auch noch ihr Mieter ist, noch dazu in einem Ökosystem, das schwer bedroht ist wegen dieser Idioten bei Starbucks, die …

»Jetzt wollen sie auch noch in Italien was aufmachen. Ich frag mich bloß, wer von uns dieses Spülwasser saufen soll, schließlich haben wir unseren Kaffee Brioschi!«

Ohne es zu bemerken, war Jolanda laut geworden, und Giuseppe, der genau in dem Augenblick frisch und duftend zu ihr in die Küche tritt, fährt zusammen.

»Jole! Auf wen bist du denn so sauer?«

»Auf alle«, erwidert seine Frau kurz angebunden. »Beeil dich, wir kommen sonst zu spät.«

Wenn ein Mann ohne jede ernste Absicht die Tochter seines Vermieters küsst und heimlich mit dessen Schwiegertochter sinnliche Bachatas tanzt, befindet er sich nicht unbedingt in einer Position der Stärke. Und deshalb zieht Lorenzo es heute vor, einem Meinungsaustausch mit der Frau seines Vermieters aus dem Weg zu gehen. Er ist schlecht gelaunt und äußerst besorgt. Giulietta hat ihm zwar in aller Herrgottsfrühe bereits eine knappe Nachricht geschickt: »Alles gut, sei beruhigt.« Aber er vertraut ihr nicht, dieser überheblichen Giulietta, die ihm permanent Kontra gibt und bei der sein Charme nicht im Geringsten verfängt. Diese Frau ist unbesonnen, kennt keinerlei Vorsicht, und deshalb ist es auch nicht unbedingt gesagt, dass die Nachricht tatsächlich von ihr stammt.

»Ich bin doch nicht blöd«, denkt Lorenzo. »Ich kenne schließlich diese amerikanischen Thriller, in denen der Ehemann der Frau im Schlaf das Handy wegnimmt und dem Liebhaber eine Nachricht schickt, die sich als tödliche Falle entpuppt. Alvise hat die Schlüssel zu meiner Wohnung. Heute Abend komme ich heim, und dann sitzt er da im Dunkeln in meinem Wohnzimmer und will mich umbringen oder zumindest ernsthaft verletzen. Alvise ist groß, er ist schwer und Fitnesstrainer. Ich muss mich in Sicherheit bringen.«

Während er ohne großen Appetit das Ragout mit Erbsen verzehrt, welches ihm zum Glück Liana, die Kollegin von Jolanda, serviert hat, greift Lorenzo nach dem Handy und ruft Ludovica an.

»*Ciao*, Schatz, wie geht's?«

»Lorenzo! Mausebär!«

»Bist du im Büro?«, fragt er, der es gar nicht mag, in der Gegenwart anderer Mausebär genannt zu werden.

»Ja, aber ich bin allein! Ich habe gerade abgelehnt, eine Hypothek neu zu verhandeln. Und der Typ ist quasi heulend hinausgerannt, stell dir so was mal vor.«

»Sehr gut! Hör mal, kommst du heute Abend zum Essen zu mir?«

»Ja, sicher!«

»Und würdest du auch über Nacht bleiben?«

Ludovica staunt nicht schlecht. Es ist das erste Mal, dass Lorenzo sie bittet, bei ihm zu übernachten. Es ist zwar schon mal vorgekommen, aber immer nur an einem Samstag und eher zufällig: als sie sowieso da war und einfach geblieben ist. Aber das ist eine Einladung!

Sie wäre nicht so zufrieden, wüsste sie, dass sie diese Einladung einzig und allein Lorenzos Hoffnung verdankt, Alvise würde sich jeglicher Tätlichkeit enthalten, wenn er nicht allein ist. Man könnte fast sagen, Lorenzo benutzt sie als eine Art menschliche Splitterschutzweste. Aber es gibt viele Dinge, die uns nicht wehtun, wenn wir sie nicht wissen, und deshalb ist Ludovica mehr als zufrieden. Heute Abend, denkt sie, lasse ich Zahnbürste, Pyjama und Hausschuhe bei ihm. Der erste Schritt ist getan.

Ludovica und Stella Marina treffen mehr oder weniger gleichzeitig, so gegen halb acht, vor der Nummer 11 in der Via delle Magnolie ein. Stella Marina kommt mit dem Fahrrad, Ludovica hat ihren kleinen Mercedes fünfzig Meter weiter weg geparkt. Sie nähert sich strammen Schrittes, ihre Louis-Vuitton-Reisetasche für tausendvierhundertfünfzig Euro schaukelnd, in die sie Zahnbürste, Zahnpasta, ein Nachthemd von La Perla für neunhundertneunzig Euro und Pantöffelchen aus Kaschmir von Loro Piana für fünfhundertzehn Euro gestopft hat. Wenn eine Frau fast dreitausend Euro in der einen Hand und den Autoschlüssel für einen Mercedes in der anderen Hand schwenkt, strahlt sie unübersehbar eine gewisse Selbstsicherheit aus, und deshalb jubiliert Ludovica wie selten zuvor beim Anblick von Stella Marina. Und nur damit ihr es wisst, Ludovica ist nicht die Hellste, aber auch nicht vollkommen dumm. Ihr ist durchaus bewusst, dass ihr Angebeteter in einem Haus mit quasi Familienanschluss wohnt und dass zu dieser Familie sowohl ein zauberhafter Rotschopf als auch eine zwar mollige, wenn auch sexy Brünette gehören. Und hat sich deshalb für die Taktik der tödlichen Umklammerung entschieden. Ich mache einen auf dicke Freundschaft, so behalte ich sie alle beide im Auge.

»*Ciaooo!* Wie geht's dir?!«

Stella Marina reagiert nicht sofort, da sie wie hypnotisiert auf das starrt, was sie ohne jeden Zweifel als Übernachtungskoffer identifiziert. Denn die andere Tasche, die Heute-gehe-ich-aus-komme-aber-wieder-heim-Tasche, besser gesagt, eine kleine Prada für vierhundertsiebzig Euro, baumelt bescheiden an Ludovicas anderer Schulter.

Sie wird also bleiben. Heute Nacht bleibt sie hier. Gestern Abend hat Lorenzo mich geküsst, und heute übernachtet sie hier. Ich war demnach für ihn nichts weiter als ein Moment der Schwäche, Frühlingsgefühlen geschuldet.

»Gut, alles bestens. Sehr gut. Und dir?«

Ludovica lächelt. »Alles okay … hör mal, wann fängst du morgens eigentlich immer an?«

»Um acht. Wieso?«

»Ah, schade. Ich um neun. Ich hätte dich morgen im Wagen mitnehmen können, schließlich müssen wir in dieselbe Richtung … Oh! *Ciao*, Schatz!«

Ludovica und Stella Marina bemerken im selben Moment, dass Lorenzo den Kopf durch die Tür streckt.

»Ludo! Ich habe schon auf dich gewartet. Komm, gehen wir zusammen hoch.« Kurze Pause, ehe er hinzufügt: »Oh, *ciao*, Stella Marina, wie geht's?«

Ludovica betritt das Haus. Stella Marina lehnt das Fahrrad an das Gitter und hält einen Augenblick inne, um tief durchzuatmen. Sie hat keine Lust, nach oben zu gehen, nicht jetzt, da sie aus Liebe zu diesem gefühllosen Mann auf ihre bequeme Mansarde im Tausch gegen ein Kämmerchen in der Wohnung einer geistig Irren verzichten musste. Sie hat das Video gesehen, welches diese gepostet hat: Natasha allein am Küchentisch, neben sich eine Müslipackung, mit weit heraushängender Zunge und einem violetten Band um den Hals, während Maddalena sich über sie beugt und mit Grabesstimme murmelt: »Ich habe nie darum gebeten, Urgroßmutter zu werden.« Mittlerweile ist die Anzahl ihrer Follower auf siebentausendzweihundert angestiegen. Und Stella Marina hat auch keine Lust, nicht die geringste Lust, mit dieser Frau zu Abend zu essen. Zu allem Überfluss gehört die ihre auch noch zu den wenigen Großmüttern der Welt, die nicht kochen können. Heute Abend sollte es Minestrone geben, die bestimmt wieder wässrig und voller Gemüse wäre, das dort nichts zu suchen hat, so was wie Paprika zum Beispiel. Nein. Ich gehe nicht hinauf. Ich bin traurig, und ich habe kein Zuhause mehr.

Stella Marina steckt den Kopf zwischen die Knie, interessiert beobachtet von einigen Bewohnern der Via delle Magnolie Nummer 8. Und während sie dort kauert, viel zu mutlos, um auch nur einen klaren Gedanken zu fassen, legt sich ihr eine Hand auf die Haare, und eine sanfte Stimme – wenngleich auch mit einem leichten Anflug von Härte – sagt zu ihr:

»Stella Marina? Geht es dir gut?«

Folge fünfzehn

Nein, mir geht es nicht gut.«

Stella Marina antwortet, ohne den Kopf zu heben. Sie hat seine Stimme sofort erkannt und keine Lust, ihm ins Gesicht zu schauen.

Ungeachtet der Tatsache, dass sein eleganter Mantel über den Bürgersteig schleift, geht Gabriele neben ihr in die Hocke. »Was hast du? Unterzucker?«

»Was kümmert es dich?«

»Hattest du einen Zusammenstoß mit dem Fahrrad?«

»Nein, mit dem Leben.«

»Einen schweren?«

Schließlich hebt sie doch den Blick, schaut ihn an und seufzt: »Ich weiß es nicht, aber ich glaube schon. Das werde ich erst in einer Weile kapieren. Ich verstehe nie sofort, was los ist.«

Und falls sie damit ausdrücken will: »Zum Beispiel, dass du die Liebe meines Lebens sein könntest, habe ich erst kapiert, nachdem wir uns getrennt hatten«, versteht Gabriele nur Bahnhof, zuckt mit den Schultern, als wäre das nichts als leeres Geschwätz, und streckt ihr die Hand hin.

»Komm, steh auf. Was immer auch passiert ist, hier unten auf dem Boden wirst du das Problem nicht lösen.«

Stella Marina macht keine Anstalten, sich zu erheben, sondern beäugt ihn misstrauisch. »Was machst du eigentlich hier?«

»Ich muss zu deinem Bruder.«

O nein. Ein Schauer läuft ihr über den Rücken. Das ist der Anfang vom Ende. Alvise will sich scheiden lassen. Er glaubt, dass Lorenzo und Giulietta ein treuloses Liebespaar sind. Die Geschichte mit dem Tanzen hat ihn nicht überzeugt. Oh, nein, nein. Ich muss was unternehmen.

Mit einem Ruck steht Stella Marina auf, packt Gabriele am Arm und zerrt ihn Richtung Haustür. »Ich komme mit dir. Ich muss mit Alvise reden, bevor es zu spät ist.«

»Zu spät wofür?«

Sie treten ins Haus und steigen die Treppe hinauf; sie eilt voran voll friedensstiftendem Elan, er läuft verdutzt hinterher.

»Wegen der Scheidung.«

»Scheidung? Er hat was von einem Mieter zu mir gesagt ...«

»Eben.«

Gabriele verkneift sich die Frage. Er hatte oft genug mit den Boscolos zu tun, um zu wissen, dass sie fähig sind, auch noch die simpelsten Tatsachen zu verkomplizieren, und wartet lieber, bis er mit Alvise sprechen kann, der bereits die Tür geöffnet hat und neben Giulietta, die sich zärtlich an seinen Arm schmiegt, auf der Schwelle steht.

Die sich zärtlich an seinen Arm schmiegt?

Verunsichert betrachtet Stella Marina die beiden, und im selben Augenblick tauchen Lorenzo und Ludovica auf dem Treppenabsatz auf.

Wie das? Sie waren doch beide schon vor zehn Minuten ins Haus gegangen?

Bevor wir diese Situation auflösen, müssen wir zunächst einen Schwenk nach Bridgeton, New Jersey, machen.

In Bridgeton, in New Jersey, ist es früher Nachmittag, und Antonia Capece, geborene Ballarin, klopft energisch an die Tür ihrer Tochter Nancy, die in der anderen Hälfte des Zweifamilienhauses lebt. Nancy telefoniert gerade mit ihrem Mann Angus McDermott, eindeutig schottischer Abstammung und Chefbeleuchter bei einem Fernsehsender, der zurzeit in Maine arbeitet. Angus werden wir wahrscheinlich nie persönlich kennenlernen, aber er ist es, der Jeremy sein orangefarbenes Äußeres vererbt hat.

Als Nancy das Gespräch beendet und endlich die Tür öffnet, haben sich die Augenbrauen ihrer Mutter zu einem einzigen bedrohlichen Balken vereint.

»Jetzt hör mir mal gut zu.«

Denn Antonia hat erst kurz zuvor ihren Enkel angerufen, um sich genauestens nach seiner neuen Bleibe zu erkundigen. Kann man darin wohnen? Gibt es fließend Wasser, oder müssen die dort immer noch zum Brunnen gehen?

Jeremy hatte ihr versichert, bestens untergebracht zu sein: Die Mansarde sei super, die einzige Ungereimtheit könne sein, dass sie vielleicht etwas durcheinandergebracht habe, da die Wohnung im vierten und nicht im zweiten Stock liege.

»Ich habe nichts durcheinandergebracht, Nancy. Onkel Florindo hat mir die Wohnung im zweiten Stock im Haus in der Via delle Magnolie Nummer 11 in Rivabella Lago vermacht. Was hat die Mansarde damit zu tun?«

Nancy bereitet gerade einen Sellerie-Apfel-Smoothie zu, was ihrer Vorstellung von einem Snack gleichkommt.

»Was versteht du denn schon davon, Ma! Bei diesen Testamenten kennt sich doch keiner aus … das wird vielleicht irgendein Nachtrag sein.«

Antonia bedenkt ihre hirnlose Tochter mit einem Blick voller Abscheu. Sie hat wirklich alles vom Vater, dem seligen Bartolomeo Capece.

»Nancy. Hör zu. Ich habe die Wohnung im *zweiten* Stock geerbt. Jemand muss nach Italien rüberfliegen und nachschauen, was, zum Teufel, dort vor sich geht.«

»Jeremy ist in Italien. Er kann doch nachschauen, was, zum Teufel, dort vor sich geht.«

»Die sind clever. Die bescheißen ihn. Dafür braucht es eine Frau, eine Frau mit Grips. Fällt dir da jemand ein?«

Nicht ahnend, dass besagte Frau mit Grips im Anmarsch sein könnte, stehen sich die sechs Menschen auf dem Treppenabsatz gegenüber, alle in einem unterschiedlichen Stadium emotionaler Aufgewühltheit. Alle bis auf Ludovica, die von alledem nichts mitbekommt und doch für diese Begegnung verantwortlich ist. Denn als sie durch den Hauseingang trat, war sie, statt sofort nach oben zu gehen, wie Lorenzo gewollt hätte, unter dem Vorwand, die üppig rot blühenden Zierquitten bewundern zu wollen, in den Garten abgebogen. Und dann noch ein Blick auf die Forsythie voll gelber Blütenpracht und die anderen Pflanzen des kleinen Gemeinschaftsgartens. Diese Bewunderung der Flora hatte fast eine Viertelstunde in Anspruch genommen, die Lorenzo mit der inneren Verfasstheit eines Wackelpuddings verbracht hatte: Und wenn Alvise vorbeikommt? Endlich hatte Ludovicas Interesse nachgelassen, und sie hatten nach oben gehen können. Er hätte ja gerne den Aufzug genommen, aber die unerträgliche Spielverderberin hatte etwas geträllert von wegen: »Aber nein, das Treppensteigen tut uns gut!«, und war, zwei Stufen auf einmal nehmend, vorausgeeilt.

Wie zum Beweis, dass Treppensteigen nicht immer guttut, stehen sie nun hier auf dem Treppenabsatz im ersten Stock, zusammen mit Alvise, Giulietta, Stella Marina und einem Typen in Blau mit der Ausstrahlung eines Greifvogels.

Alvise ist der Erste, der reagiert, indem er sich vor Lorenzo aufbaut und in scherzhafter Drohgebärde mit einem Finger vor seinem Gesicht herumwedelt.

»Habt ihr geglaubt, ihr könntet mich hintergehen, hä? Aber Lügen haben kurze Beine …«

Im Leben haben wir uns bestimmt alle schon gefragt, weshalb

Lügen ausgerechnet kurze Beine haben sollen, aber das ist jetzt nicht der Augenblick, darauf eine Antwort zu suchen, denn Stella Marina macht ungestüm einen Schritt nach vorne und versucht, ihren Bruder zu bremsen.

»Warte! Du hast das nicht richtig verstanden! Das ist bloß … ein Tanzwettbewerb! Lorenzo und Giulietta tanzen zusammen, das ist alles.«

»Und? Was weißt du schon davon? Was geht dich das überhaupt an? Wann lernst du endlich, dich um deine eigenen Angelegenheiten zu kümmern?« Am liebsten hätte Alvise seine Schwester in die Seite geknufft, wie er es getan hatte, als sie zehn beziehungsweise vier Jahre alt waren, aber bei einem Erwachsenen macht sich das nicht so gut.

»Nein, ich …« Stella Marina begreift, dass sie einen Fehler gemacht hat. Alvise hat Giulietta geglaubt. Er hat nicht die geringste Absicht, sich scheiden zu lassen, und will Gabriele aus einem anderen Grund sehen, warum auch immer, und jetzt ist das eigentliche Problem Ludovica, die sie mit offenem Mund anstarrt. Und das ist kein schöner Anblick.

»Lorenzo und Giulietta machen was? Was für ein Tanz? Wovon redet ihr?«

»Nichts, Schatz … sieh mal … ich wollte dich damit überraschen … äh … Giulietta und ich, wir haben uns für *Let's Dance* angemeldet und sind schon im Halbfinale …«

»Halbfinale? Das heißt, dass du mich seit Monaten betrügst? Deswegen schlängelst du dich immer davon wie eine Schlange im Dickicht, um mit ihr zusammen zu tanzen … Und du …« Behänd wie eine Katze springt sie auf Giulietta zu, die ruhig abwartet, noch immer zärtlich den Arm ihres Gatten umfassend. »Du! Du tust gerade so, als seist du meine Freundin! Du bist eine …«

»Halt.« Giulietta legt Ludovica eine Hand auf den Mund, die vergebens versucht, sie zu beißen. »Sag jetzt nichts, was du später bereuen könntest. Ja, ich habe dich … *wir* haben dich angelogen. Ja, Lorenzo und ich, wir haben uns bei *Let's Dance* angemeldet, und wir trainieren heimlich. Aber dafür gibt es einen Grund. Einen wichtigen sogar, der dich betrifft.«

Lorenzo, der hinter Ludovica steht, wirft Giulietta verzweifelte Blicke zu. »Sag nichts Dummes«, flehen seine Augen. Aber ein bisschen Spaß möchte Giulietta schon haben.

»Der Preis, Ludovica. Fünfzigtausend, wenn wir gewinnen. Fünfundzwanzigtausend Euro für mich, fünfundzwanzigtausend für Lorenzo. Und weißt du, warum er diese fünfundzwanzigtausend gewinnen will?«

Alvise versteht nichts mehr. Das Wissen, dass er sich damit einen Lamborghini Diablo kaufen will, wird Ludovica wohl kaum beruhigen, oder? Seiner Erfahrung nach bestimmt nicht. Frauen wissen diese Art von Anschaffungen nicht sonderlich zu schätzen.

»Um dich zu heiraten, Ludo. Weil er deinen Ansprüchen gerecht werden will. Du bist die Tochter des Bürgermeisters, deine Mutter ist unermesslich reich. Lorenzo hat sein Gehalt, das sicher gut ist, aber nicht exorbitant hoch. Er will mehr, um dir mehr geben zu können. Deswegen unterzieht er sich seit Monaten diesem zermürbenden Tanztraining. Weil er dich liebt, nur deswegen.«

Stella Marina spürt, wie ihr Herz sich ganz klein macht und ihr die Luft wegbleibt. Ludovica, die Braut. Alles ist verloren. Ohne zu wissen, was sie tut, packt sie Gabriele fest an der Hand und bemerkt nicht, mit welchem Blick Lorenzo Giulietta bedenkt, während Ludovica sich ihm an den Hals wirft und zusammenhanglose Worte brabbelt.

Dieser Blick ist ein Versprechen: Das wirst du mir büßen. Und zwar teuer.

Folge sechzehn

Als sich die Versammlung auf dem Treppenabsatz auflöst, schafft Gabriele es endlich in Alvises Wohnung, wo er sich mit ihm und Giulietta ins Wohnzimmer setzt. Doch bevor er Gelegenheit hat, sich Gedanken zu machen, weshalb er eigentlich hier ist, sieht er Natasha und Dimitri mit einer Trittleiter aus Aluminium an sich vorüberziehen.

»Wo wollt ihr denn mit dieser Leiter hin, Kinder?«, fragt Giulietta.

»Zur Urgroßmutter«, erwidert Natasha. »Sie muss Dimitri umbringen.«

»Ah, okay. Esst ihr bei ihr?«

»Nein!«, brüllt Dimitri. »Ihre Pasta schmeckt wie Gummi!«

»Dann hole ich Pizza«, schlägt Alvise vor. »Bleib du doch auch zum Essen, Gabri.«

Nachdem die Frage des Abendessens geklärt ist und die üblichen Nettigkeiten ausgetauscht wurden, kommt Alvise rasch zur Sache.

»Wir haben ein Problem, und ich brauche deinen Rat.«

Gabriele nickt. Er hat den Eindruck, dass es mehr als ein Problem gibt: Stella Marina zum Beispiel, die sich mit diesem Dummkopf eingelassen hat, der mit Giulietta trainiert und mit der Tochter des Bürgermeisters verlobt ist. Diese Frau hat wirklich kein Händchen für Männer.

»Du kennst doch die Wohnung im zweiten Stock? Die vermietet ist? Um die geht es. Theoretisch gehört sie einer Cousine, die in Amerika lebt …«

»Theoretisches Eigentum gibt es nicht.«

»Ja, eben … es mag die ihre sein, aber faktisch vermieten wir sie seit zwanzig Jahren. *Wir* haben sie renoviert, und *wir* vermieten sie, nur haben wir *ihr* das nicht gesagt. Jetzt will ich wissen, ob das eine Straftat ist.«

Gabriele mustert ihn einen Moment.

»Wenn es nur eine wäre.«

»Wie soll ich das verstehen?«

»In dem Sinn, dass es mindestens drei sind. Soll ich sie dir aufzählen?«

Alvise schüttelt den Kopf und steht auf. »Was willst du auf deine Pizza?«

»Aber wenn ich wirklich runterfalle, Nonna?«

»Klar fällst du runter. Die Tante fängt dich auf.«

Maddalena verschiebt den Fuß des Enkels auf der obersten Sprosse der Leiter, bis dieser gefährlich ins Wanken gerät. »Natasha, sei so lieb und gib der Nonna den Hammer.«

Natasha reicht den Hammer ihrer Urgroßmutter, die sich für diesen Anlass in einen Pelz gehüllt hat, der noch von ihrer Mutter stammt und seit Jahrzehnten in einer Zellophanhülle und in Gesellschaft uralter Mottenkugeln ungestört vor sich hin modert.

»Die Mörderin mit dem Rattenpelz!«, verkündet sie freudig und hebt den Hammer.

»Was ist das für ein Vieh?«, fragt Claudia, die damit betraut ist, die Szene mit dem Handy aufzunehmen. Stella Marina hat die zweifelhafte Aufgabe übernommen, Dimitri aufzufangen, wenn er fällt.

»Eine Bisamratte«, erwidert ihre Großmutter. »Bist du bereit? Dann los!«

Und mit einem dreckigen Grinsen und in einer mehr als

schlechten Imitation von Vincent Price versetzt sie der Leiter einen heftigen Schlag mit dem Hammer.

Nach vollendeter Ermordung von Dimitri und dem Genuss der gummiartigen Pasta vergewissern sich Claudia und Stella Marina erst, ob ihre vom Mord erschöpfte Großmutter auch brav im Bett liegt, mit einer Tasse Tee auf dem Nachttisch und dem eingeschalteten Fernseher, auf dem eine Wiederholung von *Topazia* läuft, die sie auf Tele Vescovi entdeckt haben, ehe sie zum Rauchen hinunter in den Garten gehen. Normalerweise raucht nur Claudia, aber Stella Marina hat beschlossen, dass dieser Abend genau der richtige ist, um damit anzufangen.

»Mit einem Wort, ich habe geglaubt, dass er Giuliettas Liebhaber ist«, beendet sie den Bericht an ihre Cousine, »aber jetzt will er Ludovica heiraten.«

»Na ja.« Claudia nimmt einen tiefen Zug und starrt hinauf zum Mond. »Glaubst du alles, was Giulietta sagt? Ich nicht.«

»Warum hätte sie sich so etwas ausdenken sollen?«

»Warum hat sie himmelblaue Haare? Warum lässt sie die Kinder wie Plüschtiere verkleidet herumlaufen? Warum arbeitet sie nicht? Es gibt alle möglichen Dinge, die unverständlich sind an dieser Frau.«

»Ich sollte ihn wohl besser vergessen, Claudi, oder? Mal abgesehen von allem anderen – er hat mich nicht einmal angeschaut, als wir uns vorher getroffen haben. Für den war ich Luft.«

»Und Gabriele?«

»Was soll sein mit Gabriele?« Sofort ist sie gereizt. Wenn sie noch vor ein paar Monaten bei der bloßen Erwähnung von Gabrieles Namen in schmachtende Sehnsucht verfiel, reagiert sie inzwischen auf alles, was ihn betrifft, mit gesträubten Nackenhaaren.

»So wie du mir das geschildert hast, hat er sich dir gegenüber doch sehr liebevoll benommen.«

»Lass es gut sein, Claudia. Ich habe mit Lorenzo schon genügend Probleme am Hals. Bring jetzt nicht auch noch Gabriele ins Spiel.«

»Im Moment trifft er sich mit keiner. Da ist zwar diese Lucrezia Barella von der Kanzlei Bigotti und Barella, die ihn verzweifelt anbaggert, aber von seiner Seite kommt da nichts. Und dabei sieht sie super aus.«

»Das interessiert mich nicht.«

Claudia will ihr gerade etwas entgegnen, aber in diesem Augenblick sehen sie, dass jemand das Tor öffnet und auf sie zukommt.

»*Ciao!*«, begrüßt Claudia den Ankömmling und fuchtelt mit der Zigarette. »Wie geht's?«

»Ah, *ciao,* meine Damen … ich bin hundemüde. Erster Arbeitstag. Mailand ist anstrengend. Und bei euch? Alles klar?«

Die drei beginnen eine unverfängliche Unterhaltung. Jeremy bleibt stehen und erweckt den Eindruck, als könnte er es kaum erwarten, ins Haus zu gehen, um die Annehmlichkeiten zu genießen, die ihn dort oben in seiner Mansarde erwarten und die einst auf Stella Marina gewartet haben: der rote Wasserkocher, der gut gefüllte Kühlschrank, die Patchworkdecke, ein Bücherregal voller Thriller, der Fernsehapparat vor dem Sofa … In tiefes Bedauern versunken, bemerkt Stella Marina erst nach einer gewissen Zeit, dass Claudia, die neben ihr auf der Betonstufe sitzt, ihr den Ellbogen in die Seite bohrt. Stups, stups, stups. Doch Spüren und Begreifen ist eins. Die beiden sind nicht umsonst Cousinen. Mit einem sowohl herzhaften als auch theatralischen Gähnen erhebt sie sich von der Treppenstufe und verkündet: »Ich geh rauf, Zeit fürs Bett. *Buona notte …*«

»*Buona notte* … lass offen, dann muss ich nicht läuten.« Claudia schenkt Jeremy ein sphinxhaftes Lächeln und klopft sanft auf den frei gewordenen Platz neben sich.

»Setz dich doch mal einen Moment zu mir und erzähl mir alles. Wie fandest du die Autobahn?«

Da tut sie sich auf, die Tür für Jeremy. Soll er hindurchgehen und sich setzen, oder lieber nicht?

Auf der anderen Seite des Atlantiks, in dem nunmehr vertrauten Städtchen Bridgeton, telefoniert Nancy währenddessen mit ihrem Mann Angus, der sich inmitten gewaltiger Kabelrollen in einem Fernsehstudio in Maine aufhält.

»Verstehst du? Ich kann Mamma doch nicht rüberschicken. Sie ist dreiundachtzig und hat eine künstliche Hüfte.«

»Ich verstehe, Schatz.«

»Debra Lou haben wir auch gefragt, aber sie meint, sie ist nicht unsere Sklavin.«

»Da hat sie recht, Schatz.«

»Und deswegen muss ich fahren. Ich muss nach Italien, Angus. Weil uns unsere italienischen Verwandten vielleicht beschummeln.«

»Das ist normal, Schatz.«

»Du hast wirklich nichts dagegen?«

Angus überlegt einen Augenblick. »Nein. Natürlich nicht. Kommst du bald wieder zurück?«

»Hoffen wir es. Bei Italien weiß man nie.«

Folge siebzehn

Nicht weit entfernt von der Via delle Magnolie verläuft eine breite Lindenallee, die den größten Teil von Rivabella durchquert und bis zum Lago dell'Ondina führt. Ungefähr in halber Höhe dieser Allee, benannt nach den Parteivorsitzenden der PCI, liegt Gym Life, das Fitnessstudio und kleine Reich von Alvise, wo sich Giulietta und Lorenzo an diesem öden Nachmittag im April gegenüberstehen, um miteinander abzurechnen. Es ist der Tag nach den turbulenten Enthüllungen, als ihre Teilnahme an *Let's Dance* publik wurde und Lorenzo sich plötzlich mit Ludovica verlobt sah, ohne die geringste Absicht zu haben, sie zu heiraten.

»Wenn du glaubst, dass ich das nicht ernst gemeint habe, dann täuschst du dich«, sagt Giulietta drohend. Sie ist bereit, den Paso doble zu proben, und trägt zu diesem Anlass einen weiten Rock mit Volants, mit dem sie nervös in bester Carmen-Manier wedelt, doch leider machen ihre himmelblauen Haare all ihre Bemühungen zunichte.

»Was, zum Teufel, hast du dir eigentlich dabei gedacht? Kann man das vielleicht mal erfahren?« Lorenzo versucht sich seinerseits in der Pose eines Toreros, scheitert jedoch kläglich, da der Ingenieur aus der Provinz in ihm immer die Oberhand gewinnen wird. »Du weißt haargenau, dass ich mir den Diablo kaufen und nicht heiraten will. Schon gar nicht Ludovica. Das wirst du mir büßen, wirst schon sehen.«

»Und was soll das heißen? Was willst du machen, das Halbfinale vergeigen? Willst du lieber ausscheiden als gewinnen?

Was bist du doch für ein Dummkopf, Lorenzo. Gestern hatte es oberste Priorität, alle Gemüter zu beruhigen, angefangen bei Alvise. Du hast schließlich nichts unterschrieben. Du willst sie nicht heiraten und dir lieber diese blöde Karre kaufen? Dann lass sie in dem Glauben, mach ihr was vor, gewinn den Wettbewerb und schick sie dann in die Wüste. Aber stiehl mir nicht meine Zeit. Paso doble.«

Während sich Lorenzo und Giulietta zu den Klängen von *Guitarra española* bewegen, ist für uns der Moment gekommen, uns in die Lüfte zu erheben und die Halbinsel zu überfliegen, um Bekanntschaft zu machen mit ihren gefürchteten Rivalen, den bereits des Öfteren zitierten Loris und Mikela. Loris und Mikela, ein Paar sowohl auf dem Parkett als auch im Leben, wohnen in der schönen Stadt Termoli, wo sie gemeinsam und mit Hingabe eine Bäckerei betreiben. Auch sie sind den Verlockungen dieses Wettbewerbs erlegen, der ins Leben gerufen wurde, um den neuen Sender Dance TV zu lancieren. Den offiziellen Sendestart des neuen Themenkanals soll die Übertragung des letzten Wettbewerbsabends einläuten, bei dem vier Paare live gegeneinander antreten werden, nachdem sie über Monate hinweg aufgrund der eingesandten Videos und des Votums von hundertfünfzig Experten beurteilt worden waren. Das Siegerpaar wird schließlich per Televoting gekürt, wie bei den meisten Castingshows. Und Giulietta zittert und bebt, ebenso wie Mikela in ihrer duftenden Bäckerei.

Die acht Semifinalisten hatten die Möglichkeit, sich vorab die Videos der Konkurrenten anzuschauen, die ihnen von der Redaktion zugeschickt wurden, um bei den Teilnehmern Angst und Spannung zu erzeugen. Und das ist ihnen gelungen.

»Die Frau ist hammerhart, Loris«, sagt Mikela gerade, während sie ein Blech voller Pizza mit Grünkohl aus dem Ofen holt.

»Aber unsere Abstimmung steht, Miki.«

»Das könnte nicht ganz ausreichen. Diese Frau hat einen tödlichen Blick drauf.«

Letzten Endes hat er sich doch hingesetzt. Und jetzt verflucht er sich, der arme Jeremy, dass er, kaum dass er achtundvierzig Stunden in Italien ist, Debra Lou bereits betrogen hat. Er wusste es! Er wusste, dass er sich fernhalten sollte von Cousine Claudia! Und warum hat er es nicht getan, wenn er es schon wusste? Warum hat er sich auf diese verdammte Treppenstufe gesetzt? Und warum hat er nicht höflich widersprochen, als sie leise murmelte: »Gehen wir zu dir hinauf«, mit der Ausrede, müde zu sein und unter den Auswirkungen des Jetlags zu leiden? Und wie soll er sich aus dieser Sache wieder herauswinden mit der permanenten Versuchung im Stockwerk unter ihm? Es wäre besser gewesen, heute Abend nicht nach Hause zurückzukehren und stattdessen in Mailand zu übernachten. Das heißt, das Beste wäre es, vielleicht sogar ganz nach Mailand zu ziehen und nicht mehr in diese gefährliche Mansarde zurückzukehren, die wahrscheinlich nicht einmal die Wohnung seiner Großmutter ist. »Aber wen interessiert das schon?«, denkt sich Jeremy, als er an der Autobahnraststätte von Novara für eine kurze Erholungspause anhält. »Die Wohnung gefällt mir, Claudia auch, und was tue ich Debra Lou schon Schlimmes an, sie wird es nie erfahren, und in sechs Monaten bin ich wieder zu Hause. Das Leben hier hat nichts mit dem meiner Familie in Bridgeton zu tun. Sie sind dort, ich bin hier.«

Doch in diesem Punkt täuscht er sich. Denn genau in diesem Moment erreicht ihn mit einem durchdringenden *Pling* eine Nachricht, eine Nachricht seiner Mutter. »Komme Donnerstag, Erklärung später, hol mich ab, Ortszeit Malpensa 18 Uhr, glaube ich.«

»Wie kommt es, dass du heute den ganzen Tag strahlst wie Schneewittchen im Film?«, will Gabriele verwundert wissen. »Dir fehlt nur noch die rote Schleife im Haar. Was ist passiert?«

Ein Augenblick der Ruhe ist eingekehrt in die Anwaltskanzlei Romagnosi, Romagnosi & Lamberti, und Gabriele und Claudia genehmigen sich einen Kaffee am Automaten. Vater und Sohn Romagnosi befinden sich in ihren jeweiligen Büros in Gesellschaft von Mandanten, die sich scheiden lassen oder ihre Mieter verklagen wollen, und die beiden haben Zeit für eine freundschaftliche Plauderrunde.

»Kann sein, dass ich mich verliebt habe«, antwortet Claudia vorsichtig, aber nicht zugeknöpft.

»Du? Aber hattest du nicht ein für alle Mal abgeschlossen mit der Liebe wegen diesem Typen, wie heißt er noch gleich ...«

»Federico Vidussi, der Scheißkerl. Aber so ist es nun mal im Leben, es gibt keinerlei Sicherheiten. Da glaubst du, mit einer Sache abgeschlossen zu haben, und dann kommt einer daher, setzt sich neben dich auf die Stufen vor dem Eingang ...«

»Nein! Sag bloß nicht, dass auch du hinter diesem bigamistischen Hanswurst aus dem zweiten Stock her bist!«

»Wer, Lorenzo? Nein, den überlasse ich ganz Stella Marina, auch wenn ich schwarz für sie sehe. Sie haben sich geküsst, aber ...«

»Sie haben sich geküsst? Und die Verlobte?«

»Ich bitte dich, Gabriele. Seit wann küssen verlobte Männer keine anderen Frauen?«

»Du bist zynisch, Schneewittchen.«

»Auch der meine ist verlobt. Sie sind alle verlobt. Entweder verlobt oder verheiratet oder schwul. Was sollen wir Mädels da schon machen?«

»Ich bin nichts von alledem.«

»Und jetzt? Sollen wir uns zusammentun?«

»Du machst Witze.«

»Siehst du? Und im Übrigen bist du in meine Cousine verliebt.«

»Red keinen Unsinn.«

»Jawohl, bist du. Aber sprechen wir jetzt nicht über dich. Sprechen wir über Jeremy.«

»Ah, ist er das? Der amerikanische Cousin, dem ihr die falsche Wohnung untergejubelt habt?«

»Ja, er. Wir haben die Nacht zusammen verbracht und … ich wäre am liebsten nicht mehr von seiner Seite gewichen. Ich wäre am liebsten an ihm kleben geblieben wie eine Muschel am Felsen.«

»Und er?«

»Er ist nach Mailand in die Arbeit gefahren, ohne ›Wir sehen uns heute Abend‹ zu mir zu sagen.«

»Ihr wohnt im selben Haus. Er wird dich notgedrungen wiedersehen.«

»Du verstehst nicht. Ich will ein Projekt.«

Gabriele runzelt die Stirn. »Du auch, also. Ihr habt eine Nacht zusammen verbracht, und schon willst du ein Projekt? Verstehst du jetzt, warum die Männer alle davonlaufen?«

»Keine Angst, der läuft nicht davon. Dafür sorge ich schon.«

Es folgt ein Augenblick des Schweigens. Der Kaffee ist getrunken, Claudia scheint zufrieden zu sein, sich ihm anvertraut zu haben. Da deutet ein Gepolter aus dem anderen Zimmer an, dass sie ihre Arbeit als Sekretärin wieder aufnehmen muss, aber Gabriele kann es sich nicht verkneifen, die Frage zu stellen.

»Hör mal … Ist Stella Marina deiner Meinung nach wirklich verliebt in den Kerl?«

Claudia lacht. »Frag du sie doch. Wie alt bist du – fünfzehn?«

Vorbei an den Happy-Hour-Gästen des »Pink Flamingo« radelt Stella Marina durch das Zentrum zurück nach Hause, sich bange die Frage stellend, ob sie dort wieder auf Lorenzo treffen wird oder, schlimmer noch, auf Lorenzo und Ludovica, und malt sich für den Fall der Fälle gleich mal alle möglichen Reaktionen ihrerseits aus: Sie, gleichgültig, ein wenig zerstreut, mit dem Handy am Ohr, wie sie die beiden mit einem knappen Nicken grüßt. Sie als Frohnatur, die ihnen eine freundliche Bemerkung zuwirft (schade, dass ihr im Moment nur unfreundliche Bemerkungen einfallen). Sie, mürrisch, böse dreinschauend, wie sie hinter sich die Haustür zuwirft. Aber als sie vor dem Tor ankommt, ist niemand da. Gerettet. Sie tritt in den Garten, biegt um die Ecke, um das Fahrrad abzustellen, und dort hinten, an den Feigenbaum gelehnt, steht er, das schöne Gesicht mit dem dunklen Teint von Sorgen umwölkt.

»Hallo. Hast du Lust auf einen kleinen Spaziergang zum See hinunter?«

Folge achtzehn

Es ist wie in der Geschichte mit dem Skorpion und dem Frosch. Lorenzo hatte nicht die geringste Absicht, mit Stella Marina an den See hinunterzugehen. Als er in den Garten hinaustrat, tat er es in der Hoffnung, inmitten des Vorstadtgrüns einen Weg zu finden, Ludovica jegliche Erwartung auf eine Ehe ausreden zu können, ohne deswegen gleich mit ihr brechen zu müssen. Denn eines muss klar sein: Lorenzo will nicht Schluss machen. Ludovica gefällt ihm, und dann hat sie auch noch ein paar unwiderstehliche Extras zu bieten wie eine Villa in Roquebrune, die Möglichkeit, seine Strafzettel verschwinden zu lassen, und regelmäßige Geschenke, angefangen bei Kleinigkeiten wie einem Kaschmirpullover bis hin zum neuesten iPhone. Sein Projekt, wie Claudia sich ausdrücken würde, sieht so aus, dass er sich weiterhin – ohne jede Verpflichtung – mit Ludovica treffen will, bis er eine andere findet, die ihm besser gefällt und zusätzlich über ähnliche Extras verfügt. Eigentlich ein simples, leicht durchzuführendes Projekt, wenn sich die Hexe aus dem ersten Stock nicht eingemischt hätte. Jetzt muss er das Programm resetten, und deswegen ist er in den Garten hinunter, wo er Stella Marina mit ihrem Fahrrad kommen sieht. Auch Stella Marina gefällt ihm sehr, sehr sogar, sogar besser als Ludovica (wenn man einmal von den Extras absieht), doch außer sich selbst hat sie nichts zu bieten, und sie selbst genügt nicht. Deshalb hat er nicht die geringste Absicht, mit ihr weiterhin heiße Küsse zu tauschen, umso weniger noch, nachdem sich die Beziehung zu den Boscolos ein

wenig verkompliziert hat. Alles großräumig um
jetzt seine Devise.

Und warum steht er dann jetzt am Ufer des Lago
und flüstert ihr Worte ins Ohr, die er nicht so meint?

Weil er ein Skorpion ist und stechen muss, auch wen ,
dass der Stich ihn ins Verderben stürzen wird. Das ist nun mal seine Natur, die ihn seit seiner Pubertät beherrscht, und Lorenzo wird sich wohl kaum jetzt, dreißig Jahre später, dazu entschließen, vernünftig zu werden.

»Ich kann dir einfach nicht widerstehen, ich will mich im Duft deines Parfüms verlieren.«

»Tatsächlich?«, denkt Stella Marina, die sich an diesem Morgen reichlich mit Diorissimo besprüht hat, das sie von Giulietta zu Weihnachten geschenkt bekommen hat. So mächtig ist Diorissimo? Und trotz ihrer Verliebtheit hört sie aus diesen Worten etwas heraus, was sie stört.

»Du kannst dich nicht in meinem Parfüm verlieren. Du wirst Ludovica heiraten. Komm, gehen wir zurück und vergessen das Ganze.«

»Ich werde sie nicht heiraten. Ich kann nicht. Jetzt nicht mehr. Jetzt, da ich dich kennengelernt habe, kann ich das nicht mehr.«

»Willst du damit sagen, dass du sie verlässt?«

»Sieh einer an«, denkt sich Lorenzo und stellt sich angesichts der glatten Oberfläche des Sees die Frage, warum Frauen nicht auch so sein können wie Seen – glatte, ruhige Oberflächen. Doch nein, stattdessen wollen sie, dass man sich entscheidet und eine Wahl trifft, und haben nicht den geringsten Sinn für den Charme mehrdeutiger Situationen. Aber mit vielen Jahren praktischer Erfahrung im Gepäck weiß er entsprechend zu antworten.

»Ich weiß es nicht. Im Moment kann ich gar nichts entscheiden. Ich weiß nur, dass du mich verrückt machst und dass ich niemanden heiraten werde. Nur das. Gehen wir nach Hause?«

Stella Marina weiß, dass »Gehen wir nach Hause?« nichts anderes heißt als »Wollen wir jetzt endlich mal beschließen, miteinander ins Bett zu gehen, und dann sehen wir weiter?«. Doch auch sie ist nicht ganz grün hinter den Ohren. Dem ukrainischen Kühlschranktechniker mit seinen beiden Verlobten hat sie einiges an Erfahrung zu verdanken.

Und so gehen sie zusammen nach Hause, und jeder kehrt nach ein paar harmlosen Küssen in die eigene Wohnung zurück, er ziemlich frustriert, sie einigermaßen zufrieden.

Dort wird Stella Marina von zwei Frauen hocherregten Gemüts empfangen. Claudia hat sich schwer herausgeputzt und tief in den Farbtopf gegriffen; dazu trägt sie Absätze, die in keinem Verhältnis zu ihrer Körpergröße stehen. Neben ihr läuft die Großmutter in der Küche auf und ab und wedelt mit dem Handy.

»Fast neuntausend Foloer! Jetzt bin ich eine Influenza! Ich bin eine Influenza, *ragazze!*«

»Nonna, wenn du das Ding weiter so schüttelst, geht es kaputt. Zeig mal, vielleicht verstehe ich es dann.«

Claudia nimmt ihr das Smartphone aus der Hand, während Stella Marina ihre Tasche ablegt und feststellen muss, dass in der ganzen Küche kein Hinweis auf etwas Essbares oder die Aussicht auf ein Abendessen zu finden ist. Was hier vor sich geht, will sie wissen.

»Die Anzahl von Nonnas Followern ist quasi explodiert. Mord kommt an, wie man sieht!«

»Machen wir einen, der … wie nennt man das?«

»Rockt. Einen, der rockt, Nonna. Aber was ist mit Abendessen?« Stella Marina öffnet den Kühlschrank und holt einen alten Stracchino, eine Tüte mit welkem Salat und ein paar Eier heraus.

»Gehst du aus?«, fragt sie Claudia. Eine rein rhetorische Frage. Natürlich geht sie aus, man bleibt nicht zu Hause in einem wassergrünen Schlauchkleid und turmhohen Absätzen.

»Nein, nein. Eventuell schaue ich noch auf einen Sprung in den vierten Stock.«

Ah … Stella Marina weiß offenbar bestens Bescheid über den Ausgang der Operation Treppenstufe vom Abend zuvor und begreift, dass auch ihre Cousine vom Mietersyndrom befallen wurde. »Seid ihr verabredet?«

»Nein, verabredet nicht. Aber wenn er anruft, verliere ich keine Zeit, um mich zurechtzumachen.«

»*Allora, ragazze,* noch in dieser Woche will ich bei zehntausend ankommen. Machen wir jetzt diesen Mord? Dann zieh ich mir was Passendes an.«

»Nonna, erst essen wir.«

»Esst ihr, ihr habt Zeit für so was!«

Der Morgen erwacht, es dämmert, aber es ist kein Morgen wie jeder andere. Wir schreiben den verhängnisvollen Donnerstag, an dem Nancy McDermott, geborene Capece, um achtzehn Uhr Ortszeit in Malpensa eintreffen wird. In den letzten beiden Tagen hat Jeremy sie ein paar Mal angerufen, um sie zu überreden, nicht abzureisen, aber Nancy blieb eisern.

»Nonna will der Sache auf den Grund gehen.«

»Das ist nicht nötig, Mamma. Es ist alles in Ordnung.«

»Nonna sagt, dass sie dir die falsche Wohnung gegeben haben.«

»Schau mal, es ist alles okay. Die Wohnung ist sehr schön. Es gibt kein Problem.«

»Es geht ums Prinzip. Sie hat mir alle Pläne mitgegeben. Wenn die uns bescheißen, ziehen wir ihnen das Fell über die Ohren!«

Nichts zu machen. Jeremy weiß, dass in der Familie die Großmutter das Sagen hat, und wenn ihre Mutter zu Nancy sagt, flieg, dann fliegt Nancy. Doch sein angeborener Optimismus lässt ihn hoffen, dass sich ihre Anwesenheit auf ein paar Tage beschränken wird.

»Ich schick sie nach Florenz«, überlegt er frohgemut, als er an diesem Morgen nach Mailand aufbricht.

Auch Alvise ist frohen Mutes. Inzwischen hat er sich das Projekt *Let's Dance* vollständig zu eigen gemacht, und heute werden sie das Video drehen, das sie für das Halbfinale einschicken wollen. Das von den Machern ausgegebene Programm sieht einen karibischen Tanz, etwas Lateinamerikanisches, einen Quickstepp und einen langsamen Walzer vor. Lorenzo hätte die Aufnahmen gerne am Abend gemacht, nach der Arbeit, aber Alvise und Giulietta bestanden darauf, dass er sich einen Tag freinahm, um in Ruhe aufzunehmen.

»Vergiss nicht, ihre Bäckerei bleibt heute geschlossen«, ermahnte ihn Alvise finster.

Aber woher weiß Alvise, der schließlich in Rivabella Lago, im nördlichen Piemont, lebt, dass Loris und Mikela in Termoli ihre Bäckerei geschlossen haben?

Die Frage kann sich nur jemand stellen, der die Boscolos nicht kennt. Die Boscolos verfügen nämlich über ein weitverzweigtes Netz aus Verwandten, Firmpaten und Ex-Kollegen in jeder Region und vielleicht sogar in jeder Provinz Italiens. Und in Termoli, in Molise, leben nicht wenige Mitglieder der Familie D'Uva, von denen einer vor vielen Jahren Cousine Gisella geheiratet hat. Es war ein Leichtes, Michele D'Uva anzurufen und ihn zu beauftragen, Nachforschungen über einen gewissen Loris und eine gewisse Mikela anzustellen, zwei Tänzer aus dem Ort.

»Ah, das ist der Bäcker aus der Via Mascilongo«, hatte Michele sofort erwidert.

»Du sollst ihn bitte einfach für mich im Auge behalten und mir Bescheid geben, was er so treibt.«

Und heute Morgen hat Michele Alvise angerufen und ihm mitgeteilt, dass Pane, Sole e Amore, die Bäckerei von Loris, für drei Tage zuhat. Wegen »Showbusiness«, wie es hieß.

»Deswegen müssen auch wir uns die Zeit nehmen. Kommt schon, Leute. Ich erwarte euch um zehn im Studio. Die müssen wir in Grund und Boden tanzen, die Konkurrenz. Ihr müsst schon vor dem Finale als Sieger feststehen.«

Um achtzehn Uhr Ortszeit landet normalerweise der Flieger aus New York in Malpensa, und Jeremy wartet alles andere als ungeduldig darauf, seine Mutter aus dem Flugzeug kommen zu sehen, am liebsten mit wenig Gepäck.

Aber seine Mutter ist nirgends zu sehen. Als auch der letzte Passagier des New-York-Fluges ausgestiegen ist, liegt auf der Hand, dass Nancy nicht an Bord dieses Flugzeugs war. Jeremy versucht, sie anzurufen, aber ihre Nummer ist nicht zu erreichen.

Verschwunden. Seine Mutter ist verschwunden.

»O nein«, denkt Jeremy, »das kommt mir vor wie der Anfang eines Films aus den Siebzigerjahren!«

Folge neunzehn

Da er ein vernünftiger Mensch ist, tut Jeremy als Erstes das, was ihm am vernünftigsten erscheint, und begibt sich daher an den Schalter der Fluggesellschaft, um nachzufragen, ob seine Mutter auf den Flug aus New York gebucht war. Aber sicher doch, hier steht es ja: Nancy McDermott, Bordkarte und alles. Sie hat das Flugzeug bestiegen, also muss sie auch angekommen sein. Und dann? Ist sie auf der Toilette eingeschlossen? Hat man sie auf dem Rollfeld entführt? Jeremy weiß nicht, ob er direkt zur Polizei gehen oder persönlich Nachforschungen anstellen soll, die ihn, wie in einem Film aus den Siebzigerjahren, auf die Spur eines internationalen Komplotts führen werden, in das seine Mutter zufälligerweise verwickelt ist. Während der Name des Regisseurs Costa-Gavras durch seine Gedanken geistert, versucht er zum x-ten Mal Nancy anzurufen, und zum x-ten Mal ist sie nicht zu erreichen.

Nun dann, auf zur Polizei.

Jeremy macht sich auf die Suche nach dem vertrauten azurblauen Schriftzug, als in dem Moment sein Handy läutet. Sie ist es!

»Mamma! Wo bist du?«

»Mach dir keine Sorgen, Schatz, alles gut.«

»Wo bist du!«

»Das kann ich dir im Moment nicht sagen. Bei Freunden, ich erkläre es dir später.«

»Haben sie dich entführt?«

»Aber nein! Was für ein Blödsinn. Es ist was Unvorhergesehenes passiert. Was Angenehmes. Ich kann dir jetzt keine

Einzelheiten nennen. In ein paar Tagen komme ich zu dir, sei beruhigt.«

»Ich habe dich nicht aus dem Flugzeug kommen sehen. Wo bist du?!«

»Ach, Mann! Ich bin am Bahnhof in Mailand. Ich habe doch gesagt, dass ich es dir erklären werde. Natürlich hast du mich herauskommen sehen. Ich war die arabische Dame mit dem hellblauen Umhang. *Ciao,* Schatz, wir hören uns. Sag aber deiner Großmutter nichts. Oder deinem Vater. Ich habe sie schon angerufen und ihnen gesagt, dass ich bei dir bin.«

Ehe Jeremy noch etwas erwidern kann, hat Nancy bereits aufgelegt, und einen Moment später ist ihr Telefon wieder tot.

Arabische Dame? Jeremy geht in Gedanken die Menge durch, die zum Ausgang strömte, und erinnert sich an eine Gruppe verschleierter Frauen, einige mit freiem Gesicht, andere mit einem Niqab, der nur die Augen frei ließ. Und Nancy soll eine von ihnen gewesen sein? Aber warum? Warum?

Antwort gibt es keine, und so bleibt dem jungen Mann nichts anderes übrig, als abzuwarten. Auf der ganzen Rückfahrt nach Rivabella stellt er sich tausend Fragen, ohne auch nur eine einzige Antwort darauf zu finden, und als er zu Hause ankommt, ist er müde, hungrig und sehr besorgt.

Als er den Garten durchquert, sieht er Claudia mit einer Abfalltüte zu den Mülltonnen hinter dem Haus gehen.

Claudia.

Gefangen in der klassischen Spirale aus Schuldgefühlen, ist er ihr in den letzten Tagen aus dem Weg gegangen: Ich betrüge meine Freundin. Ich fühle mich schuldig. Ich werde es nicht mehr tun. Ich halte vielleicht noch soundso lange durch, dann mache ich es wieder. Doch heute Abend geht er ihr nicht aus dem Weg. Er muss mit jemandem reden, am besten vor einem Teller Nudeln. Er glaubt – und da macht er sich etwas vor –, in dem Moment nicht mehr von ihr zu wollen. Er glaubt – Heuchler, der er ist –, dass sogar Debra Lou, könnte sie ihn jetzt sehen, nichts an einem aufmunternden Gespräch mit der Nachbarin auszusetzen hätte, der er zufällig begegnet ist.

Natürlich ist er ihr nicht zufällig begegnet. Claudia hatte sich seit Stunden am Balkon im dritten Stock postiert, und als sie ihn hundert Meter weiter weg parken sah, hat sie eine Abfalltüte gepackt, die dort schon seit einiger Zeit bereitstand, und ist nach unten geeilt.

»*Ciao*, wie geht's? Langer Tag heute, wie?«

»*Ciao* … ja … nein … vor allem ist ein Chaos mit meiner Mutter passiert. Hast du Lust, einen Moment mit zu mir hochzukommen, dann erzähle ich es dir?«

Zwei Stunden später ist Claudia tatsächlich dabei, Jeremy gute Ratschläge zu geben, aber leider macht sie das nicht an einem Tisch vor einem Espresso sitzend, oder auf der bequemen geblümten Couch im Wohnzimmer, sondern zwischen den Laken und der Patchworkdecke auf dem Bett unter dem Fenster.

»Morgen werde ich in der Kanzlei mit Gabriele reden. Er ist der jüngste Partner, ein Ex meiner Cousine. Er wird wissen, was zu tun ist, um deine Mutter ohne großes Aufsehen zu finden. Wirst schon sehen.«

Jeremy nickt und beugt sich vor, um die weise Kreatur zu küssen, die neben ihm liegt, ohne zu bemerken, dass sein auf stumm geschaltetes Handy auf Teufel heraus leuchtet und im Display immer wieder der Name Debra Lou aufploppt … Debra Lou, Debra Lou …

Es ist ja bekannt, wie das so ist in kleinen Städten, die gerade so ihrem Status als Dorf entronnen sind: Man kennt sich, die Stammkunden eines Supermarkts sind per Du mit den Kassiererinnen, und man hat das Gefühl, mit allen befreundet zu sein. Deshalb wundert Stella Marina sich nicht, als die Signora Bechis, eine spindeldürre Vierzigjährige, die immer zu viel lacht, ihr das Handy unter die Nase hält und fragt: »Hey, Stellina, ist das nicht deine Nonna?«

Stella Marina glaubt ihren Augen nicht zu trauen. Aber wann hat Maddalena das aufgenommen? Als Claudia und sie an diesem Morgen das Haus verlassen haben, um zur Arbeit zu gehen, saß sie noch brav am Küchentisch und malte Mandalas für Senioren aus. Und trotzdem hat sie erst vor ein paar Minuten ein Video ins Netz gestellt, auf dem sie, im Brautkleid, Alvise eine Handvoll Pizzateig in den Rachen stopft, die Zähne fletscht und dabei murmelt: »Männer!«

Sofort in der Mittagspause ruft Stella Marina ihren Bruder an, der sich auf eine mehr als ungewöhnliche Art meldet.

»Hallöchen, Popöchen! Tataaam!«

»Alvise? Spinnst du jetzt?«

»Wir sind im Finale! Wir haben eben Bescheid bekommen! Wir haben es geschafft! Fünfzigtausend – wir kommen!!!«

»Super. Gut gemacht, Giulietta. Aber hör mal, was soll das mit dem Foto, das Nonna gepostet hat?«

»Sie hat ihr Brautkleid aus dem Keller geholt und mich gebeten, mich von ihr ersticken zu lassen. Wir haben es gerade fertig gemacht. Hat sie es schon gepostet?«

»Ja, Alvise. Sie hat inzwischen zehntausend Follower, und die halbe Welt kennt sie. Vielleicht ist es an der Zeit, sie zu überreden, damit aufzuhören. Allmählich übertreibt sie es ein bisschen.«

»Na ja, manchmal ist sie eben ein wenig überschwänglich. *Ciao*, Stemarì, aber ich muss jetzt zurück ins Studio.«

Stella Marina legt auf. Sie schaut sich um. Vor dem Coop von Rivabella liegt ein Park mit einem Spielplatz und einem kleinen

Kiosk, der Getränke und belegte Brötchen verkauft. Sie holt sich einen Hotdog und eine Flasche Mineralwasser, setzt sich auf die Schaukel und macht sich so ihre Gedanken über das Treiben ihrer Familie. Claudia ist auch heute Nacht erst um vier Uhr nach Hause gekommen, ihre Großmutter begeht virtuelle Morde im Brautkleid, Giulietta hat das Finale eines Tanzwettbewerbs erreicht, zusammen mit dem treulosen Mieter aus dem zweiten Stock oder, besser gesagt, dem Mann, den sie, Stella Marina, liebt … und der ihr nach dem Abend am See geflissentlich aus dem Weg ging. »Vielleicht sollte ich mal mit Lucio ausgehen«, denkt sie seufzend, sprich dem Verkäufer vom Bistrostand, der seit Monaten hinter ihr her ist. »Wenn er mich heute Abend einlädt, sage ich Ja.«

Doch zum Glück für Stella Marina verzichtet Lucio vom Bistrostand nicht nur darauf, sie einzuladen – wahrscheinlich hat er ihre ewigen Ausflüchte satt –, sondern bittet stattdessen, mit Erfolg, Rosi aus der Fischabteilung um ein Date. Und mit Rosi aus der Fischabteilung verschwindet er auch, als der Supermarkt schließt, während Stella Marina sich aufs Fahrrad schwingt, um mutterseelenallein nach Hause zu fahren. Wie immer durchquert sie dabei das Zentrum, kommt auch am »Pink Flamingo« vorbei, und dieses Mal hebt jemand von den draußen sitzenden Gästen einen Arm und ruft: »Hey, Stella Marina!«

Es ist Claudia, die an einem der Tische sitzt, zusammen mit … mit Jeremy und … Gabriele? Stella Marina fährt langsamer, grüßt und will schon weiterfahren …

»Hey, bleib hier und trink ein Glas mit uns. Dann kannst du uns gleich deine Meinung sagen.«

»Meinung wozu?«

»Steig von dem Fahrrad, wenn du es wissen willst«, meint Gabriele trocken.

Stella Marina steigt von ihrem Fahrrad, befestigt es an einem Lichtmast und setzt sich auf den freien Stuhl an dem kleinen Tisch.

Und erst in diesem Moment bemerkt sie eine große Palme aus Pappkarton, die raschen Schrittes angetrippelt kommt und neben ihrem Tisch stehen bleibt.

Gabriele deutet auf sie. »Da ist er. Das ist Nino Boriotti.«

»Ich bin Lisa«, erwidert die Palme beleidigt.

Folge zwanzig

Wie zur Untermauerung dieser Behauptung schieben sich zwei weibliche Hände mit Ringen an jedem Finger durch zwei Öffnungen im Stamm der Palme und heben diesen in die Höhe, bis darunter eine Frau mit üppig wallender, feuerroter Mähne erscheint, die einen hautengen schwarzen Anzug Marke *Diabolik* trägt.

»Oh, Lisa, entschuldige. Nino hat gesagt, dass er vorbeikommt.«

Die Dame nickt, stellt die Palme neben sich und nimmt auf einem Stuhl Platz, den Claudia vom Nebentisch geholt hat.

»Lisa, darf ich vorstellen: Claudia Boscolo, Stella Marina Boscolo und Jeremy McDermott. Und das hier ist Lisa Boriotti von den Pinkerton.«

Hände werden geschüttelt und Grußworte ausgetauscht, bis Lisa auf ihren Anzug deutet.

»Entschuldigt meinen Aufzug, aber wenn ich als Palme unterwegs bin, kann ich darunter nichts anderes tragen. Heute ist ein absoluter Notfall. Nino hat Koliken, und ich muss für ihn einspringen. Den ganzen Tag bin ich jetzt schon hinter diesem verdammten Buchhalter her. Darf ich?« Sie greift beherzt nach der Schale mit den Chips und schiebt sich eine Handvoll in den Mund.

»Ich bestelle dir gleich was …«, sagt Gabriele und gibt dem Kellner ein Zeichen.

»Danke, seit heute Morgen habe ich nichts mehr gegessen. Der ist eine harte Nuss.«

»Der Buchhalter?«, will Stella Marina fasziniert wissen.

»Ich gebe nie Informationen über unsere Fälle preis«, erwidert Lisa, und es ist klar, dass sie, hätte sie einen Rohrstock parat, Stella Marina damit auf die Finger klopfen würde.

»Lisa und Nino, das sind die Pinkerton, die besten Privatdetektive von Rivabella. Sie arbeiten mit unserer Kanzlei zusammen und liefern stets allerbeste Resultate.«

»Das kannst du laut sagen.« Auch Gabriele wird mit einem bösen Blick bedacht, aber daran ist er offenbar gewöhnt.

»Meine Liebe, heute habe ich dich hierhergebeten, um dich mit uns zu treffen, weil Jeremys Mutter verschwunden ist. Zwar freiwillig, er will sie aber unbedingt wiederfinden.«

Jeremy fasst kurz die Fakten zusammen, und bei einem Teil seiner Aussagen läuft es Stella Marina kalt über den Rücken.

»... ich weiß, dass meine Großmutter ihr einen Umschlag mit allen Unterlagen bezüglich unserer Erbschaft mitgegeben hat. Wie es scheint, gibt es da ein, äh ...« Jeremy wirft Claudia einen fast entschuldigenden Blick zu. »... ein kleines Missverständnis, was die Wohnung betrifft, die uns gehört, und Mamma sollte zu mir kommen, um die Angelegenheit zu klären.«

Stella Marina beschließt, diese Cousine Nancy, die gut daran getan hat, zu verschwinden, in ihr Nachtgebet mit einzuschließen.

Am Ende der Zusammenfassung legt Lisa die Finger ihrer Hände zu einer irritierenden Raute aneinander, fasst Jeremy streng ins Auge und rasselt die übliche Litanei herunter.

»Drogen? Waffenhandel? Was macht deine Mutter?«

»Sie stellt Taschen aus Altkleidern her und hat einen kleinen Betrieb in New Jersey.«

»Männer? Liebhaber?«

»Keine.«

»Woher willst du das denn wissen?«, mischt Claudia sich ein.

»Vielleicht hat sie im Flugzeug jemanden kennengelernt und ist jetzt mit ihm zusammen.«

»Genau«, kommt ihr ihre Cousine zu Hilfe. »Vielleicht genießt sie nur ein romantisches Abenteuer. Wozu sie suchen? Soll sie doch ihre Liebesgeschichte ausleben!«

»Das kann ich definitiv ausschließen. Meine Mutter ist eine treue Seele.«

»Bisweilen bricht sich die Leidenschaft Bahn, wenn man es am wenigsten erwartet.« Claudia schaut Jeremy fest in die Augen, der heftig errötet. Was der listigen Lisa natürlich sofort auffällt, die prompt im Geiste eine Aktennotiz macht. Einer Detektei wie den Pinkerton entgeht absolut nichts.

Gegen Ende des Aperitifs hat Lisa eine ganze Platte mit Appetithäppchen verzehrt und den Auftrag angenommen, sich mit größter Diskretion auf die Suche nach Nancy zu begeben. Zufrieden entfernt sie sich mit der Palme unter dem Arm, und auch die anderen vier trennen sich: Claudia und Jeremy schlagen zu Fuß den Weg in die Via delle Magnolie ein, während Stella Marina ihr Fahrrad holt und sich von Gabriele verabschiedet.

»Und?«, sagt er zu ihr, ohne auf ihren Abschiedsgruß einzugehen. »Habt ihr die Amerikanerin verschwinden lassen?«

»Um zu verhindern, dass Jeremy den Betrug merkt?«

»Das ist die logischste Hypothese. Eine Delegation der Boscolos hat sie in Malpensa abgefangen, und jetzt hockt sie geknebelt und gefesselt im Fitnessstudio deines Bruders.«

»Sie hat ihren Sohn angerufen und gesagt, dass es ihr gut geht.«

»Bedroht von einer … was habt ihr für Pistolen bei euch zu Hause?«

»Keine, hör auf mit dem Unfug. So kriminell sind wir nun auch wieder nicht.«

»Na ja, ein bisschen schon. Und du mit deinem Engelsgesicht, du bist die Schlimmste von allen. Den Schwindel, den hast du dir ausgedacht, stimmt's? Und ich weiß auch, warum.«

Stella Marina verzieht das Gesicht. »Klar weißt du das. Aus meiner Cousine tropfen die Geheimnisse heraus wie aus einem kaputten Wasserhahn.«

»Von wegen Geheimnis. Mir war an dem Tag auf der Treppe sofort klar, was zwischen euch läuft. Du hast diesen Kretin so wütend angefunkelt, dass du einem nur leidtun kannst.«

»So, tatsächlich? Und weil wir gerade von wütenden Weibern sprechen – wie geht es Valentina?«

Valentina ist die junge Frau, mit der Gabriele es ihr damals heimgezahlt hatte, eine Schlappe, die Stella Marina noch immer nicht verwunden hat.

»Die habe ich seit Monaten nicht mehr gesehen.«

»Wie schön für sie.«

Feindselig starren sie sich an, bis Gabriele ihr das Fahrrad aus der Hand nimmt.

»Komm, ich begleite dich nach Hause.«

Und so streiten sie weiter in perfekter Harmonie, bis sie vor dem Haus in der Via delle Magnolie Nummer 11 ankommen, wo Gabriele als logische Konsequenz ihrer Feindseligkeit versucht, sie zu küssen. Stella Marina fühlt sich mehr als belästigt von dieser Aufdringlichkeit und wendet bereits nach fünfundvierzig Sekunden den Kopf ab. Doch fünfundvierzig Sekunden genügen, um den Gang der Dinge zu ändern. Denn exakt in diesen fünfundvierzig Sekunden steigt Lorenzo in Ludovicas Begleitung aus dem Wagen und sieht die beiden, und exakt in diesem Zeitraum fängt Ludovica zu kichern an und sagt: »Da schau her, Stella Marina hat sich verknallt. Ein hübscher Kerl.«

Jetzt reicht es Lorenzo. Verknallt? Was erlaubt sie sich? Diese magere Kleine, die mich anbetet, die gestern Abend am See unter meinen Blicken fast dahingeschmolzen ist, küsst einen anderen. Und es scheint ihr auch noch zu gefallen. Warum hockt sie nicht zu Hause, heult sich die Augen aus und hofft, dass ich mich in sie verliebe? Jetzt werde ich mich mal um dich kümmern, Schätzchen. Ich sehe zu, dass ich Ludovica wieder loswerde, weil wir trainieren müssen, und dann werden wir schon sehen.

Am nächsten Morgen erwacht Stella Marina in Lorenzos Wohnung, Claudia in der von Jeremy, und Großmutter Maddalena sieht sich gezwungen, ihr Frühstück alleine zuzubereiten.

»Wo sind die beiden nur. Um die Uhrzeit. Füttern sie die Hühner? Haben wir überhaupt Hühner?« Sie tritt ans Fenster und schaut hinunter in den Garten. Nein.

Mehr oder weniger um dieselbe Zeit beginnt auch Lisas Tag. Nino ist in der Nacht noch ins Krankenhaus gekommen, da seine Koliken sich verschlimmert haben, und dort liegt er nun, während seine Frau die ersten Schritte unternimmt, die im vorliegenden Fall vonnöten sind: Sie besorgt sich die Passagierliste der Maschine, die Nancy genommen hat, um zu überprüfen, ob eventuell Angehörige des Medellín-Kartells, russische Mafiosi, Dschihadisten oder andere Subjekte mit an Bord waren, die Nancy problemlos hätten überreden können, ihnen in ein neues Abenteuer zu folgen. Keine Ahnung, wie sie das schafft, aber Privatdetektiven gelingt es in Romanen immer, sich diese Namenslisten zu besorgen, und es gibt keinen Grund, weshalb Lisa die Einzige sein sollte, die es nicht schafft. Um Punkt zwölf Uhr, während er noch am Überlegen ist, ob er die Wände von Starbucks-Mailand mit Reproduktionen von Jim Dine oder Perugino verschönern soll, erhält Jeremy ein Foto der Liste, zusammen mit einer Nachricht von Lisa. »Wenn Ihnen ein Name darauf bekannt vorkommt, kontaktieren Sie mich.«

Jeremy überfliegt die Liste und erbleicht. O nein! Nicht Verity!

Folge einundzwanzig

Wir alle hatten einmal eine gefährliche Freundin oder brachten selbst andere auf Abwege. Verity Sotomayor war seit vierzig Jahren die gefährliche Freundin von Nancy. Sie hatten sich an der Universität kennengelernt und gemeinsam die Pfade, wenn nicht gar die Autobahnen der Illegalität befahren – Verity am Steuer, Nancy als bereitwillige Beifahrerin. Erst die Ehe hatte die beiden getrennt, wie es oft der Fall ist, wenn eine Freundin einen Milliardär, die andere einen Elektriker heiratet. Doch noch heute bekreuzigt sich Antonia Capece, wenn sie nur Veritys Namen hört. Auch Jeremy war mit den in der Familie kursierenden Erzählungen über die beklagenswerten Abenteuer seiner Mutter und Verity aufgewachsen, bei denen fast immer Alkohol, Drogen und ausschweifender Sex eine Rolle spielten.

Und so hat Jeremy in Erinnerung an diese Geschichten nicht die geringsten Zweifel: Wenn seine Mutter dasselbe Flugzeug wie Verity bestiegen hat, kann sie überall gelandet sein, aber der wahrscheinlichste Ort ist immer noch das Gefängnis.

»Was meinst du, Nino?« Lisa bespricht sich mit ihrem Mann, der vor Freude strahlt, nachdem er ein paar Stunden zuvor seinen Nierenstein losgeworden war.

»Er ist so groß wie ein Smartie, Lisetta. Sieh mal!«

Stolz zeigt Nino Boriotti, der noch immer am Tropf hängt, den Stein seiner Frau. Einer freundlichen Krankenschwester hat er es zu verdanken, dass der Nierenstein in einem Behälter auf dem Nachttisch steht, aber Lisa würdigt diesen nicht eines einzigen Blickes. Wenn sie arbeitet, hat sie keine Zeit für persönliche Befindlichkeiten.

»Konzentrier dich. Wir müssen diese Frau ausfindig machen.«

»Ist doch nicht schwer. Zwei Amerikanerinnen in Italien. Beide mit Geld. Sie sind in Mailand angekommen und dann zum Bahnhof gefahren. Rom kannst du vergessen, wenn sie nicht dorthin geflogen sind. Florenz ebenfalls, wenn sie nicht nach Rom geflogen sind. Den Gardasee auch, wenn sie kein Auto gemietet haben. Folglich?«

Lisa nickt langsam. Aber klar doch. Auch wenn er im Krankenhaus liegt, das Denken hat Nino noch nicht verlernt. Klar, dort muss sie die beiden suchen.

»Ich habe Hunger. Ich habe nicht gefrühstückt. Und diese beiden Traumtänzerinnen treiben sich Gott weiß wo herum.«

Nonna Maddalena jammert ihrer Schwiegerenkelin Giulietta die Ohren voll, momentan die einzige Bewohnerin der Via delle Magnolie Nummer 11, die um die Mittagszeit die Stellung hält. Alle anderen sind in der Arbeit, die Kinder in der Schule, und sie geht noch einmal die Polkaschritte durch.

»Dann komm rein, Nonna, aber du weißt schon, dass es bei mir kein Mittagessen gibt.«

»Du kochst doch nie. Deine Kinder kriegen Dosenfutter und Karotten.«

»Auch. Aber heute hast du Glück, meine Mutter hat mir heute früh eine Parmigiana vorbeigebracht. Willst du was davon?«

Eine Portion in der Mikrowelle aufgewärmte Parmigiana ist ein wunderbares Mittagessen, und nachdem sie ein schönes großes Stück davon verputzt hat, stellt Maddalena fest, dass die Frau ihres Enkels sie aufmerksam betrachtet.

»Was ist? Habe ich eine Warze auf der Nase?«

»Nonna, hast du als junges Mädchen Polka getanzt?«

»Als junges Mädchen? Was soll das heißen, ›als junges Mädchen‹? Ich tanze Polka, und damit *basta*.«

»Würde es dir dann etwas ausmachen, nachher mit mir ins Fitnessstudio zu kommen? Ich bräuchte deine fachkundige Meinung als Zeitzeugin.«

»Soll das heißen, dass ich aus dem Haus gehen muss?«

»Wenn du dich noch nicht wegbeamen kannst.«

In Maddalenas Fall ist Sarkasmus eine stumpfe Waffe.

»Dann schlüpf ich schnell in meinen Gehrock.«

»Nicht jetzt, später. Mach doch erst ein Nickerchen.«

»Du kannst dich ja gerne hinlegen, ich muss jetzt noch jemanden umbringen, damit ich was zum Posten habe. Soll ich dich vielleicht vergiften?«

»Wenn es schnell geht.«

Um sechs ist sie mit Lorenzo im Fitnessstudio verabredet. Seit sie wissen, dass sie im Finale stehen, haben sie ihren Groll zurückgestellt und konzentrieren sich ganz auf das gemeinsame Ziel: Auf den Auftritt im Tanzpalast von Biandrate und den Gewinn von *Let's Dance Italy*.

Die anderen Finalistenpaare sind zum Fürchten: Gilberto und Alice aus Genua, Vater und Tochter, eine gefährliche Mischung – die verdammte Zwölfjährige rührt an sämtliche sentimentalen Instinkte. Und dann sind da Vinicio und Luana aus Foligno, die Erfahrensten von allen und Gewinner zahlloser Tanzwettbewerbe auf lokaler Ebene, und nicht zuletzt Loris und Mikela, die Libellen aus Termoli.

Sie beide, Lorenzo und Giulietta aus Rivabella Lago, sind das schwächste Glied in der Kette, und das wissen sie auch – wenig Erfahrung, wenig Harmonie, dafür umso größer ihr Wille.

Alvise hat für die Proben einen kleinen Übungsraum reserviert, und um sechs, als Giulietta und die Großmutter im Gehrock eintreffen, Natasha und Dimitri im Schlepptau, ist Ludovica bereits zur Stelle. Wann immer sie kann, kommt sie zu den Proben, mehr als versessen darauf, ihre Rolle als offizielle Verlobte einzunehmen. Zwar hat sie noch keinen Ring zu sehen bekommen, und von Hochzeit war auch keine Rede mehr, aber Lorenzo kann jetzt keinen Rückzieher mehr machen, nachdem er sich auf einem Treppenabsatz voller Menschen auf sie festgelegt hat.

Lorenzo trifft ein wenig später übelster Laune ein. Im Laufschritt musste er das Büro verlassen, als er gerade dabei war, mit einem gewissen Erfolg die neue Praktikantin anzubaggern. Aber Ludovica hier anzutreffen, damit hat er nicht gerechnet. Allmählich beschleicht ihn der Eindruck, sie überall zu sehen, so wie bei dem Albatros in dem englischen Gedicht, an das er sich nicht mehr genau erinnern kann, der dem Protagonisten jedoch permanent auf den Fersen war. Und was hat die Alte aus dem dritten Stock hier zu suchen?

»Heute habe ich auch die Nonna mitgebracht«, informiert ihn Giulietta. »Sie soll sich unsere Polka anschauen, und vielleicht kann sie unserer Darbietung ja das gewisse Extra an echtem Leben einhauchen.«

Lorenzo schnaubt empört. Sie sind zu zweit allein in der Umkleide, um sich in Blumenmeditation zu üben, bevor es losgeht. Giulebba Gormiti, die inzwischen (wie ungefähr achtzig Prozent der Einwohner von Rivabella) Bescheid weiß über den Tanzwettbewerb, hat Giulietta eine Reihe von auf Kletterpflanzen beruhenden Übungen zum Tanzen gezeigt.

»Die Nonna, die Kinder, Ludovica … jetzt fehlt nur noch ein Affe.«

»Was bist du doch für ein unangenehmer Mensch, Lorenzo. Ich werde nicht müde, das zu wiederholen. Ein bisschen

Publikum tut uns gut. Ich habe auch meine Schwiegereltern gebeten, vorbeizuschauen. Wir müssen uns an Liveauftritte gewöhnen. Aber jetzt konzentrier dich: Fühl dich ein in eine Glyzinie, die sich nach oben streckt. Das ist gut für die Muskulatur.«

Zur teilweisen Entschuldigung von Lorenzo muss gesagt werden, dass die mit Stella Marina verbrachte Nacht ihn ein wenig aus der Bahn geworfen und ihm vor Augen geführt hat, dass das ein großer Fehler war. Die junge Frau ist selbst eine Art Kletterpflanze, wunderschön, duftend und alles überwuchernd wie Unkraut. Es wird nicht leicht sein, sie wieder loszuwerden. Da muss er nur an die hoffnungsvollen Bambi-Augen denken, mit denen sie sich heute Morgen von ihm verabschiedet hat. Der Fall wird ihm eine eiserne Entschlossenheit abverlangen. Aber wer hat die schon?

Um zu illustrieren, wie unterschiedlich zwei Cousinen sein können, folgen nun Claudias und Stella Marinas Reaktionen auf die mit ihren Liebhabern verbrachte Nacht: Claudia schleicht den ganzen Tag schnurrend umher, zufrieden wie eine Katze, der zufällig eine Meerbarbe vor die Pfoten lief. Stella Marina hingegen verflucht sich selbst und schwört sich, diese Erfahrung nicht mehr zu wiederholen, bis die Situation geklärt ist. Sie und Claudia haben sich nach der Arbeit getroffen und gehen jetzt zusammen zum Fitnessstudio, auf dringende Bitte von Alvise hin, der wie seine Frau der Meinung ist, dass sich das Tanzpaar an ein Publikum gewöhnen muss.

»Es ist besser, wenn ich nicht mitkomme«, sträubt Stella Marina sich.

»Bist du so ein Feigling? Willst du dich verstecken wie eine Diebin? Der hat doch gestern Himmel und Hölle in Bewegung gesetzt, um dich nach oben zu lotsen. Das muss etwas zu bedeuten haben.«

»Ist es nicht besser, wenn ich mich nicht blicken lasse? Wenn er merkt, dass ich nicht da bin, und spürt, dass er mich vermisst?«

»Schlag dir diese blöden Spielchen aus dem Kopf, Stemarì. Ich bin absolut gegen jede Strategie. Mach, wozu du Lust hast, und du wirst sehen, es funktioniert. Entweder ist er dabei, oder *ciao*.«

Seit eh und je beneidet Stella Marina Claudia um ihren pragmatischen Ansatz, und immer schon versucht sie, ihn nachzuahmen, aber mit wenig Erfolg.

»Okay, ich komme mit. Aber ich werde ihn einfach ignorieren.«

»Äh, na ja, eigentlich gehen wir hin, um ihn tanzen zu sehen, nicht, um ihn zu ignorieren.«

Inzwischen sind beinahe zeitgleich Giuseppe und Jolanda eingetroffen, und zu viert betreten sie den Raum, in dem die Probe beginnt. Giulietta und Lorenzo stehen in der Mitte, und Alvise ist bereit, die *Tritsch-Tratsch-Polka* auf dem Computer abzuspielen, doch während die Eltern und die beiden jungen Frauen sich einen Platz suchen, dreht Großmutter Maddalena sich zu ihren Enkelinnen um und deutet mit dem Finger auf sie.

»Das sind sie ja, die beiden Knalltüten! Wo habt ihr zwei heute Nacht eigentlich gepennt? Ganz bestimmt nicht in eurem Bett, nachdem ich mir heute Morgen das Frühstück selbst machen musste!«

Die beiden Frauen bleiben stehen, aber Claudia reagiert wie immer schnell. »Wir sind noch jung, Nonna. Wir hatten unsere Verpflichtungen heute Nacht.«

Jetzt nimmt die Großmutter Stella Marina ins Visier, die errötend nach Luft schnappt.

»Mit der da kann man nicht reden. Aber du, wo warst du? Du hast schließlich keinen Verlobten! Dir gefällt doch der aus ...«

Stella Marina weiß, dass die Großmutter sagen will, »der aus dem zweiten Stock«. Sie weiß, dass sie Bescheid weiß mit dem untrüglichen Instinkt aller Großmütter, nur nicht, dass der aus dem zweiten Stock und der hier anwesende Tänzer ein und dieselbe Person sind, und sie weiß, dass sie sie davon abhalten muss, bevor ihr die Worte über die Lippen kommen. Aber sie weiß nicht, was sie sagen soll, und zum Glück springt Claudia ein, bevor das Unglück seinen Lauf nimmt.

»Jetzt sag schon, Stemarì, dass du bei Gabriele warst! Nonna, Stella Marina ist wieder mit ihrem Ex zusammen, mit dem Anwalt. Du erinnerst dich an ihn?«

Während das Herz von Lorenzo wieder im normalen Rhythmus zu schlagen beginnt, während Ludovica weiter unwissend am Telefon mit ihrer Mutter spricht, während Jolanda die Augen verdreht und während Stella Marina in einen tiefen Abgrund mit glatten Wänden zu versinken glaubt, beendet jemand auf der anderen Seite von Rivabella, im Büro der Detektei Pinkerton, ein Telefongespräch mit einem triumphierenden Leuchten in den Augen. Jetzt muss Lisa nur noch Jeremy anrufen und ihm mitteilen: »Bingo!« Ganz wie eine amerikanische Detektivin in einer etwas veralteten Serie.

Folge zweiundzwanzig

Als Verity ihr den Vorschlag machte, diesen lästigen Auftrag in diesem Kaff in Piemont zu verschieben und sie stattdessen nach Venedig zu begleiten, um dort das Casino zu stürmen, da hat Nancy vehement abgewinkt. Nach dem einen Mal in Atlantic City, als sie Gefahr lief, an den König von Tonga verkauft zu werden, hatte sie sich geschworen, nie mehr auch nur in die Nähe eines irgendwie gearteten Glücksspiels zu kommen, und hatte sich seitdem strikt daran gehalten.

»Verity, ich bin so froh, dich wiederzusehen, aber ich führe jetzt ein anderes Leben. Ich jogge, ernähre mich bio. Zudem trage ich nur noch Naturfasern.«

»Ja, das seh ich. Diese Jacke sieht aus, als wäre sie aus Vollkorncrackern gemacht. Fühlt die sich nicht komplett steif an? Das gefällt mir ganz und gar nicht, du bist gar nicht mehr meine alte Nancy.«

»Genau das sage ich doch gerade. Ich habe einen Mann, der Schotte ist, einen Sohn, der auf mich wartet, und …«

»Aber dagegen kann man doch was tun, Schätzchen! Komm mit mir. Ich habe eine bezaubernde Wohnung am Arsenale gemietet, komplett mit allem Drum und Dran, sogar mit Colombina und Brighella.«

»Mit wem?«

»Die Hausangestellten in Venedig heißen dort so. Wir werden jeden Tag mit meinem Motorboot zum Casino fahren und spielen, spielen, spielen, bis uns schwindlig wird!«

»Das kann ich mir nicht leisten.«

»Ich schon. Wir können so viel verlieren, wie wir wollen, Juanito wird es nicht einmal merken. Er fördert Erz im Kongo.«

Nancy zuckt empört zusammen. »Das ist eine ganz schlimme Sache. Völlig unethisch. Davon kann ich nicht auch noch profitieren. Das ist gegen alle meine Prinzipien!«

Verity war in schallendes Gelächter ausgebrochen. »Jetzt komm schon, Nancy, kannst du dich nicht mehr an unser Motto erinnern?«

»Doch, es war blöd.«

»MAN MUSS DAS LEBEN AUF DIE SPITZE TREIBEN! Komm mit, und wir treiben es auf die Spitze, liebste Freundin. So eine Gelegenheit wird sich dir nicht noch einmal bieten.«

Lisa sitzt am Bug des Vaporettos, das sie und Nino von Santa Lucia nach San Marcuola bringt, eine frische Aprilbrise durchwirbelt ihre Haare. Es ist keine leichte Aufgabe, in Venedig zwei Amerikanerinnen aufzuspüren, die nicht im Hotel abgestiegen sind, aber die Pinkerton verfügen über viele Kontakte. Und so sieht es aus, als hätten sie die Gesuchten in den beiden spielwütigen Damen gefunden, die jeden Abend bergeweise Dollar am Roulettetisch lassen, auch wenn diese sich Miranda und Dolly Mirandoni nennen.

»Wir haben sie, ganz sicher.«

Nino nickt. Er ist nicht sehr groß für einen Mann, aber voll verführerischem Charme: weißes Haar, himmelblaue Augen und ein vielversprechendes Lächeln. »Aber sicher haben wir sie. Miranda und Dolly Mirandoni, so was Albernes. Kein Mensch heißt Miranda und Dolly Mirandoni.«

»Dilettanten«, gibt Lisa ihm recht. Und als der Wasserbus anlegt, steuern die Pinkerton entschlossen auf Nancys Träume zu, um diese zu zerschlagen.

Stella Marina hingegen ist fest entschlossen, ein für alle Mal einen Schlussstrich unter ihre Träume zu ziehen. Man muss sich doch nur anschauen, in welche Schwierigkeiten sie diese Träume gebracht haben. Wenn sie sich nicht gestern Abend von Lorenzos dreisten Lügen in den zweiten Stock hätte lotsen lassen, würde sie jetzt nicht in dieser schrecklichen Zwickmühle stecken. Was eine Zwickmühle ist, das weiß sie zwar nicht so genau, aber sie fühlt, dass sie darin steckt. Nach dem Polkaabend hatte sie sich die verschiedensten Kommentare anhören müssen: Aber wieso bist du wieder mit Gabriele zusammen? Schön, dass du wieder mit Gabriele zusammen bist. Ich wusste doch immer, dass Gabriele der Richtige für dich ist, und so weiter, und so fort. Die Einzigen, die nichts sagten, waren Claudia, die nur lachte, und Lorenzo, der sie böse musterte. Aber wieso? Er müsste doch höchst zufrieden sein. Wenn die Rothaarige sich wieder mit ihrem Ex zusammentut, trägt er kein Risiko mehr.

Stella Marinas Pech ist nur, dass Lorenzo sich die Frauen nimmt und sie wieder verlässt, wie und wann er will. Dass die Frauen *ihn* verlassen, ist nicht vorgesehen, und schon gar nicht, dass sie sich mit Anwälten in blauen Anzügen zusammentun. Stella Marina soll ihm gehören, ihm allein, solange es die Umstände zulassen. Und das muss unbedingt sofort geklärt werden, und so schickt Lorenzo gegen zwei Uhr nachts, nachdem er den Abend bei Ludovica verbracht hat – wo er mit dieser dummen Kuh, die ihn unverschämterweise bereits als »Schwiegersohn« tituliert, Canasta spielen musste … –, also nach dieser schrecklichen Erfahrung schickt er eine Nachricht an Stella Marina: »Kommst du auf einen Sprung runter?«

»›Nein«, erwidert sie, die wie alle Frauen mit einer komplizierten Liebesgeschichte mit dem angeschalteten Handy neben sich schläft.

»Ich bitte dich. Ich muss mit dir reden.«

»Nein. Ich will dich erst wiedersehen, wenn du solo bist.«

»Ich bin solo. Und genau darüber will ich mit dir reden.«

Mit dieser simplen Lüge gelingt es Lorenzo, Stella Marina in sein Spinnennetz zu locken, wo er sie mit einem feurigen Blick empfängt.

»Ich lebe seit gestern nicht mehr. Ich bin gestorben, als du gesagt hast, dass du wieder ihm zusammen bist.«

»Das habe nicht ich gesagt, das hat Claudia gesagt.«

»Du hast es aber nicht abgestritten.«

»Was soll ich da abstreiten, wenn du mit deiner Verlobten da bist?«

»Tja, so gut wie Ex-Verlobte.«

Alle wissen, dass »so gut wie« genau das Gegenteil bedeutet, und das weiß auch Stella Marina.

»Du hast sie also nicht verlassen?«

»Ich habe das Thema angesprochen, aber es ist kompliziert.«

Abrupt erhebt Stella Marina sich von der Couch und schlingt ihren Hello-Kitty-Morgenmantel enger um sich, der ihr lieb und teuer ist, seit der Weihnachtsmann ihn ihr gebracht hat. Als sie dreizehn war.

»Ich gehe jetzt.«

»Nein, geh nicht. Verdammt, du bist offenbar nur daran interessiert, unserer Beziehung einen offiziellen Anstrich zu geben. Was soll das, willst du mich etwa heiraten?«

»Ich lasse mich nicht mit den Männern anderer Frauen ein.«

»Ich bin kein Mann einer anderen Frau. Wir beide waren zusammen in der Kiste, es war fantastisch, und alles andere zählt nicht.«

»Und ob das zählt.«

Und zur großen Überraschung von Lorenzo (und vielleicht noch mehr ihrer eigenen) erreicht Stella Marina die Tür, taub für alle Bitten, verlässt die Wohnung und kehrt in den dritten Stock zurück.

In der Küche trifft sie auf ihre Großmutter, die hektisch alle Schränkchen aufreißt.

»Wo ist das Natron! Ich will das Natron!«

»Nonna, es gibt kein Natronpulver mehr.«

»Und ob! Maria Berta hat es!«

Maria Berta ist ihre beste Freundin, eine Dame vom alten Schlag, die ihre Kuchen noch mit Hefe der Marke Bertolini bäckt und kein Instagram-Profil hat.

»Okay, morgen gehe ich in die Apotheke und besorge dir welches. Geh wieder ins Bett.«

»Du warst bei dem Kerl im zweiten Stock! Von wegen Anwalt!«

»Nein, ich bin ein bisschen im Garten hin und her gelaufen. Leg dich wieder ins Bett.«

»Im Garten hin und her gelaufen, ha! Sagt man das jetzt so.«

Und mit einem sarkastischen Klappern ihrer Pantoffeln kehrt die Großmutter in ihr Bett zurück. Stella Marina spürt, dass jetzt der Moment gekommen ist, sich eine Tasse Kamillentee mit viel Honig zu machen, und so schaut sie nicht einmal hin, als ihr Handy zu summen beginnt. Wahrscheinlich Lorenzo, der nicht lockerlassen will, ich geh einfach nicht ran. Doch aus dem Augenwinkel sieht sie, dass Gabriele der Anrufer ist. Gabriele? Um drei Uhr morgens?

»Hallo …«

»Ich zeige dich wegen Verleumdung an.«

»Gabriele?«

»Heute Abend war ich im ›Liquido‹.«

»Super. Hast du dich gut amüsiert?«

Das »Liquido« ist der angesagte Klub von Rivabella, wo mithilfe vieler kleiner Shots stets bis zum Morgengrauen durchgefeiert wird.

»Nein. Und weißt du auch, warum? Weil ein Bekannter von mir da war, der zu Alvise ins Studio geht und der zu mir gesagt hat: ›So, bravo, bist du jetzt wieder mit der Boscolo zusammen, wie? Aber nimm dich in Acht vor den Russen, ha, ha, ha!‹ Und da auch deine Cousine im ›Liquido‹ war, habe ich mich gleich noch von ihr aufklären lassen.«

Stella Marina spürt, wie sich eine eiserne Faust um ihr Herz legt und zudrückt. Ganz sicher hat Claudia ihn aufgeklärt.

»Und was hat sie dir gesagt?«

»Die schlichte Wahrheit. Dass du eine Affäre mit eurem Mieter hast, und da seine Verlobte anwesend war, hat sie sich was einfallen lassen müssen, um dir den Arsch zu retten, und deswegen erzählt, dass wir wieder zusammen seien.«

»Hör mal, wieso treffen wir uns morgen nicht auf einen Sprung und reden über die ganze Sache?«

»Das gibt es nichts zu besprechen. Du musst das dementieren, und damit *basta*. Bis morgen muss ganz Rivabella wissen, dass das nicht dein Ernst war. Ist das klar? Wenn nicht, dann werde ich mal deine amerikanische Cousine anrufen und ihr von der Miete erzählen, die ihr auf ihre Kosten einsteckt.«

»Warte. Nein, hör zu, Gabriele …«

Aber Gabriele hört nicht zu. Er hat aufgelegt. Und Stella Marina begreift, dass es mit einer Tasse Kamillentee nicht mehr getan ist.

Folge dreiundzwanzig

Dank des moderaten Aufwands von fünf Euro pro Person betreten die Pinkerton die Säle des Palazzo Vendramin Calergi, wo bereits um vier Uhr nachmittags dichte Trauben schnatternder Amerikanerinnen jenseits der sechzig die Spieltische belagern. Lisa und Nino haben jedoch genügend Fotos von Nancy und Verity gesehen und benötigen deshalb nicht lange, um die beiden am Baccaratisch aufzuspüren (ein Spiel, das viel zu kompliziert ist, um es auch nur ansatzweise in dieser Geschichte zu erklären). Miranda und Dolly, alias Verity und Nancy, sind identisch gekleidet. Sie haben beschlossen, sich als Zwillinge auszugeben und sich auf die Tatsache zu verlassen, dass sie sich nicht im Entferntesten ähnlich sehen, um andere zu verwirren. Nancy ist klein, drahtig und muskulös, mit kurzen, grauen, gewellten Haaren und Lippenstift der Farbnuance Purple Rain. Verity ist groß und beleibt und trägt ihr pechschwarzes Haar in einem wilden Vogelnest auf dem Kopf. Ihr Lippenstift: Red Devil. Das Erbsengrün des Kleides ist eine der wenigen Farben, die ihnen beiden absolut nicht steht. Das lange Kleid mit den aufgestickten Pailletten hat eine Art Meerjungfernschwanz und ein sittsam mit Tüllbahnen bedecktes Dekolleté.

So diskret wie möglich nähern sich die Pinkerton den beiden Damen, während sie bereits über die Hälfte der Anwesenden längst als Bullen identifiziert hat, wenn auch als Bullen in Zivil.

»Signora McDermott?«

Nancy dreht sich um und mustert den Mann mit den blauen Augen, der sie anlächelt.

»Sprechen Sie mit mir?«

»Signora Nancy McDermott?«

»Nein, ich bin Miranda Mirandoni, und das ist meine Zwillingsschwester Dolly.«

»Signora McDermott, wenn Sie uns bitte folgen würden, wir haben eine Nachricht von Ihrem Sohn für sie.«

»Ich habe keine Kinder.«

»Wären Sie wohl so freundlich«, übernimmt nun Lisa, nachdem Nino seinen Charme hat spielen lassen. »Aber einen Sohn haben Sie und eine Mutter auch. Sollen wir die Signora Antonia vielleicht anrufen? Oder kommen Sie lieber einen Moment mit uns an die Bar?«

»Ich kann dir ja Jeremy leihen!«

Claudia und Stella Marina sind unten im Garten, jäten Unkraut, weil man das so macht im April, und besprechen dabei, wie sie die missliche Lage bereinigen wollen, in die Claudia ihre Cousine gebracht hat. Denn Claudia tut es aufrichtig leid, sehr leid. Es tut ihr jedes Mal aufrichtig leid, sehr leid, wenn ihre krankhafte Unfähigkeit, ihren Mund zu halten, wieder einmal jemandem Ärger eingebracht hat. Und jedes Mal versucht sie aufs Neue, die Sache zu bereinigen, nach bestem Wissen und Gewissen. Bisher hat ihr das jedes Mal das Leben gerettet und verhindert, dass der Geschädigte ihr mit Mordgedanken an die Kehle springt.

»Was soll das heißen – du leihst mir Jeremy? Spinnst du?« Voll unverhohlener Wut reißt Stella Marina eine Löwenzahnpflanze samt Wurzel aus dem Beet. Sie kann Löwenzahn nicht ausstehen.

»Geben wir ihn einfach als deinen Liebhaber aus. Das wird Gabriele beruhigen, und du musst nicht aus dem Nähkästchen plaudern.«

»Aus welchem Nähkästchen?«

»Keine Ahnung. Das sagt man halt so. Heute Abend auf der Party bei Tarquinio. Du kommst mit Jeremy, ihr knutscht ein bisschen rum vor allen, und schon ist die Sache erledigt.«

»Klar doch, alles erledigt!« Stella Marina neigt nicht zu Sarkasmus, aber in diesem Fall ist er angebracht. »Und warum sollte Jeremy auf der Party sein? Und warum ich? Ich will mich nicht als Jeremys Freundin ausgeben!«

»Hör doch, ich kenne Gabriele. Wenn der sagt, er ruft Cousine Antonia an, dann macht er das. Er ist einer, der Bleistifte zerbricht.«

»Und was heißt das?«

»Er ist gutmütig, aber wenn es ihn packt, wird er ein anderer. So wie der … der, der den Zaubertrank trinkt und dem dann überall Haare wachsen.«

»Mister Hyde?«

»Genau. Das habe ich in der Kanzlei mit eigenen Augen gesehen. Wenn ihn die Wut packt, ist er fähig, mit bloßen Fingern Bleistifte zu zerbrechen. Wie Spaghetti. Und momentan kocht er vor Wut.«

»Willst du damit sagen, dass er meine Familie ruinieren würde, nur weil ich es so aussehen ließ, als wäre ich wieder mit ihm zusammen?«

»Nein, er würde deine Familie ruinieren, weil du es nicht bist. Aber das kann er nicht zugeben. Wenn du also alles abstreitest, wäre er aus reinem Anstand gezwungen, sich an die Abmachung zu halten und den Amerikanern nichts zu sagen.«

Stella Marina seufzt. »Ich hätte nicht gedacht, dass die Psyche der Männer so kompliziert ist.«

»Ist sie normalerweise auch nicht. Aber du hast das Pech, dass er eine Ausnahme ist. Soll ich dir Jeremy jetzt leihen?«

»Bist du sicher, dass er mitspielt?«

Claudia setzt ein breites Grinsen auf. »Ganz sicher.«

Und während an diesem Abend Lisa und Nino versuchen, eine Einigung mit den Zwillingsschwestern Mirandoni zu erzielen, küsst Jeremy auf der Party bei Tarquinio Stella Marina.

Ihn haben vonseiten der Pinkerton unklare Nachrichten erreicht: Sie hätten seine Mutter zwar gefunden, aber noch das eine oder andere Problem, sie dazu zu bewegen, zu ihm zu fahren. Doch, so beteuerten sie ihm, er solle sich keine Sorgen machen. Und auch von Debra Lous Seite trudeln alarmierende Nachrichten bei ihm ein, da er seit zwei Tagen nicht mehr ans Handy geht, wenn sie ihn anruft, doch das beunruhigt ihn nicht im Geringsten. Jeremy hat überhaupt aufgehört, sich Sorgen zu machen, und sich stattdessen völlig der italienischen Lebensart verschrieben. Er achtet auch nicht mehr auf das, was er isst, und informiert sich weder über die Herkunft der Eier noch über den Gesundheitszustand der Rinder. Er will auch nicht mehr wissen, ob Zusatzstoffe im Getreide sind, und sucht den Himmel nicht länger nach Spuren von Feinstaub ab. Seit zwei Wochen schickt er nicht einmal mehr den kleinsten Artikel über das freudlose Leben der Karpfen in den italienischen Seen an *In Nature We Trust*. Er hat nichts anderes mehr im Kopf, als faul in der Sonne zu liegen, am Flieder zu schnuppern, mit Claudia zu schlafen und sich Gedanken darüber zu machen, ob er sich die Haare rabenschwarz färben soll oder nicht. Seit zehn Tagen lebt Jeremy in einer Art Parallelwelt und fühlt sich dort wie im Himmel. Die Italiener sind anders, mit ihnen macht man andere Dinge. Als Claudia ihm nun erklärte, dass er aus Gründen, die zu erklären zu viel Zeit in Anspruch nehmen würden, an diesem Abend so tun müsse, als sei er mit Stella Marina zusammen, und sie auf Tarquinios Party küssen solle, hatte er geantwortet: Okay, warum nicht, ohne nachzufragen, wer dieser Tarquinio überhaupt ist.

Die Party ist in vollem Gange. Und zwar im »Batticinque«, einem Megalokal in der Peripherie, das auf Silvesterfeiern spezialisiert ist und das Tarquinio deshalb gewählt hat, weil es dort einen Innenpool gibt.

Wer ist denn nun dieser Tarquinio? Bislang noch eine Nebenfigur, aber man wird sehen.

Im Augenblick (es ist exakt null Uhr fünfzehn) küsst Jeremy Stella Marina, für ihn eine durchaus angenehme Erfahrung, während sie dabei das Gefühl hat, innerlich tausend Tode zu sterben. Im selben Moment stupst Claudia einen fassungslos das unerwartete Paar bestaunenden Gabriele in die Seite.

»Siehst du?«, sagt sie. »Jetzt wird keiner mehr denken, dass ihr wieder zusammen seid. Ich erzähle jetzt überall herum, dass die zwei sich offiziell verlobt haben.«

»Aber ist er nicht *dein* Liebhaber? Und ist *sie* nicht mit dem aus dem zweiten Stock zusammen?«

Claudia zuckt mit den Schultern. »Wolltest du ein Dementi? Hier hast du es. Und jetzt lass uns in Frieden, okay?«

»Eure Familie hat sie wirklich nicht mehr alle, und ich bin wirklich froh, dass ich da nicht eingeheiratet habe.«

Claudia wirft ihm einen strengen Blick zu. »Das ist nicht wahr. Und jetzt musst du mich entschuldigen, aber ich hole mir meinen Mann wieder zurück, denn ein Kuss ist ja schön und gut, aber mittlerweile sind wir schon beim dritten.«

Auch andere bemerken, dass die zwei bereits beim dritten Kuss angelangt sind. Besser gesagt, mehrere andere: Lorenzo bemerkt es, während er mit Ludovica tanzt und folglich nicht hingehen und Stella Marina den Armen dieses karottenfarbigen Amerikaners entreißen kann, wozu er größte Lust hätte. Giulietta und Alvise bemerken es, die Natasha und Dimitri bei den Großeltern gelassen haben und sich gerade zuflüstern, dass sie nicht mehr schlau werden aus Stella Marina. War sie denn nicht wieder mit Gabriele zusammen? Und sogar auf der anderen Seite des

Atlantiks ist jemand darauf aufmerksam geworden, und zwar Debra Lou, Jeremys Verlobte. Ihr erinnert euch doch an die toughe Schlagzeugerin, den weiblichen Bill Bruford aus New Jersey? Sie ist es, die nun beschlossen hat, der Sache auf den Grund zu gehen. Trotz ihrer vielen Interessen, zu denen sich erst kürzlich der Satanismus gesellte, ist sie sehr verliebt in Jeremy und findet es merkwürdig und beunruhigend, dass er sie seit achtundvierzig Stunden weder anruft noch auf ihre Anrufe reagiert. Deshalb hat sie angefangen, in den sozialen Medien zu recherchieren, und ist über eine Seite nach der anderen, ein Profil nach dem anderen und einen Hashtag nach dem anderen schließlich auf einem Livestream gelandet, den Tarquinio gerade aus dem »Batticinque« ins Netz stellt. Erst wird sie Zeugin, wie Jeremy in Begleitung einer untersetzten Brünetten durchs Bild läuft, um kurz darauf zu sehen, wie er sich mit einem athletischen Typen (der gar nicht so übel aussieht) einen hinter die Binde kippt, und in diesem Moment fällt er ihr auf der Tanzfläche auf, wo er gerade eine hochgewachsene Rothaarige küsst. All das gefällt Debra Lou ganz und gar nicht, die umgehend »Flüge nach Mailand« in Google eintippt und sich eifrig Notizen macht.

Der dritte Kuss wird jäh von Jeremys Handy unterbrochen, das in seiner Tasche zu beben und zu surren anfängt. Eine Nachricht von Lisa.

»Wir reisen mit deiner Mutter morgen ab. Aber es gibt ein Problem. Kann ich dich anrufen?«

Folge vierundzwanzig

Es ist Sonntag in Rivabella Lago, ein glasklarer Aprilsonntag mit Gärten, die nie zu verblühen scheinen, und der großen Glyzinie, die sich über Balkone und Terrassen der Via delle Magnolie Nummer 11 rankt und übersät ist mit Blütenknospen, die kurz vor dem Platzen stehen.

Ergreifen wir die günstige Gelegenheit, gewissermaßen das Dach des Palazzos zu lüften, um einen flüchtigen Blick in die Wohnungen unserer Protagonisten zu werfen und sie in einem Moment des Friedens zu beobachten ... Und gönnen wir uns eine kurze Atempause von ihren verworrenen Geschichten.

Um zehn Uhr morgens an diesem Sonntag sitzen im Erdgeschoss der Via delle Magnolie Nummer 11 Giuseppe und Jolanda am Küchentisch.

Heute gibt es kein Mittagessen im Kreis der Familie, im besten Fall werden sie sich gegen eins ein Panino mit Mortadella machen und bis dahin vergebens versuchen, das Schwedenrätsel der Kreuzwortzeitschrift zu lösen.

»Was, zum Teufel, soll das heißen – ›Ort zum Fotografieren‹?«

»Suggestiv«, sagt Jolanda.

»Pittoresk«, sagt Giuseppe.

Keines der beiden Wörter passt. Doch die Eltern Boscolo zerbrechen sich weiter konzentriert und einmütig die Köpfe.

Über ihnen, im ersten Stock, schaut sich Giulietta wie eine Besessene immer wieder die Videos der anderen drei Finalisten von *Let's Dance* an. Alvise ist im Fitnessstudio, da sonntags dort die Hölle los ist, und Natasha und Dimitri sind mit den

Großeltern mütterlicherseits auf dem Spielplatz an der Seepromenade und bleiben auch zum Mittagessen bei ihnen.

Was beunruhigt Giulietta an Gilberto und Alice aus Genua denn nun am meisten? Dass die beiden Vater und Tochter sind und die Kleine erst zwölf Jahre alt ist. Diese sentimentalen Schnecken von Preisrichtern werden bei ihrem Anblick dahinschmelzen wie Eis in der Sonne. Und dabei tanzen die beiden nicht einmal gut; sie völlig steif, und er kommt rüber wie ein Tanzlehrer. »Wenn sie die gewinnen lassen, dann zerre ich sie vor Gericht wegen Behinderung von … irgendwas«, denkt Giulietta. Gibt es so was wie eine Behinderung des Wettbewerbs?

Vinicio und Luana tanzen schon besser, aber ihnen fehlt jegliche Dramatik: Null Ausstrahlung, keine herzerweichende Geschichte in petto, sie sind professionell und kompetent, ihre karibischen Tänze sind der Hammer, aber wenn es darauf ankommt, werden sie Zweite werden.

Loris und Mikela hingegen stellen eine echte Gefahr dar. Sie brennen, sie sind nicht perfekt, dafür sehr kreativ. Wenn ich mir nichts einfallen lasse, dann werden die beiden noch gewinnen. Ich muss einen Weg finden, ihnen aus der Ferne zu schaden. Giulietta, für die Fair Play ein Fremdwort ist, klappt den Computer zu, greift zum Telefon und sendet eine SMS an ihren Mann: »Kannst du mir die Telefonnummer von deinem Cousin in Termoli schicken?«

Dann wartet sie ab, reglos wie eine Kobra.

Aber wo ist Lorenzo? Was treibt der Kerl, statt herunterzukommen und mit mir unsere Gegner zu analysieren?

Um das zu erfahren, begeben wir uns hinauf in den zweiten Stock, wo Lorenzo sich gerade auf leisen Pfoten aus dem Bett schleicht, auf dem diese Klette von Ludovica noch immer tief und fest schläft. Gestern Abend auf der Party von Tarquinio ist es sehr spät geworden, aber Lorenzo war schon ziemlich früh wach.

»Sie hat Jeremy geküsst. Diese Stella Marina, von der du glaubst, sie gehört dir, küsst permanent andere Männer! Wenn du sie nicht bald wieder auf Linie bringst, fängt deine Selbstachtung zu bröckeln an, und ohne Selbstachtung wirst du nichts anderes sein als ein Provinzschönling mit dem Gesicht von Antonio Banderas.« Solche Dinge gehen Lorenzo im Moment durch den Kopf, der vergebens versucht, seine destruktiven Gedanken mit dem restlichen Tiramisù zum Schweigen zu bringen.

Aber wer brüllt sich da um zehn Uhr morgens an einem Sonntag im dritten Stock die Seele aus dem Leib?

»Fünfzehntausend!«

Es ist Großmutter Maddalena, die in Claudias Zimmer stürzt, wo sich jedoch niemand aufhält. »Fünfzehntausend! Claudia! Raus aus dem Bett! Na los, aufstehen, du Faulpelz!«

Die gute Frau sieht schlecht und bemerkt folglich nicht, dass das Knäuel aus Laken und Bettdecke nicht ihre Enkelin ist, sondern zerrt weiter unter lautem Geschrei daran: »Claudia! Claudia! Wo bist du?«

»Nonna.« Verschlafen steht Stella Marina in der Tür. »Warum schreist du so?«

»Deine Cousine steht nicht auf!«

»Meine Cousine ist nicht da. Siehst du nicht, dass das Bett leer ist?«

»Und wo ist sie, dieses Lotterweib!«

Im vierten Stock, würde Stella Marina am liebsten antworten, *im Bett mit dem Cousin aus Amerika, den sie mir gestern Abend für einen Moment ausgeliehen, sich ihn aber umgehend wieder zurückgeholt hat.*

»Sie ist in der Frühmesse«, erwidert sie stattdessen, wohl wissend, dass bei der Großmutter dieses eine Wort genügt.

»Ahhh, sehr gut. Sie ist in die Messe gegangen, gut. Dann komm du mit, dann bring ich eben dich um.«

»Nonna, bitte. Vorher würde ich wirklich gerne noch frühstücken.«

»Ich bin jetzt bei fünfzehntausend, hörst du? Ich habe fünfzehntausend Foloer! Und jetzt kommen auch die Sponsors!«

»Fünfzehntausend? Tatsächlich?«

»Schau her!«

Großmutter Maddalena schiebt Stella Marina das Handy mit ihrem Instagram-Profil der »Mordenden Großmutter« unter die Nase. Und es stimmt: Die »Mordende Großmutter« hat fünfzehntausendfünfunddreißig Follower.

»Du meine Güte! Und was jetzt?«

»Jetzt werde ich berühmt. Willst du meine Agentin werden?«

»Uff! Vorher brauch ich aber einen Kaffee.«

Claudia befindet sich in der Tat im vierten Stock, im Bett des amerikanischen Cousins, doch sie ist allein. Jeremy ist weder in der Küche noch im Bad noch im Wohnzimmer und auch nicht auf der Terrasse. Er ist rausgegangen. Claudia lächelt und reckt sich. Wie im Film! Klar, er ist schließlich Amerikaner. So sind sie dort. Er wird mir Brioches mitbringen und vielleicht ein paar frische Blumen. Hoffentlich nicht die Vollkornvariante, ein bisschen öko ist er ja schon angehaucht!

Claudia könnte nicht mehr auf dem Holzweg sein, aber das werden wir in Kürze sehen.

Unterdessen schwingen wir uns wieder hoch hinauf in die Lüfte, leicht wie die Stare, fliegen zur Viale Segretari del PCI und begeben uns von dort aus in die Via Marchesa Colombi, wo Gabriele in einer großen, unaufgeräumten Wohnung lebt, zusammen mit seinem Vater, einem stets übel gelaunten alten Mann. Gabriele sitzt vor einer großen Schachtel mit Legosteinen und versucht, seine Beziehung zu Stella Marina nachzuvollziehen. Da sind rote Steine, blaue und grüne, gelbe und schwarze.

Gabriele hat eine Art Familienaufstellung zusammengebaut, sich, sie, den Kerl aus dem zweiten Stock, den amerikanischen Cousin und Claudia. Wer liebt wen? Wer ist mit wem zusammen? Wäre es nicht das Beste für mich, wenn ich sie alle vergesse, mir eine vernünftige Frau suche, heirate und somit endlich eine gute Ausrede habe, meinen Vater zu verlassen?

Zur Untermauerung dieser Hypothese fängt er an, ein Haus mit großen Fenstern und privatem Zugang zum Meer zu bauen.

Zurück zu Jeremy, von dem es hieß, dass er nicht zu Hause sei, der aber auch nicht hinunter in die Bar gegangen ist, um Brioches für Claudia zu kaufen. In dieser Hinsicht ist er kein Amerikaner. Er ist zum Laufen hinunter an die Seepromenade (so amerikanisch ist er dann doch), und während er so vor sich hin joggt, denkt er an seine Mutter, die morgen zusammen mit den Pinkerton in Mailand eintreffen wird, und an jenes geheimnisvolle Problem, das sie angedeutet haben. Er wird sie alle zusammen abholen. »Wer weiß«, fragt er sich mit Blick auf die jungen Gänse im See, »ob es Lisa und Nino gelungen ist, den nicht ganz legalen kleinen Auftrag von mir zu erledigen?«

Und während der Sonntag in Rivabella friedlich in Richtung Sonnenuntergang fortschreitet, durchpflügt ein Flugzeug den Luftraum über dem Atlantik mit einer neuen Bedrohung für das ohnehin schon komplizierte Leben der Boscolos. Schließt die Fenster, holt die Wäsche rein, bringt die Töpfe mit den Petunien in Sicherheit – ein Orkan ist im Anflug!

Folge fünfundzwanzig

Als Jeremy verschwitzt und ohne Brioches nach Hause kommt, steht Claudia in der Speisekammer und stöbert darin rum. Mit wachsendem Frust. In ebenjener Speisekammer, die einst, nämlich als Stella Marina noch in der Mansarde wohnte, ein Schlaraffenland war, jetzt aber nur noch ein freudloses Angebot an Körnern und Vollkornprodukten enthält. Mit Körnern und Vollkornprodukten kann man sein seelisches Gleichgewicht nicht aufrechterhalten, und Claudia versäumt es nicht, den amerikanischen Cousin umgehend darauf hinzuweisen.

»Gibt es in dieser Wohnung denn nichts Anständiges zu essen?«

»Aber sicher doch, ich habe ganz leckere Schoko-Quinoa-Riegel. Schau her, sie sind hier unter …«

»Heuchler«, fällt Claudia ihm ins Wort. »Lügner, Pharisäer! Ihr seid doch alle gleich, ihr Judasse mit eurem Schokoladenquinoa, Erdnussflakes, Sojabohnen und Sonnenblumenkernen mit Rumzuckerguss!«

»So etwas gibt es doch gar nicht.«

»Das ist Teil der Kasuistik: Gesundes Zeug vortäuschen, um ja euer schlechtes Gewissen zu beruhigen. Wollt ihr Schokolade essen? Dann macht das, aber mischt keine Körner drunter, um eure Schuldgefühle zu kompensieren. Sei ein Mann und probier mal die Haselnussschokolade vom Coop. Morgen soll dir Stella Marina eine Tafel mitbringen.«

»Morgen …« Jeremy lächelt beseelt wie der tantrische Yogi Milarepa, führt sich eine halbe Flasche Mineralwasser zu Gemüte und wickelt eine Packung glutenfreies Blätterteiggebäck von Bioestrema aus. »Morgen … kommen Leute.«

»Was für Leute?«

»Meine Verlobte …«

Claudia, in der erhobenen Hand ein Glas Marmelade ohne Zuckerzusatz, erstarrt zur Salzsäule.

»Deine wer?«

»Debra Lou, meine Verlobte. Sie kommt morgen früh. Sie hat den Livestream von Tarquinios Party gesehen und beschlossen, mal nachzuschauen, was ich hier so treibe.«

Claudia bemüht sich nach Kräften, die Neuigkeit zu verdauen. »Und jetzt? Sehen wir uns jetzt nicht mehr?«

»Aber nein!« Noch immer mit diesem blöden Grinsen im Gesicht. »Wir sind doch Italiener, *bella donna!* Ich will Italiener sein bis ins Mark, und der italienische Mann hat neben seiner Verlobten eben oft noch eine Geliebte, oder eine Ehefrau und eine Verlobte, oder zwei Verlobte. Die Ausgebufftesten auch zwei Ehefrauen.«

»Aber nicht im selben Haus. Sie hier und ich im dritten Stock. Italiener zu sein reicht dafür nicht.«

»Stimmt, genau deswegen studiere ich gerade die Sizilianer. Ich habe mich eingelesen, mich informiert. Der sizilianische Mann ist ein falscher Heiliger und weiß, wie man mit solchen Situationen umzugehen hat.«

»Jeremy, du bist kein Sizilianer. Und hör auf, so dämlich zu grinsen.«

»Ich bin eben die Ruhe in Person. Debra Lou ist eine selbstständige Frau, unabhängig und seit Kurzem auch Satanistin. Sie ist nicht der Typ, der Wert auf Bindungen legt. Wenn ich ehrlich bin, dann macht mir meine Mutter, die morgen kommt, mehr Sorgen. Wer weiß, ob die Pinkerton es geschafft haben?«

Die Pinkerton hatten es geschafft – und auch wieder nicht, da sich diese gewieften Profis plötzlich mit einem unerwarteten Hindernis konfrontiert sahen.

Die Aufgabe, mit der Jeremy sie betraut hatte, war für Leute ihres Schlags nicht sonderlich kompliziert: Nancy sämtlicher Unterlagen bezüglich ihrer Erbschaft von Urgroßvater Florindo, sprich die Wohnung in Rivabella, zu berauben, diese in den Canal Grande zu werfen oder, wenn ihnen das lieber wäre, sie auf einem kleinen Platz zu verbrennen. Die Unterlagen, nicht Nancy. Und zwar aus dem Grund, weil Jeremy, nachdem er beschlossen hatte, nie mehr im Leben Trübsal zu blasen (wie es in einer berühmten italienischen Canzone heißt), nichts mehr wissen wollte von Fragen und Diskussionen und noch weniger von Klagen, gerichtlichen Auseinandersetzungen und hässlichen Streitereien mit den Boscolos von Rivabella. Er liebte die Boscolos von Rivabella, insbesondere Claudia, aber alle anderen auch ein klein wenig. Sogar Cousine Stella Marina zu küssen war eine ziemlich angenehme Erfahrung gewesen, und er wollte ab sofort alle negativen Schwingungen mit ihnen vermeiden. Und da er seine Mutter und seine Großmutter kannte, vor allem seine Großmutter, war er sicher, dass diese beiden – hätte sich nur der geringste Anhaltspunkt für einen Rechtsstreit ergeben – den bezaubernden Palazzo, in dem er wohnte, mitsamt der Glyzinie dem Erdboden gleichgemacht hätten.

Deswegen hatte Jeremy die Pinkerton mit dieser kleinen Aufgabe betraut. Was normalerweise ein Leichtes für die beiden gewesen wäre, da vor allem Lisa in der Lage war, einer Frau den Büstenhalter auszuziehen, ohne dass diese es bemerken würde. Die Gesamtsituation mit den falschen Zwillingen Mirandoni hatte sich jedoch als vertrackter als vorhergesehen erwiesen.

Denn in dem Moment, als die Pinkerton in der Ca' Vendramin Calergi, dem Casino von Venedig, eingetroffen waren, hatte

Dolly Mirandoni, alias Nancy, gerade vierhunderttausend Euro verspielt und war dementsprechend deprimiert.

»Ich versteh das nicht«, hatte sie zu Lisa und Nino gesagt, die es sich an der Bar des Casinos gemütlich gemacht hatten, »ich hatte doch einundzwanzig …«

»Umso mehr Grund, hier alles abzublasen und uns nach Rivabella zu folgen, Signora. Ihr Sohn erwartet Sie mit offenen Armen.«

»Meinen Sie? Auch wenn er erfahren wird, woher ich die vierhunderttausend Euro habe, die ich verspielt habe?«

Lisa spürte, wie ein kalter Schauer sie überlief. War die Signora vielleicht im Fondaco dei Tedeschi eingebrochen, Hort der teuersten venezianischen Juweliergeschäfte?

»Hat Ihnen die nicht Ihre Freundin geliehen?«

»Nein, sie hatte mir zuvor schon siebenhunderttausend gegeben. Alles weg. Ich wollte sie nicht weiter ausnützen und habe ihr dafür die Wohnung verkauft. Wenn Sie mich fragen, dann sind vierhunderttausend für eine winzige Wohnung in einem piemontesischen Kaff wirklich viel zu viel, aber Verity hat darauf bestanden. ›Dolly‹, hat sie gesagt, ›wozu sind wir Zwillinge.‹«

Lisa und Nino schwiegen einen Moment lang gedankenversunken.

»Sie konnten diese Wohnung gar nicht verkaufen, sie gehört ihrer Mutter.«

»Sie hat mir alle Vollmachten gegeben. Sie wollte, dass ich sie loswerde, weil sie den italienischen Verwandten nicht mehr über den Weg traut. Sie hat mich extra hierhergeschickt, um herauszukriegen, was Sache ist, und um die Wohnung zu verkaufen.«

»Aha. Dann gehört jetzt …«

»Die Wohnung im zweiten Stock des Wohnhauses in der Via delle Magnolie Nummer 11 gehört jetzt Verity Sotomayor.«

»Sicher.« Nino nickt zustimmend mit leicht glasigem Blick aus himmelblauen Augen. »Haben Sie etwas dagegen, wenn wir uns einen Moment zurückziehen?«

»Ziehen Sie sich zurück, so viel Sie wollen, Hauptsache, Sie lassen die Nüsschen hier.«

Und dank jenes strategischen Rückzugs der Pinkerton weiß Jeremy nun nicht darüber Bescheid, dass die Wohnung seiner Großmutter nicht mehr ihr gehört und dass es folglich sinnlos wäre, Nancy die Unterlagen zu stehlen.

Lisa und Nino hatten nämlich beschlossen, dass es besser wäre, bestimmte Dinge nicht am Telefon zu besprechen, und deshalb nur ein gewisses »Problem« angedeutet, ohne näher darauf einzugehen. Und Jeremy, der drauf und dran war, gerade zum Sizilianer zu mutieren, hatte es auch gar nicht näher wissen wollen. Wenn es ein Problem gibt, dann wird es schon irgendeiner lösen, denkt er. Und so sieht er an diesem Abend frohen Mutes der Ankunft seiner Mutter entgegen, auch der von Debra Lou, wie Claudia sarkastisch bemerkt, die zusammen mit Stella Marina und zwei Zigaretten unten im Garten sitzt.

»Ich muss damit aufhören«, meint Stella Marina.

»Du hast doch gerade erst damit angefangen.« Claudia lässt das Feuerzeug aufschnappen.

»Genau. Ich will nicht rauchen, aber ich bin zu gestresst.«

»Wem sagst du das. Aber ich bitte dich, findest du so etwas gerecht? Da verliebe ich mich schon mal ein bisschen, und dann kommt prompt die Verlobte angereist. Eine Schlagzeugerin und Satansjüngerin.«

»Die verspeist du doch zum Frühstück, eine Schlagzeugerin, die den Teufel anbetet.«

»Ich weiß nicht. Okay, sie ist Amerikanerin. Trotzdem. Und was ist mit dir? Wie läuft es mit Lorenzo?«

»Ich bleibe hart. Wenn er mich will, muss er die andere in die Wüste schicken.«

»Pass bloß auf, denn wenn er die andere in die Wüste schickt, musst du ihn behalten.«

»Genau das will ich ja.«

»Sicher?«

»Ja. Und ich wäre mir noch sicherer, wenn du und dieser Idiot von meinem Bruder mir nicht dauernd diesen Wurm von Gabriele zwischen die Füße werfen würdet.«

Unvermittelt steht Stella Marina auf und tritt mit dem Fuß ihre Zigarette aus.

»Fantastisch«, bemerkt Claudia seufzend. »Man spürt förmlich, wie sehr du in Lorenzo verliebt bist«, fügt sie kichernd einen Moment später hinzu.

An diesem selben Sonntagabend in der schönen Stadt Termoli. Michele D'Uva und seine Frau Gisella, geborene Boscolo, beobachten aus sicherer Distanz heraus ein Paar, das die Festungsmauern der Burg entlangschlendert, von wo aus man einen wunderbaren Blick auf das Meer hat.

»Das ist er, Loris, der Bäcker. Und das daneben ist seine Frau.«

»Dann geht es jetzt los. Soll ich?«

»Geh, und denk daran, wir müssen uns genau abstimmen. Wenn ich schreie, dann wirfst du.«

Folge sechsundzwanzig

Einem zufälligen Passanten, der an jenem Montag im April um zwölf Uhr achtunddreißig vor dem Hauptbahnhof in Mailand vorbeikommt, würde wahrscheinlich eine hochgewachsene junge Frau auffallen, die einen riesigen Koffer und eine Schlagzeughülle mit sich herumschleppt, nervös hin und her läuft und dabei hektisch auf die Tastatur ihres Handys einhackt.

Auch wenn er nicht wüsste, dass sie eine Jüngerin Satans ist, würde dem Passanten beim Anblick dieser wütend funkelnden Augen gewiss ein angstvoller Schauer über den Rücken laufen. Und umso mehr Schrecken müsste wohl das Objekt solchen Zorns empfinden, das genau in diesem Moment vor ihr stehen bleibt, sie stattdessen jedoch sanftmütig anlächelt wie jemand, den man mit reichlich Baldrian ruhiggestellt hat.

»Schatz! Da bist du ja.«

»Was soll das heißen, da bist du ja, du Schwachkopf. Ich warte seit einer Dreiviertelstunde auf dich!«

»Tut mir leid, mein Schatz, aber es gab Probleme mit den Stühlen. Der Designer hat sich für Cappuccinobraun entschieden, aber …«

»DAS INTERESSIERT MICH NICHT. Wo ist dein Wagen?«

»Komm mit, er steht ein bisschen weiter vorne.«

Während Jeremy fortfährt, einer wutschnaubenden Debra Lou die Einrichtungsprobleme am Mailänder Sitz von Starbucks zu schildern, lädt er sich ihre Gepäckstücke auf, und einen Augenblick später stehen sie bereits vor seinem Wagen. Und so beginnt eine mühselige Rückfahrt in Richtung Rivabella. Sie stellt

Fragen, beschuldigt, hadert und droht, während er – der mittlerweile auf dem besten Weg ist, Sizilianer zu werden – seine Verlobte, statt ihr zu antworten oder sich vor ihr zu rechtfertigen, beharrlich auf die Schönheiten der Landschaft hinweist. Was entlang der Autobahn A4 alles andere als einfach ist.

»Sieh nur, Schatz, wie sich diese majestätische Raststätte in der Ferne wie eine Brücke über die Autobahn spannt … und dort unten grast friedlich ein Herde Rinder … ach, und weißt du, dass wir, wenn wenn wir diese Ausfahrt nehmen würden, in Kürze ans Meer gelangten? Die lange und schmal gestreckte Form Italiens begünstigt …«

»Jeremy, Schluss jetzt. Italien interessiert mich nicht. Ich will wissen, warum du mich betrogen hast!«

»Wer kann das schon sagen, Liebes? Das liegt an der Atmosphäre in diesem Land. Aber reden wir ein andermal darüber. Wir werden noch Zeit und Gelegenheit genug haben, die Hindernisse zu benennen und zu überwinden, die unserer Liebe im Weg stehen. Reden wir lieber über meine Mutter, die in Venedig mehr als eine Million Euro im Casino verspielt hat.«

Es gibt Neuigkeiten, die sogar die Eifersucht in den Schatten stellen. Debra Lou hört prompt zu schimpfen auf, starrt mit offenem Mund ihren Verlobten an und verwandelt sich für einen Moment wieder in die gewohnt resolute Schlagzeugerin.

»Eine Million Euro? Und woher hat sie die?«

»Siebenhunderttausend hat ihr Verity Sotomayor gegeben. Und vierhunderttausend hat sie für den Verkauf von Großmutters Wohnung bekommen.«

»An wen?«

»An Verity Sotomayor. In Venedig haben sich die beiden als Zwillingsschwestern Mirandoni ausgegeben.«

Die venezianischen Abenteuer der Zwillinge, die Beschreibung der Pinkerton und der aktuelle Aufenthaltsort der Mirandonis im einzigen Viersternehotel von Rivabella nehmen thematisch den Rest der Fahrt in Anspruch, und als der Wagen vor der Via delle Magnolie Nummer 11 hält, hat Debra Lou Jeremys Untreue schon fast vergessen.

»Gestern Abend waren sie zum Glück müde, und die Pinkerton haben sie direkt ins Hotel gebracht. Aber sie werden in Kürze hier sein, weil Verity natürlich ihre neue Wohnung sehen will. Das Problem ist nur, dass ich absolut nicht sicher bin, welche Wohnung das ist.«

Plötzlich verspürt Debra Lou sämtliche Auswirkungen des Jetlags auf einmal und taumelt aus dem Auto.

»Ein Bett wirst du ja wohl haben, oder? Nach Feng-Shui ausgerichtet?«

»Aber sicher doch, mein Schatz. Komm. Und wenn uns auf der Treppe irgendwelche Frauen begegnen, geh nicht gleich auf sie los. Leg dich erst mal hin.«

»Pssst … Weckt Debra Lou nicht auf, ich bitte euch. Lasst uns wie zivilisierte Menschen miteinander reden.«

Jeremy, seine Mutter und Verity sitzen auf der Terrasse, vor sich einen kleinen Tisch mit Getränken: Malzkaffee, Eisenkrauttee und Absolut Vodka. Nancy, von der ein unkontrollierbarer Schrecken Besitz ergriffen hat, zappelt hektisch hin und her. Beim Anblick ihres Sohnes ist Veritys Wirkung auf einen Schlag verpufft, und jetzt fühlt sie sich nicht mehr als Zwillingsschwester Mirandoni, sondern wieder als Nancy McDermott, geborene Capece, die in rascher Folge die Wohnung ihrer Mutter verkauft und den Erlös beim Baccara verloren hat.

»Ich wusste doch, dass ich nicht nach Venedig hätte fahren sollen! Ich wusste, dass ich keinen Fuß in ein Casino hätte setzen sollen! Und jetzt? Und jetzt!«

»Wir müssen es Großmutter sagen. Wenigstens, dass Verity …

Du würdest die Wohnung nicht zufälligerweise an Mamma zurückgeben?«

Verity schüttelt den Kopf. Die sechs Schnapsgläser voll Wodka sind nicht ganz unschuldig an ihrer unverändert guten Laune.

»Kommt nicht infrage. Sie gehört mir. Aber die hier ist es jedenfalls nicht. Ich will die vom Plan.«

»Nein, Verity. Und momentan möchte ich in der hier auch noch bleiben. Unternimm du mal eine schöne lange Reise durch Italien und komm in ein paar Monaten wieder, wenn ich meine Arbeit hier beendet habe. Na, was hältst du davon? Noch einen kleinen Wodka?«

»Das hier ist sie nicht! Ich habe den GRUNDRISS gesehen! Es sind hundertzwanzig Quadratmeter. Und sie hat zwei Bäder. Kommt dir das hier wie hundertzwanzig Quadratmeter vor? Siehst du hier irgendwo zwei Bäder? Nancy, gehen wir ins Hotel und holen den Plan.«

Abrupt steht Verity auf und wirft den Tisch um, woraufhin die Wodkaflasche umkippt, aus der sich ein Bächlein ergießt, das für immer das Leben aller Tauben in der Gegend verändern wird. Verity packt ihre wehrlose Freundin am Arm und zerrt sie unter lautem Rufen mit sich.

»Auf in die Schlacht! *Allez!*«

Jeremy lässt die beiden ohne Gegenwehr ziehen. Das Leben ist nicht gemacht für Widerstand. Besser ist da schon ein Anruf bei den Pinkerton.

Als Lisa Jeremys Anruf erreicht, hat sie gerade die Überwachung des Buchhalters wieder aufgenommen – ein harter Brocken, den sie seit Monaten festzunageln versucht. Bequem als Palme getarnt und sich nur mit Trippelschritten vorwärtsbewegend, um nicht aufzufallen, folgt sie ihm bis zu einer Kurzwarenhandlung, die in Wirklichkeit keine Kurzwarenhandlung ist. Nur leider hat die spannende Geschichte des Buchhalters ganz und gar nichts mit der der Boscolos zu tun, und so müssen wir sie zu unserem größten Bedauern vernachlässigen.

»Lisa? Ich bin's, Jeremy.«

»Ich kann jetzt nicht, Jeremy. Ich bin in der Palme.«

»Aber es ist ein Notfall. Lass den Buchhalter. Reichen tausendfünfhundert?«

Lisa zögert nicht. Noch nie in ihrem ganzen Leben war sie jemals in der Lage, tausendfünfhundert Euro ablehnen zu können. Also akzeptiert sie das Angebot und hört sich an, was dafür von ihr verlangt wird.

Eine halbe Stunde später scannt Stella Marina die Einkäufe einer Turbomutter mit vollgepacktem Einkaufswagen ein, die laut an den Sonderangeboten herummäkelt.

»'tschuldigung, aber der WC-Reiniger war im Angebot.«

»Stimmt. Zwei neunundsiebzig statt zwei neunundachtzig.«

»Und das halten Sie für ein Sonderangebot? Auf dem Schild habe ich eins neunundsiebzig gelesen.«

»Nein, das war das Schild für den Scheuerschwamm.«

Noch wenige Minuten bis zum Schichtwechsel. Als die Turbomutter endlich auch die letzte Packung Pampers (3–6 kg) auf das Transportband gelegt, gezahlt und sich ohne ein Lächeln verabschiedet hat, übergibt Stella Marina die Kasse an ihre Kollegin Enrica und tritt hinaus ins schon schwächer werdende Abendlicht.

Allmählich werden die Tage wieder länger, und Stella Marina verharrt einen Moment lang reglos, ehe sie ihr Fahrrad holt. Da ist es wieder, dieses typische Frühlingsgefühl, als ob bald eine Knospe in ihr aufgehen würde, doch das vage Gefühl verschwindet sofort, als das Telefon klingelt und der Name GULLI im Display aufleuchtet.

Stella Marina meldet sich mit einem Lächeln. Gulli hat immer diese Wirkung auf sie.

»*Ciao,* Rotschopf. Wie geht's?«

»Es ist kompliziert. Wenn wir uns sehen, erzähle ich es dir.«

»Freitagabend feiern Robi und ich unseren Hochzeitstag. Kommst du?«

»Tatsächlich! Ist es schon ein Jahr her, dass ihr geheiratet habt?«

»Und es ist wie im Flug vergangen! Und wir sind noch immer verliebt wie zwei Teenager!«

»Was habt ihr doch für ein Glück. Ja, klar komme ich, danke. Was soll ich mitbringen?«

»Das überlege ich mir noch. Aber jetzt habe ich eine dringende Bitte. Ich habe hier einen Gast, eine Dame, die einen Rechtsanwalt braucht. Sie ist Ausländerin, kennt niemanden und macht den Eindruck, als sei sie stinkreich. Ich wollte sie zu Gabriele schicken, aber ich habe seine Nummer nicht mehr. Kann ich dich darum bitten, oder löse ich damit eine Krise aus?«

Stella Marina schnaubt empört. Ob ihre Mitmenschen wohl endlich einsehen wollen, dass sie nicht das geringste Interesse mehr an Gabriele hat?

»Ich schicke dir seine Daten.«

Und so sendet Stella Marina Gabrieles Telefonnummer an ihren alten Schulfreund Guglielmo, genannt Gulli, den jetzigen Direktor des Hotels La Pace. Was unmittelbar zur Folge hat, dass sie wenige Minuten später, als sie an besagtem Hotel vorbeiradelt, zwei Damen hastig in ein Taxi steigen sieht, die eine mit kurzen grauen Locken, die andere mit einer schwarzen Vogelnestfrisur.

Doch die Palme, die sich zwischen den dekorativen Kirschbäumen auf dem Corso Canzone Napoletana vor dem Hotel klammheimlich mit Trippelschritten entfernt, die bemerkt sie nicht.

Folge siebenundzwanzig

»Nein, nein, nein! Verbrecher! Elende Verbrecher!«

Verblüfft betrachtet Gabriele die Dame mit dem schwarzen Vogelnest auf dem Kopf, die sich vor seinem Schreibtisch zu voller Größe aufbaut. Neben ihr steht eine zweite Dame, lang und schmal wie ein Frettchen, mit kurzen grauen Locken.

»Signora, so beruhigen Sie sich doch! Was ist passiert?«

Die beiden Mandantinnen, die ihm Guglielmo vom Hotel La Pace geschickt hat, waren bester Laune bei ihm eingetroffen, zumindest, was die Brünette betrifft, die Grauhaarige dagegen schien zwar sanft wie ein Lamm, aber ein wenig leidend. Die Brünette stellte sich ihm als Verity Sotomayor vor, während die Grauhaarige ausdauernd schwieg und die düstere Anmutung eines griechischen Chors verströmte, der sich gerade anschickt, den Fall Thebens zu verkünden. Doch die aufgekratzte Verity erklärte ihm umgehend, wegen einer Immobilienangelegenheit gekommen zu sein, und holte eine grüne Mappe hervor.

»Ich zeige Ihnen gleich mal die Unterlagen«, kündigte sie an, doch als sie die Mappe öffnete, kamen zum Vorschein: Spielanleitungen für Monopoly, Modefotos aus der Wochenbeilage des *Corriere della Sera* und ein Reklamezettel von MediaWorld.

Woraufhin Gabriele eine Augenbraue hochzog und Verity zu kreischen anfing.

»Die haben mir die Unterlagen gestohlen! Das waren sie! Die Boscolos! Ich schicke sie alle ins Gefängnis!«

»Signora, sagten Sie eben ›Boscolo‹?«

Und so erfuhr Gabriele, wer seine Mandantinnen waren und was sie von ihm wollten.

»Wie kann ich meine Ansprüche auf die Wohnung im zweiten Stock geltend machen?«

»Ohne beweiskräftige Unterlagen …«

»Die haben sie mir doch gestohlen! Wenn ich so darüber nachdenke, dann kann das nur die Palme gewesen sein.«

»Welche Palme?«

»Die, die mir auf dem Gang im Hotel begegnet ist, als wir nach oben gingen, um die Mappe zu holen, bevor wir zu Ihnen fuhren. Ich wusste doch, dass es nicht normal war, auf dem Gang einer Palme zu begegnen!«

Am Morgen darauf ist Stella Marina gerade beim Frühstück, als ihr Handy losschmettert und Gabriele ankündigt. Ich muss unbedingt den Klingelton ändern, denkt sie. Drei wunderbare Trompetenstöße aus einem Mozartkonzert, die sie im Netz gefunden hat, seine Erkennungsmelodie als Erzengel und Himmelsbote.

»Hey, können wir uns kurz sehen?«

»Was willst du?«

»Es ist dringend. Es geht um eure Wohnung. Kannst du in einer Viertelstunde bei ›Nustrizio‹ sein?«

Stella Marina lässt den halb aufgegessenen Zitronenjoghurt stehen. »Claudia, bist du da? Können wir gleich los? Ich bin in einer Viertelstunde bei ›Nustrizio‹ verabredet.«

»Mit wem?«

»Geht dich nichts an.«

»Du kannst mich mal«, denkt Claudia und greift nach ihrer Tasche. Die Großmutter folgt den beiden mit großmutterhaften Trippelschritten bis in den Vorraum. »Hey, Stellina, eigentlich wollte ich heute zu dir in den Coop kommen und dort jemanden abmurksen.«

»Kommt nicht infrage.«

»Dauernd zu Hause zu morden ödet mich an. Und außerdem habe ich von euch schon alle umgebracht.«

»Und die Mieter? Bring die doch um. Fang am besten mit dem Typen in der Mansarde an.«

In Claudias Stimme liegt eine gewisse Schärfe. Seit Debra Lous Ankunft hat sie Jeremy, der sich an diesem Morgen bereits früh aus dem Haus geschlichen hat, nicht mehr zu Gesicht bekommen. Eigentlich erwartete sie ein nächtliches Stelldichein im Garten oder andere romantische Zusammenkünfte, doch stattdessen ist er auch in dieser Hinsicht zum Italiener mutiert. Viele Worte, aber kaum steht die Verlobte vor der Tür, lautet die Devise wieder: Husch, husch, heim an den häuslichen Herd.

Doch Maddalena findet Gefallen an diesem aus reiner Bosheit geborenen Vorschlag.

Aber klar, es ist Zeit, die Mieter zu killen. Und so zieht Maddalena sich rasch an, tupft zwei Tropfen ihres Parfüms hinter die Ohren – noch immer dasselbe wie damals als Fünfzehnjährige in Kalabrien – und nimmt das Fleischmesser vom Messerblock.

Debra Lou ist gerade dabei, Satan anzurufen, als sie es an der Tür läuten hört. Sie hat im Schlafzimmer einen kleinen Altar aufgebaut und aus ihrem Koffer den *Hexenhammer für Anfänger* hervorgezogen, den sie immer bei sich trägt. Im ersten Moment will sie die Türklingel ignorieren, doch dann überlegt sie, dass dies vielleicht Jeremys Geliebte sein könnte, die ihr Satan persönlich gewissermaßen auf dem Silbertablett serviert.

Und so öffnet dank der unendlichen Wechselfälle des Lebens Debra Lou wenige Augenblicke später mit einer großen Schere in der Hand die Tür und sieht sich einer Alten gegenüber, die sie ihrerseits mit einem Fleischmesser in der Faust bedroht.

»Sicher?«

Giulietta telefoniert mit ihrer Cousine Gisella aus Termoli. Ein entrücktes Lächeln huscht über ihr Gesicht.

»Und ob. Michele hat gerufen: ›Eine Ratte, Signora! Achtung!‹, und die ist wie der Blitz davongestürmt, während ich ihr ganz gezielt den Rollschuh von meinem Sohn, Größe 42, vor die Füße gerollt habe, woraufhin die Tante einen Satz gemacht hat, echt unglaublich!«

Gisella ist ein Mensch, der leicht ins Schwärmen gerät, und noch immer ganz überwältigt von der Erinnerung daran, wie leicht es war, der guten Frau den Knöchel zu brechen.

»Ich weiß gar nicht, wie ich euch danken soll, das heißt, ich weiß es schon. Wenn wir gewinnen, dann werden wir uns was Schönes für euch ausdenken, da könnt ihr ganz sicher sein.«

»Aber nicht doch, ich bitte dich. *Family first. Ciao,* jetzt muss ich los, zum Friseur.«

Nach so vielen Tagen der Anspannung kann Giulietta endlich wieder entspannt durchatmen. Die Verwandtschaft aus Termoli hat ihren Part erledigt, Loris und Mikela sind aus dem Rennen. Selbst wenn Loris seine eingegipste Frau durch eine neue Partnerin ersetzen würde, sind seine Hoffnungen auf einen Sieg geplatzt. Mit den beiden kann es jetzt nur noch abwärtsgehen. Lorenzo hat versprochen, vor dem Finale einige Tage Urlaub zu nehmen, um bis zur Erschöpfung zu trainieren, da es mit den Gesellschaftstänzen noch nicht rundläuft. Das Finale hat seine Tücken: Es sind die Schiedsrichter, die darüber entscheiden, welche Tänze an die Reihe kommen, und ihnen wird das erst am Tag zuvor mitgeteilt, wenn sie alle schon in der Tanzarena in Biandrate kaserniert sind, von wo aus die Direktübertragung ausgestrahlt wird. Folglich muss alles stimmen, selbst wenn Lorenzo bei den lateinamerikanischen Tänzen niemanden anschauen kann und auch den langsamen Walzer nicht mit Leidenschaft auf das Parkett kriegt. Ich muss ihm mal dieses Video zeigen, überlegt Giulietta, diesen uralten Film mit den Sizilianern, die Walzer tanzen … wie heißt der gleich noch mal?

Ihre Überlegungen werden brüsk von einer Tür, die aufgerissen wird, und von Ludovica, die danach in den kleinen Raum platzt, unterbrochen. Ludovica sieht irgendwie verändert aus, und nicht einmal der Touche-Éclat-Stift von Saint Laurent kann die tiefen Ringe unter ihren Augen vollständig verbergen.

»Giulietta! Ich muss mit dir reden!«

Giulietta trainiert allein im Fitnessstudio.

»Was gibt's?«

»Ich muss mich setzen!«

»Dann setz dich doch. Auf den Boden, denn, wie du siehst, gibt es hier keine Stühle. Ich bin am Trainieren und habe wenig Zeit.«

»Lorenzo benimmt sich merkwürdig, da stimmt was nicht. Bist du sicher, dass er mich heiraten will? Hat er dir das wortwörtlich so gesagt?«

»Na ja, nicht mit einer eindeutigen Aussage wie ›Ich will Ludovica heiraten‹. Doch er hat mir zu verstehen gegeben, dass das der Preis sein wird.«

»Ah, ja? Und warum habe ich ihn dann gestern Abend am Telefon zu einer Jessica sagen hören, ›Sei ganz beruhigt, wenn ich gewinne, bekommst du die ersten fünfundzwanzigtausend, also vergiss nicht, das Teil gehört mir‹?«

»O Herr im Himmel«, denkt Giulietta, »was mache ich jetzt? Lasse ich sie in dem Glauben, dass Lorenzo eine gewisse Jessica vögelt, die auch noch danach aussieht, oder kläre ich sie darüber auf, dass Jessica Rolle die momentane Besitzerin des Lamborghini Diablo ist, den Lorenzo sich kaufen will?«

Während diese beide Frauen versuchen, jede für sich eine Entscheidung zu treffen, sieht Stella Marina sich mit Gabriele konfrontiert, der mit ihr und zwei Bechern Caffè & Zabaione an einem kleinen Tisch bei »Nustrizio« sitzt.

»Dass wir beide denselben Geschmack haben, was Eis betrifft, das hat uns doch immer sehr verbunden, nicht wahr?«, schmachtet er sie gerade sehnsüchtig an.

Stella Marina schnaubt empört. »Hör mal, ich bin nicht hierhergekommen, um die Vergangenheit wieder aufleben zu lassen, in der du mich im Übrigen ziemlich mies behandelt hast.«

»Nein, du hast mich mehr als mies behandelt. Du hast damit angefangen!«

»Und wer konnte nicht mehr damit aufhören?«

»Okay, lassen wir das. Ich habe dich gebeten, zu kommen, weil die gute Frau, die deiner Cousine die Wohnung abgekauft hat, euch verklagen und eure Sippschaft vernichten will.«

»Wie das denn? Jeremy hat mir gemailt, dass er die Pinkerton beauftragt hat, ihr alle Unterlagen zu klauen, und dass alles in Ordnung ist.«

»Und das war für dich okay? Du hast nicht die geringste Moral.«

»Na, klar doch. Aber was genau hat jetzt nicht geklappt?«

»Alles hat geklappt, Lisa hat die Unterlagen gestohlen, aber damit wird die Katastrophe nur hinausgezögert, weil die Sotomayor heute Morgen nämlich nach Bassano del Grappa aufgebrochen ist. Sie will dort zum Grundbuchamt gehen und das Originaltestament eures Vorfahren einsehen. Ich habe versucht, ihr das auszureden und stattdessen die Mansarde zu behalten, die ein absoluter Knüller ist, wenn man es vom Markt her betrachtet. Aber nein, sie ist darauf fixiert. Ich glaube, das ist etwas typisch Amerikanisches, die haben immer diese fixe Idee, dass alles mit rechten Dingen zugehen muss.«

»Es geht hier jetzt aber nicht mehr bloß um die Mansarde oder um den zweiten Stock, es geht jetzt darum, dass das Haus in Familienbesitz bleibt. Wir müssen ihr die Wohnung wieder abnehmen. Und das, ohne einen Euro dafür zu berappen.«

Gabriele betrachtet sie versonnen. Was ist sie nur für eine spontane Schwindlerin, diese Frau, die da vor ihm sitzt und von der er jetzt weiß, dass er sie über alles liebt?

Und mit einem tiefen Seufzer macht er sich den Standpunkt der Frau, die er über alles liebt, zu eigen, in dem Wissen, dass – wüssten sie es denn – Romagnosi & Romagnosi ihn aus der Kanzlei jagen würden.

»Dann müssen wir uns eben was überlegen. Du und ich, wir werden uns zusammensetzen und gemeinsam überlegen müssen, wie wir diese Frau unschädlich machen. Und wenn deine Cousine ihr diese Wohnung unter dem Einfluss von Drogen verkauft hat?«

»Oder schlafwandelnd, ohne sich daran erinnern zu können?«, steigt Stella Marina begeistert ein.

»Ob das vor Gericht zählt, weiß ich nicht. Wir müssen uns eben gemeinsam in diesen Fall einarbeiten. Passt es dir heute Abend bei mir zu Hause?«

Folge achtundzwanzig

Giuli? Wie geht es dir?«

»Gut, alles in Ordnung. Die Verwandtschaft aus Termoli hat geliefert.«

»Nicht am Telefon.« Jolanda wäre die geeignete Besetzung für die Rolle der Ehefrau eines flüchtigen Verbrechers, hätte ihr Giuseppe nicht so ein makelloses Strafregister. »Du erzählst mir später alles. Hör mal, bist du gerade auf dem Weg nach Hause?«

»Ja, ich will was essen und mich dann ein bisschen hinlegen. Außerdem bin ich mit meiner Serie im Verzug.«

»Bei welcher Folge bist du?«

»Bei der siebten, als Malaguenha versucht, Salgada mit dem Eismixer die Augen auszustechen, aber die Hühner, die die TNT-Klößchen gefressen haben, kommen, und die Gefängnisküche explodiert.«

»Die ist gut. Aber freu dich auf die achte. Hey, ich wollte dich eigentlich um einen Gefallen bitten. Kannst du mal kurz nach der Nonna schauen? Wir haben versucht, sie anzurufen, aber sie meldet sich nicht.«

»Okay, reg dich nicht auf, ich geh sofort zu ihr hoch.«

Als Giulietta zu Hause ankommt, holt sie die Schlüssel zur Wohnung der Großmutter, geht hinauf in den dritten Stock, läutet. Nichts. Mit klopfendem Herzen sperrt sie die Tür auf. Es wird doch wohl nicht sein, dass auch das muntere und scheinbar unendliche Leben von Großmutter Maddalena dasselbe Schicksal ereilt hat wie das aller menschlichen Wesen? Aber nein, die

Zimmer sind leer und ordentlich aufgeräumt. Und jetzt? Wo steckt sie?

»Ich werde mal nachschauen, ob sie bei jemandem im Haus ist«, überlegt Giulietta und beginnt mit der Mansarde. Sie weiß, dass der Amerikaner nicht da ist, sie hat ihn an diesem Morgen weggehen sehen, dafür ist eine junge Frau gekommen, vielleicht weiß die was.

Als sie oben ankommt, fällt ihr auf, dass die Tür nur angelehnt ist. Das Schloss schließt nicht richtig, und wer es nicht kennt, glaubt, abgeschlossen zu haben, auch wenn das nicht der Fall ist. Giulietta öffnet die Tür, doch ehe sie auf sich aufmerksam machen kann, hört sie Maddalena aus dem Nebenzimmer deklamieren:

»ÖFFNET DIE PFORTEN DER HÖLLE UND EILT HERBEI, UM MICH WILLKOMMEN ZU HEISSEN ALS EURE SCHWESTER!«

Als Giulietta ins Zimmer kommt, sieht sie ihre Großmutter und die junge Amerikanerin, beide in Chenillebademäntel von Decathlon gehüllt, mit einem Kissenbezug auf dem Kopf und reichlich Farbe auf den Lippen, wie sie heftig mit den Armen rudern und jemanden auffordern, die Welt zu beherrschen und die Kräfte des Guten zu zerstören.

»Nonna! Was machst du da?«, ruft Giulietta.

Maddalena dreht sich um. »*Ciao*, Giulietta, wir rufen Satan, den Fürsten der Unterwelt. Das ist Debralu. Ich bin jetzt Satanistin!«

Den ganzen Tag lang, während sie einen Einkauf nach dem anderen scannt, Punkte auf Kundenkärtchen gutschreibt, Sonderangebote erklärt, mit Alkohol das Transportband säubert, auf dem der verfluchte Kunde ein halbes Päckchen Zucker ausgeschüttet hat, den ganzen Tag lang fragt Stella Marina sich, ob sie an diesem Abend gehen oder nicht gehen soll, um bei Gabriele zu Hause die Sache mit der Sotomayor zu besprechen. Zunächst einmal hat sie nicht die geringste Lust, seinem Vater, dem Notar, zu begegnen, ein mürrischer Mensch, dem sie nie sympathisch war. Vielleicht hätte sich der Notar Lamberti – wie in *Nur du allein* von Du Veuzit, ein Roman aus der Herz-Schmerz-Reihe von Salani, den sie gerade liest – für seinen Sohn eine junge Anwältin vorgestellt, eine Kinderärztin, eine Steuerberaterin, mit einem Wort, eine studierte junge Frau aus einer angesehenen Familie, nicht aber eine Supermarktkassiererin aus einer mehr als zwielichtigen Sippe. Und außerdem, was passiert, wenn Gabriele sie küsst, statt über die Sotomayor zu reden? Und noch während sie versucht, sich vorzustellen, wie sie wohl auf diesen Kuss reagieren würde, vernimmt sie eine samtweiche Stimme.

»Was für ein sinnlicher Gesichtsausdruck. Denkst du gerade an mich?«

Der Kunde, der eine Packung Rasierklingen auf das Band legt, ist Lorenzo. Stella Marina schenkt ihm jenes verhaltene Lächeln mit kaum merklich zuckenden Lippen, das schon so manches Herz gebrochen hat. An dieser Stelle sollte noch einmal gesagt werden, dass Lorenzo wirklich gut, unglaublich gut aussieht, was seinen anhaltenden Erfolg bei den Frauen erklärt, mag er noch so ein ignoranter Esel und Lügner sein. Er ist einfach umwerfend schön.

Stella Marina sieht ihn an und hält wie verzaubert inne.

»Was machst du hier?«

»Nachdem du mir offensichtlich aus dem Weg gehst und ich keine fünf Minuten mal mit dir allein sein kann, bin ich hierhergekommen, wo ich dich sicher antreffen würde.«

»Meine Antwort an dich besteht aus einem einzigen Namen: Ludovica.«

»Es gibt große Neuigkeiten.«

»Und die wären?«

»Ich bitte dich, lass es mich nicht hier sagen, vor allen Leuten, hinter einer Signora, die zwanzig Packungen Mineralwasser im Wagen hat. Kommst du auf einen Sprung zu mir hinauf, wenn du nach Hause gehst?«

»Heute Abend bin ich verabredet.«

»Sag ab. Glaub mir, es lohnt sich.«

»Würde es euch etwas ausmachen, euch woanders zu verloben?«, brüllt die Dame mit dem Mineralwasser los, und Lorenzo zieht mit seinen Rasierklingen ab.

Und würde es euch etwas ausmachen, wenn wir uns für einen Moment an die Autobahnraststätte Monte Baldo Nord auf der A4 in der Nähe von Verona begeben? Hier hält gerade der Bentley mit Chauffeur an, den Verity für die Fahrt von Rivabella nach Bassano del Grappa gemietet hat. Verity möchte sich gerne mal die Hände waschen, einen Espresso trinken und eine Kleinigkeit essen.

»Und außerdem liebe ich es, an Raststätten einzukaufen! Dieses Mal will ich mir einen ganzen Karton von diesen Minischokoladentafeln von Ritter Sport mitnehmen! Kommen Sie doch auch, Asmodeo. Und du, Nancy, was willst du dir kaufen? Das Reiseset von Nivea? Süß, die kleinen Fläschchen!«

Nancy, die immer grauer und schmaler wird, schüttelt den Kopf. Aber sie hat eine Entscheidung für sich getroffen.

So ruhig wie möglich erwidert sie: »Ich will nichts, ich warte lieber draußen. Ich brauche ein bisschen frische Luft.«

»Klar doch, lauf ein bisschen rum!«

Aber Nancy hat nicht die Absicht, sich die Beine zu vertreten. Kaum sind Verity und ihr Chauffeur im Innern der Raststätte verschwunden, läuft sie auf einen Lastwagen zu, der gerade im Begriff ist, loszufahren. Als der Fahrer sie bemerkt und das

Fenster runterlässt, ruft sie: »Können Sie mich bitte mitnehmen? Ich bin ein Opfer psychischer Gewaltanwendung!«

Die Kanzlei Romagnosi, Romagnosi & Lamberti ist unweit der Uferpromenade gelegen, und hier verbringt Claudia ihre Mittagspause, auf einer Bank mit Blick auf die sanft plätschernden türkisgrünen Wellen des Sees. Aber zum Essen kommt sie nicht, weil sie gerade heftig mit Jeremy diskutiert. Jeremy, mittlerweile die perfekte Verkörperung aller nationalen Tugenden und Untugenden, verabschiedete sich an diesem Morgen von Debra Lou auf dem Weg zu seinem Büro in Mailand, ehe er dort anrief, um mitzuteilen, dass ihn ein schrecklicher Abszess dazu zwinge, umgehend einen Zahnarzt aufzusuchen. Und so sitzt er jetzt hier, statt zu entscheiden, welches das beste Schockfrostgerät für die Starbucks-Küche wäre, hält eine von Claudias Händen in den seinen und versucht, sie zu überreden, stärker im Einklang mit der Natur zu leben.

»Was sagt uns die Natur, Claudia? Schau dich doch mal um.«

Claudia schaut sich um. »Nichts. Das heißt, mir sagt sie nichts.«

»Weil du nicht zuhören kannst. Die Lerche sagt uns, dass wir lieben sollen. Das Reh sagt uns, dass wir lieben sollen. Der Rogen sagt uns, dass wir lieben sollen.«

»Der Rogen ist kein Tier, sondern ein tierisches Erzeugnis.«

»Aber lieben sollen wir, sagt er. Lieben ohne Zwänge, ohne Scheuklappen, ohne Sicherheitsgurte!«

»Das heißt, ohne zu heiraten?«

»Du bist eine wunderbare Frau, aber du atmest nicht im Einklang mit dem Universum. Ich würde dir gerne einen Artikel zu lesen geben, den ich für *In Nature We Trust* geschrieben habe. Ich glaube, das würde dir guttun und deine Sicht auf die Liebe erweitern.«

»Jeremy, ich will nichts erweitern, mir reicht es vollkommen, wie es ist.«

»Willst du denn nicht glücklich sein?«

Claudia schnaubt. Sie hatte sich so gefreut, als er anrief und dieses Treffen vorschlug; sie nahm an, dass er mit ihr irgendwohin fahren würde, um miteinander ins Bett zu gehen, nicht aber, um hier auf einer Bank mit ihm zu sitzen und über Fischrogen zu diskutieren.

»Ja, und? Was willst du jetzt von mir?«

»Ich will dich mit nach Amerika nehmen. Ich mag dich einfach viel zu sehr. In ein paar Monaten werde ich mit meiner Arbeit hier fertig sein und nach Hause fahren.«

»Und Debra Lou?«

»Ich habe ihr verspochen, dass wir heiraten, sobald wir wieder zurück sind. Nach satanischem Ritus. Ich liebe Debra Lou, aber dich liebe ich auch. Liebe vermehrt sich, sie teilt sich nicht.«

Claudia steht auf; ihr reicht es jetzt.

»Komm mit uns nach Amerika, wir werden Blesshühner über die Felder von New Jersey jagen, Hummern beim Schwimmen im Meer zusehen. Wir werden glücklich sein.«

Claudia ergreift ihre Handtasche.

»*Ciao,* Jeremy. Such dir eine andere als fünftes Rad am Wagen.«

»Ich würde dir auch einen Job anbieten können. Mein Chef sucht eine Freizeitkoordinatorin. Für fünfzehntausend Dollar im Monat.«

Langsam kehrt Claudia zu der Bank zurück.

»Freizeitkoordinatorin? Was soll das denn für eine Arbeit sein?«

»*Smart Working.* Sehr *smart.* Ich erkläre es dir.«

Folge neunundzwanzig

Stella Marina ist auf dem Nachhauseweg, blind und taub für das »Pink Flamingo«, so sehr ist sie mit der Entscheidung beschäftigt, zu wem sie gehen soll: zu Gabriele oder zu Lorenzo?

Als sie ein kleines Mädchen war, hatte ihre Tante Clara, die Intellektuelle der Familie, ein Buch mit dem Titel *Geh, wohin dein Herz dich trägt* zu lesen angefangen, und kurz stellt Stella Marina sich die Frage, ob es in ihrem Fall wohl angebracht sei, diesem Titel zu folgen. Andererseits hatte die Tante das Buch während ihrer gemeinsamen Ferien in Jesolo nicht zu Ende gelesen, sondern mit einem flammenden Kommentar in die kleine Strandbibliothek zurückgebracht und durch ein weniger anspruchsvolles Werk aus der Harmony-Reihe ersetzt. Vielleicht war der Ratschlag doch nicht so gut.

Aber wohin trägt sie nun ihr Herz? In Richtung einer Vergangenheit, die sie noch immer nicht loslässt wie in vielen Romanen der Reihe Salani, oder eher in eine unsichere und trügerische Zukunft wie in manch anderen Romanen derselben Reihe?

Als sie zu Hause eintrifft, hält das Schicksal eine Begegnung für sie parat. Mit Giulietta, die gerade von der Hähnchenbraterei »Santa Rita« kommt, wo sie das Abendessen für die Familie besorgt hat. Für ein frühes Abendessen um Punkt halb acht, da sie danach zum Training ins Studio muss. Mit Lorenzo, falls diesem Tunichtgut nicht wieder eine dumme Ausrede einfällt.

Nachdenklich betrachtet Stella Marina diese zielstrebige Frau mit den himmelblauen Haaren, die ein in Alufolie eingeschlagenes Brathähnchen samt Pommes frites in der Hand hält, und beschließt, sie nach ihrer Meinung zu fragen.

»Giuli, kann ich dich um einen Rat bitten?«

»Wenn du dich beeilst, sonst wird mein Hähnchen kalt.«

»Soll ich mich heute Abend mit einer Vergangenheit treffen, die mich immer noch anzieht, oder aber mit einer Zukunft, der ich nicht über den Weg trauen kann? Was soll ich machen?«

Giulietta überlegt kurz.

»Auf den ersten Blick würde ich sagen, keines von beiden. Oh, *ciao*, Ludo!«

Sie schon wieder. Von Kopf bis Fuß in Markenklamotten gehüllt, überschwänglich wie immer und mit diesem hinterlistigen Grinsen im Gesicht. »Sie ist das Kreuz, das ich tragen muss«, denkt Stella Marina.

»*Ciao!* Ich will Lorenzo überraschen!«

»So etwas endet meistens übel«, warnt Giulietta, während die drei Frauen durch das Tor gehen und sich der Haustür nähern.

»O nein, Lorenzo wird sich freuen, mich zu sehen. Er steht so was von unter Strom in letzter Zeit. Und nach der Geschichte mit dieser Jessica habe ich begriffen, dass ich häufiger an seiner Seite sein muss.«

Stella Marina, die ohnehin nicht bester Laune ist, spürt, wie sie innerlich in sich zusammensackt, als sie hört, dass es im Leben von Lorenzo offenbar auch noch eine Jessica gibt. Aber Ludovica lässt sich nicht abwimmeln, sondern packt sie scheinheilig am Arm.

»Ach, übrigens, Stella Marina. Ich habe herausgefunden, was Lorenzo mit den fünfundzwanzigtausend Euro vorhat, falls er gewinnt. Das Geld ist als Anzahlung auf einen Vorvertrag für ein Haus in Laglio gedacht, gleich neben dem von George Clooney! Momentan gehört es noch dieser Jessica, aber er hofft, dass sie es für uns reserviert … Eins Komma zwei Millionen will sie dafür haben, keine Ahnung, wo er die hernehmen wird.«

»Halt bloß den Mund, Ludo! Denk daran! Er bringt mich um, wenn er erfährt, dass ich es dir erzählt habe.« Giulietta ist sehr stolz auf die Geschichte, die sie sich für Ludovica hat einfallen lassen. Sie weiß aber auch, dass dieses Kartenhaus die Stabilität eines Wackelpuddings hat und bei der geringsten Erschütterung in sich zusammenfallen kann. Sie kann nur hoffen, dass es sich zitternd bis nach dem Tanzwettbewerb aufrecht hält. Ginge es nach ihr, so könnten sich die beiden Damen im Übrigen gegenseitig die Halsschlagadern aufschlitzen.

Giulietta betrachtet ihre Schwägerin. Eigentlich mag sie Stella Marina recht gerne, zumindest solange sie keinem ihrer Projekte im Weg steht. »Auf jeden Fall tut es mir leid«, fügt sie, an Ludovica gewandt, hinzu, »aber heute Abend muss Lorenzo mit mir trainieren. Du fährst besser wieder nach Hause.«

Stella Marina bekommt Ludovicas Antwort nicht mehr mit, als sie ihr Fahrrad abstellt. Sie hat jedoch bereits für sich beschlossen, dass sie auch nicht zu Gabriele gehen wird. Sonst sieht es noch so aus, denkt sie, als würde ich nur deswegen zu ihm gehen, weil die Sache mit Lorenzo geplatzt ist. Hätte ich vor dem Treffen mit Ludovica beschlossen, zu ihm zu gehen, okay, aber da war ich noch unsicher, also zählt das nicht. Inzwischen weiß ich überhaupt nicht mehr, was ich wirklich hätte tun wollen, und deshalb ist es besser, alles sein zu lassen. Ich bleibe zu Hause und spiele UNO mit der Nonna.

Diese traurige Aussicht wird jedoch nicht Realität, weil sich die Großmutter in ihr Zimmer eingeschlossen hat, um Beelzebub, Luzifer und Astarte anzurufen.

»Sie ist jetzt seit Neuestem Satanistin und hat sogar ihr Instagram-Profil geändert. Sie ist nicht mehr die ›Mordende

Großmutter‹, jetzt ist sie die ›Im Namen Satans mordende Großmutter‹, erklärt ihr Claudia, die schon seit einer Weile zu Hause ist.

»Und? Wo ist da der Unterschied?«

»Jetzt macht sie Selfies mit roten Augen wie auf den alten Polaroidaufnahmen. Aber hör mal, ich muss mit dir reden. Ich habe ein Jobangebot bekommen.«

»Von wem?«

»Von Jeremy.«

»Aha. Und die amerikanische Verlobte?«

Claudia zuckt mit den Schultern. »Jeremy will es mit der Polyamorie probieren. Er sagt, in Schweden war das in den Sechzigerjahren sehr populär.«

»Soweit ich weiß, waren in Schweden in den Sechzigerjahren auch Pornos sehr populär.«

Noch ehe sie Gelegenheit haben, die Diskussion fortzuführen, läutet es an der Tür. Und als sie öffnen, steht er da. Der Mann, der es mit der Polyamorie probieren will, dem seine schönen roten Haare jetzt wirr zu Berge stehen und der ein entsetztes Gesicht macht.

»*Ragazze*«, ruft er, »ihr müsst mir helfen! Meine Mutter ist schon wieder verschwunden!«

Als Verity ein paar Stunden zuvor aus der Autobahnraststätte tritt, schwer beladen mit Ritter-Sport-Minis und mit viereckigen Augen von zu viel Koffein, da wundert sie sich, dass sie Nancy nirgendwo finden kann. Sie fragt überall herum, bis sie von einem freundlichen Fernfahrer erfährt, dass er gesehen hat, wie eine ältere Frau in den Wagen seines Truckerfreundes Pyjamaheld Nummer 31 stieg.

»Ah, die Liebe«, trällert Verity, »die Leidenschaft scheint sie voll erwischt zu haben auf dem Parkplatz des Autogrills,

Asmodeo! Meine Freundin ist mit diesem Pyjamaheld Nummer 31 abgehauen! Ist das nicht wunderbar?«

Asmodeo hat in dieser Hinsicht klare Vorstellungen. »Nein, Signora.«

Danach geht es weiter in Richtung Bassano del Grappa, und als sie bereits weit hinter Padua sind, kommt Verity der Gedanke, es könnte eine gute Idee sein, Jeremy diese wunderbare Neuigkeit mitzuteilen. Sie ruft ihn an.

»Deine Mutter ist mit einem Trucker durchgebrannt! Wir sehen uns, wenn ich zurückkomme, um meine Wohnung in Besitz zu nehmen.«

Sobald Claudia über die Situation Bescheid weiß, ist sie nicht mehr zu halten. »Wir müssen uns unbedingt sofort mit Gabriele treffen. Wir müssen deine Mutter finden und Verity aufhalten. Gehen wir zu dir hinauf?«

Jetzt findet Jeremy sein Lächeln wieder. »Ja, dann kann ich euch gleich Debra Lou vorstellen!«

»Genau das war mein sehnlichster Wunsch«, erwidert Claudia, aber Jeremy ist nicht sehr geübt in Sarkasmus. Er ist eher einfach gestrickt.

»Gabriele? Hier ist Claudia. Kannst du sofort herkommen? Ja, klar, sie ist auch da. Beeil dich. Und bring ein paar Pizzas mit.«

Eine halbe Stunde später läutet Gabriele an der Tür im dritten Stock und drückt Claudia, die ihm geöffnet hat, einen Stapel Pizza Margherita in die Hand.

»Bring sie schon mal hoch. Ich komme nach. Ich muss noch kurz mit deiner Cousine reden.«

Claudia diskutiert nicht lange, nimmt die Pizzaschachteln und macht sich an den Aufstieg zur amerikanischen Verlobten ihres Geliebten.

Gabriele geht inzwischen in die Küche, wo Stella Marina ihrer Großmutter eine große Tasse heiße Milch mit Keksen serviert.

»Willkommen!«, ruft die Großmutter laut, als Gabriele in die Küche kommt. »Wie geht's, wie steht's, schöner Mann? Habe ich dich eigentlich schon ermordet?«

»Ich glaube, nein, Signora Maddalena. Wie geht es Ihnen denn?«

»Hervorragend, ich habe mich der jungen Frau von oben angeschlossen! Wir sind Satanistinnen. Willst du zwei Kekse?«

»Sind die vergiftet?«

»Nein, seit ich Satanistin bin, schlitze ich lieber auf.«

»Nonna, jetzt hör endlich auf damit. Gabriele, sie erwarten dich oben.«

»Auf dich auch.«

»Ohne auf.« Großmutter Maddalena überrascht immer wieder alle mit Bemerkungen dieser Art, aber das passt zu ihr, da sie schließlich mal Lehrerin war.

»Ich komme aber nicht mit.«

»Du kommst mit, und vorher kommst du kurz mit mir, weil ich dich was fragen muss.«

Mit derselben Entschlossenheit, mit der er unzuverlässige Zeugen vor Gericht festnagelt, schiebt Gabriele Stella Marina aus der Wohnung. Auf dem Treppenabsatz (ein äußerst geselliger Ort in der Via delle Magnolie Nummer 11) stellt er ihr folgende Frage.

»Wärst du heute Abend zu mir gekommen, wenn all das Chaos hier nicht passiert wäre?«

Stella Marina schaut ihm tief in die Augen.

Folge dreißig

Tut mir leid«, antwortet Stella Marina schließlich, »aber als Claudia dich anrief, da hatte ich mich noch nicht entschieden. Tja, wir werden es wohl nie wissen.«

»Wir werden es erfahren. Weil du es in einem Winkel deines Herzens ganz genau weißt. Du tust nur so, als würdest du es nicht sehen.«

»Ich war auch halb mit Lorenzo verabredet.«

»Den habe ich gerade getroffen. Er ist mit seiner Verlobten weggegangen.«

Man ist immer gut beraten, einem Wortgefecht mit einem brillanten Anwalt aus dem Weg zu gehen, und so deutet Stella Marina hinauf in Richtung vierter Stock, ehe sie Gabriele entschlossen die kalte Schulter zeigt und sagt: »Sie warten auf uns. Gehen wir, statt auf der Treppe herumzustehen und Unfug zu reden.«

»Du bist diejenige, die Unfug redet.«

»Ha, ha. Werde du erst mal erwachsen, Gabriele.«

Unter liebevollen Neckereien stoßen die beiden zu der Taskforce in der Mansarde. Die Begegnung zwischen Claudia und Debra Lou hat bereits stattgefunden, und noch liegt eine leichte Spannung in der Luft. Wie bei einem Duell stehen die beiden Frauen sich gegenüber, während Jeremy auf der Suche nach seiner Mutter sein Telefon malträtiert.

»Sag mir nicht, wer oder was hier satanistischer ist.« Debra Lou schwenkt etwas Kleines und Rotes vor Claudias Nase. »Meine Großmutter ist Mexikanerin.«

»Und meine kommt aus Kalabrien«, erwidert Claudia mit verkniffener Miene.

Jeremy löst den Blick von seinem Handy und gibt den Neuankömmlingen ein Zeichen: »Sie streiten wegen der Chilischote.«

»Super.« Gabriele verfällt in seinen besten Schulmeistertonfall. »Während ihr euch hier wegen dieser Chilischote in die Haare kriegt, irrt die arme Nancy als Geisel des gefährlichen Pyjamahelden Nummer 31 über die A4!«

Diese Worte mögen vielleicht grausam klingen, nützlich sind sie allemal, denn im Handumdrehen hat sich die Taskforce um den Küchentisch versammelt, auf dem eine große Schüssel steht. Allem Anschein nach voll mit Kartoffelchips. Stella Marina nimmt sich eine Handvoll und schiebt sich alles auf einmal in den Mund. »Aaah!«, ruft sie entsetzt. »Das schmeckt ja widerlich! Was ist das?«

»Johannisbrotschoten.« Jeremy deutet auf sein Handy. »Hier die letzte SMS, die ich von Mamma erhalten habe, bevor sie es abgeschaltet hat: ›Ich werde nie den Mut haben, Großmutter jemals wieder unter die Augen zu treten. Sucht mich nicht. Vergesst mich einfach. Adieu, grüß mir Papa.‹«

»Okay«, meint Gabriele, »hast du inzwischen herausgefunden, wer sich hinter Pyjamaheld Nummer 31 verbirgt? Hast du nachgeschaut?«

»Ja … auf Facebook und Instagram, aber ich habe ihn nirgends gefunden.«

»Warst du auch auf der Seite ›Trucker aus Leidenschaft‹?«

»Nein, was ist das denn?«

Gabriele schnaubt. »Dilettanten!« Wie sie ihn da so in ihrer Mansarde sitzen sieht – selbstsicher, kompetent, fokussiert –, überläuft Stella Marina ein kurzer, heftiger Schauer, über dessen Natur sie lieber nicht näher nachdenken möchte.

Doch aus Gründen, wie sie nur im wahren Leben und in Serienromanen vorkommen, ist Nancy ihnen in diesem Augenblick näher, als sich die Taskforce im vierten Stock vorzustellen vermag. Hinter Pyjamaheld Nummer 31 verbirgt sich nämlich kein anderer als der Fernfahrer Bruno Tarvisio aus Verbania, und als die offensichtlich äußerst verwirrte ältere Signora ihn bittet, sie doch irgendwo unterwegs rauszulassen und seine Fahrt ohne sie fortzusetzen, denkt Bruno Tarvisio gar nicht daran. Wir haben es hier nämlich mit einem Mann zu tun, der in seiner Freizeit ehrenamtlich bei der Telefonseelsorge arbeitet, wo Menschen in Not anrufen können, ein Mann, der eine über Sechzigjährige niemals im Stich lassen würde, noch dazu, wenn sie ein wenig aus der Bahn geworfen zu sein scheint. Und so kutschiert er sie den ganzen Tag mit sich herum, offeriert ihr ein köstliches Mittagessen in einer Fernfahrerwirtschaft fünfundzwanzig Kilometer vor Dalmine und lädt sie am Abend bei sich zu Hause aus, wo seine Mutter, sein Vater, zwei Schwestern und seine im siebten Monat schwangere Verlobte auf ihn warten.

»Diese Signora hier habe ich unterwegs aufgegabelt«, erklärt Bruno seiner um die Polenta mit Ragout versammelten Familie. »Sie sagt, sie will von nun an auf der Straße leben, weil sie eine Million und hunderttausend Euro im Casino verspielt hat.«

»Das glaub ich gleich«, meint Papa Tarvisio.

»Was verstehst du als Mann denn schon von so was!«, erwidert Mamma Elide, Feministin der ersten Stunde. »Kommen Sie her, Signora Nensi, wir finden schon eine Lösung.«

Infolge der Aktivitäten dieser anderen Taskforce erhält Antonia Capece, geborene Ballarin, einen Anruf. Genau in dem Moment, in dem Gabriele – tüchtig, wie er ist – herausfindet, wer sich hinter dem Pseudonym Pyjamaheld Nummer 31 verbirgt.

»Guten Tag, Signora Antonia.«

»WER SPRICHT DA!«

»Bruno Tarvisio, ich bin Italiener und Lastwagenfahrer. Ihre Tochter ist hier bei mir, und sie traut sich nicht, Ihnen was zu sagen.«

»Was sagen?«

»SIE TRAUT SICH NICHT!«

»Häh?«

»Signora, Ihre Tochter Nensi hat die Wohnung in Rivabella für vierhunderttausend Euro verkauft.«

»Super!«

»Und dann hat sie das Geld im Spielcasino verloren.«

»BEI WELCHEM SPIEL?«

»Ich weiß nicht, warten Sie, ich frage. Nensi, deine Mamma will wissen, bei welchem Spiel.«

»Baccara«, erwidert Nancy schluchzend.

»Ich verstehe kein Wort. Warte, ich geb sie dir mal.«

Und das ist der Grund, weshalb Jeremy eine halbe Stunde später einen Anruf von seiner Großmutter erhält, dessen Inhalt man wie folgt zusammenfassen kann: Setz deine Mutter sofort in den nächsten Flieger und schick sie zu mir, damit ich sie zu Hause einsperre und nie mehr rauslasse. Und sieh gefälligst zu, dass du umgehend die Wohnung wieder bekommst, sonst vermache ich alles dem Verein der Freunde der Bronx für Kalabrien.

»Geht in Ordnung«, sagt Jeremy. »Bin schon unterwegs und hole Mamma ab, bevor sie wieder verschwinden kann. Wo ist dieses Verbania?«

»Ganz in der Nähe«, erklärt Claudia. »Wenn du willst, begleite ich dich.«

»Ich auch«, fügt Debra Lou eilig hinzu.

Jeremy strahlt zufrieden. »Sehr schön, *ragazze*, so lernt ihr euch unterwegs vielleicht besser kennen. Ich spüre, wie die Liebe bald unsere Herzen überfluten wird, die immun werden gegen jeden Egoismus und jedes Besitzdenken.«

Kopfschüttelnd schauen Gabriele und Stella Marina Jeremy hinterher, der mit seinen beiden Turteltäubchen aufbricht. Gedankenverloren bleiben sie am Tor stehen.

»Deine Cousine und du, ihr habt wirklich ein Händchen für Mistkerle«, meint er nach einer Weile.

Stella Marina denkt kurz darüber nach, kann sich seiner Meinung jedoch nicht anschließen. »Jeremy ist kein Mistkerl, er meint es ehrlich. Er versucht, die Liebe zu einer Existenz im Einklang mit der menschlichen Natur mit der Liebe zu einem – sagen wir mal – stärker italienisch geprägten Lebensgefühl zu vereinen.«

»Und das Ergebnis nennt sich dann Bigamie?«

»Wenigstens lügt und betrügt er nicht.«

»Im Unterschied zu deinem Galan.«

Nun muss man wissen, dass Stella Marina nach der unerfreulichen Episode mit dem russischen Kühlschranktypen den Entschluss fasste, sich nie mehr dem Stress auszusetzen, Lügen erzählen zu müssen, was immer ihr in Zukunft auch widerfahren möge. Jemanden auf lange Sicht zu hintergehen ist eine mühsame Angelegenheit.

Deshalb erklärt sie Gabriele nun unter einem blauen Mond und unter allen in unserer Hemisphäre sichtbaren Sternbildern: »Lorenzo sieht einfach zu gut aus, um den Kampf bereits aufzugeben, bevor man ihn bis zum Ende ausgefochten hat.«

»Würde es nicht reichen, sich ein Foto von ihm an den Kühlschrank zu heften?«

In diesem Moment ploppt auf Stella Marinas Handy eine WhatsApp auf, und natürlich ist sie – wer könnte daran zweifeln – von Lorenzo, der ihr schreibt: »Sorry, meine Stella Marina, aber deine Schwägerin hat mich zum Training verdonnert. Ich rufe dich an, sobald ich kann.«

Wortlos zeigt sie die Nachricht Gabriele.

»Wie gesagt, ich habe ihn mit seiner Verlobten weggehen sehen.«

»Okay.« Stella Marina schiebt ihre Hände in die Taschen und nimmt dieselbe entschlossene Haltung ein wie damals mit neun Jahren, als sie Alvise überredete, ein paar ihrer kindlichen Gesetze zu übertreten. »Dann komm mit mir ins Studio, wenn du den Mut hast. Dann sehen wir ja, ob er dort ist und tanzt.«

»Und wenn nicht, kommst du dann mit zu mir?«

»Ja.«

Gemeinsam treten sie den Weg in Richtung Gym Life an.

Folge dreißig, zweiter Teil

Kaum dass sie sich dem Gym Life nähern, lassen sich zwischen den Platanen, die in ein paar Monaten mit ihrem Blattwerk die Viale Segretari del PCI überschatten werden, die Klänge eines Tangos vernehmen, und Stella Marina lächelt in die Dunkelheit. Sie hat gewonnen. Auch Gabriele vernimmt die Klänge, sagt jedoch nichts, da er gelernt hat, sich nicht auf Indizien zu verlassen. Und als sie den kleinen Raum betreten, den Alvise für die Proben reserviert hat, sieht er, dass er recht hatte. Denn außer Giulietta und Lorenzo, die sich zum Rhythmus von *A media luz* ineinander verhaken, sind dort auch ihre angetrauten respektive noch nicht angetrauten Partner anzutreffen – Alvise und Ludovica. Sobald sie einen Blick durch die halb offene Tür geworfen hat, macht Stella Marina auf dem Absatz kehrt und hält erst wieder an, als sie die Platanenallee erreicht hat und sicher sein kann, nicht gesehen worden zu sein. Gabriele folgt ihr in sicherer Entfernung.

»Warum sind wir nicht hineingegangen? Dann wären wir drei Paare gewesen.«

»Ich bin mit niemandem ein Paar.«

»Dann hilf mir, den Sieger zu bestimmen: Er *war* da, also hast du gewonnen. Oder: Ludovica war da, und folglich habe ich gewonnen?«

»Es gibt keinen Sieger.«

Gabriele weiß, wann es an der Zeit ist, seine Taktik zu ändern. Schluss mit den Frotzeleien, und Schluss mit dem Beharren.

»Komm, ich begleite dich nach Hause.«

Stella Marina ist … enttäuscht? Zufrieden? Erleichtert? Untröstlich? Er lässt ihr nicht die Zeit, darüber nachzudenken, sondern wechselt erneut den Tonfall.

»Also, was machen wir jetzt mit dieser Wohnungssache? Dein Bruder hat außer dem Tanzwettbewerb nichts anderes mehr im Kopf, und Jeremy ist, wie mir scheint, nur noch damit beschäftigt, seine Kommune der freien Liebe zu gründen. Ich glaube, wenn wir zwei uns nicht der Sache annehmen, dann habt ihr bald die Amerikanerin im Haus. Und das habe ich dir noch gar nicht gesagt – aber wenn sich die Sotomayor erst mal den zweiten Stock zurückgeholt hat, dann will die ein B & B daraus machen.«

»O nein. Ein Bed and Breakfast bei uns im Haus!«

»Dann gib mir bitte die Telefonnummer von deinem Onkel Leandro.«

Inzwischen sind sie in der Via delle Magnolie Nummer 11 angekommen. Gabriele notiert sich die Nummer, geht und lässt Stella Marina allein im Garten zurück, damit sie in Ruhe den Kleinen Bären bewundern kann.

Folge einunddreißig

Jetzt ist der Moment gekommen, Bekanntschaft zu schließen mit den Boscolos aus Bassano del Grappa, jener Stadt mit der berühmten Palladiobrücke, in der gestern eine von der Reise angenehm ermattete Verity Sotomayor eintraf. Asmodeo brachte die Koffer der Signora in das reservierte Zimmer im Bonotto-Hotel Belvedere, außerdem zwei große Plastiktüten mit allen Einkäufen, die sie während der sechs Zwischenstopps an den Autobahnraststätten getätigt hatte, um anschließend sofort wieder aufzubrechen und zurückzufahren. Nach einer erholsamen Nacht, dem pflichtschuldigen Besuch der Renaissancebrücke und einem kleinen, köstlichen Mittagessen aus Stockfisch steuert Verity nun entschlossen ihr Ziel an, das Smartphone fest in der Hand, in das sie die Adresse der Boscolos eingegeben hat.

Den größten Teil des Nachmittags verbringt sie jedoch damit, in der Stadt herumzuirren, da sie sich hartnäckig weigert, Passanten nach dem Weg zu fragen. Ihrer Ansicht nach passen Passanten nicht mehr in die Zeit, sind ein Relikt des zwanzigsten Jahrhunderts, das inzwischen zur Gänze durch die Technologie ersetzt wurde.

Doch gegen neunzehn Uhr dreißig erreicht sie schließlich doch noch die Via Boschetto, Ecke Via Colbacchini, wo sich das Haus der Boscolos befindet.

Alle sind daheim: Leandro, Domenica und der Sohn Battista, ein hübscher, schüchterner junger Mann mit lockigem Haar und blauen Augen. Er ist so ganz anders als seine Schwester Claudia und ähnelt eher seinem Cousin Alvise.

»Guten Abend. Ich bin Verity Sotomayor, die Eigentümerin der Wohnung in der Via delle Magnolie Nummer 11 in Rivabella. Darf ich?«

Ohne eine Antwort abzuwarten, tritt Verity ins Haus und geht gleich in die Küche, wo die Boscolos – wie immer zum Abschluss ihres Abendessens – Walnüsse essen. Inmitten der Schalen steht ein Topf auf dem Tisch, der schon mal bessere Zeiten gesehen hat und in dem noch sechs Fleischbällchen in Sauce schwimmen. Vorher waren es noch dreiunddreißig gewesen, aber Leandro und Battista haben heute hart gearbeitet für die Firma Boscolo & Sohn, ein kleines Bauunternehmen, das sie beide repräsentieren und mit dem sie in der Lage sind, ein Haus vom Fundament bis zu den letzten Anschlüssen im Bad quasi allein aus dem Boden zu stampfen.

»Ah, Fleischbällchen! Köstlich! Darf ich?« Verity steckt die Finger in den Topf, schiebt sich die sechs Fleischbällchen nacheinander in den Mund und fordert anschließend von Leandro die Herausgabe aller Unterlagen über den Nachlass des verstorbenen Florindo.

»Ich habe sie nicht mehr, diese Unterlagen«, erklärt Leandro und hält sich damit minutiös an Gabrieles telefonische Anweisungen. »Die sind bei einem Brand zerstört worden. Alles ist verbrannt. Alle Urkunden.«

»Na, so ein Zufall!«

»Das ist kein großer Zufall«, protestiert Leandro. »Wo viel Papier, da früher oder später auch Feuer.«

»Früher, als man noch geraucht hat«, fügt Domenica hinzu, um dem Ganzen noch einen zusätzlichen Hauch von Realismus zu verleihen. Domenica ist Schuhmacherin und betreibt einen netten kleinen Laden, in dem sie Schuhe und Taschen repariert und Reißverschlüsse erneuert.

Verity fragt sich, ob die drei Mitglieder dieser Handwerkerfamilie wohl gerade versuchen, besonders clever zu sein, aber ihr genügt ein Blick in diese ehrlichen Gesichter aus dem Veneto, die nur so strahlen vor Gutwilligkeit, um beruhigt zu sein. Aber nein, die Armen! Wie clever sollen sie schon sein?

»Aber das ist jetzt auch schon egal. Morgen früh gehe ich zum Grundbuchamt, und dort werde ich sicher alles finden. Und den genauen Grundrissplan der Immobilie, die früher im Besitz von Antonia Capece, geborene Ballarin, war, den habe ich ohnehin schon.«

Sie säubert sich die Hände an einem Stück Küchenrolle und wendet sich zum Gehen.

Und hier befinden wir uns an einem klassischen erzählerischen Scheideweg.

Die in ihrer scheinbaren Abgebrühtheit so unheimlich wirkenden Boscolos könnten Verity nun in Stücke hacken, sie in die Gefriertruhe verfrachten und der Tatsache vertrauen, dass in Anbetracht ihrer Persönlichkeit niemand besonders erpicht darauf sein wird, sie zu finden.

Doch sie haben etwas ganz anderes im Sinn. Denn mit der Anmut einer Figur aus der Commedia dell'Arte deutet Domenica vor der amerikanischen Signora sogar eine halbherzige Verbeugung an.

»Ja, ja, das Katasteramt … das ist schwer zu finden, wenn man nicht von hier ist«, säuselt sie. »Battista, würdest du die Signora vielleicht dorthin begleiten? Morgen früh um neun gehst du zu ihr ins Hotel und holst sie ab, in Ordnung?«

»Gerne schon um acht, weil ich danach gleich nach Rivabella zurückfahren will, um dort mal ordentlich Rabatz zu machen mit den Unterlagen.«

Kaum ist die Amerikanerin weg, drehen Domenica und Leandro sich zu ihrem Sohn um und stürzen sich auf ihn wie eines der bösen Elternpaare aus den Märchen der Brüder Grimm.

»Du weißt, was du zu tun hast, ja?«

»Aber, Mamma, ich …«

»Was haben wir dir immer eingetrichtert?«

»Ich weiß, Daddy, aber …«

»Was haben wir dir immer eingetrichtert?«

»Dass die Familie immer an erster Stelle kommt. Aber …«

»Es gibt kein ›aber‹. Und wehe dir, wenn du in letzter Sekunde einen Rückzieher machst.«

Battista seufzt. »Na gut, ich versuche es. Aber es ist nicht gesagt, dass …«

»Doch, es ist gesagt«, unterbricht ihn seine Mutter, »du darfst nicht versagen.«

Das Schicksal, das keinen verschont, will es so, dass an jenem selben Abend, an dem Battista sich auf eine Aufgabe vorbereitet, die seine Kräfte eventuell übersteigen könnte … dass also an jenem selben Abend sein Cousin Alvise, der ihm so ähnlich ist, einen Anruf entgegennimmt, den er niemals hätte erhalten dürfen. In der Wohnung im ersten Stock in der Via delle Magnolie Nummer 11 herrscht Ruhe und familiäre Harmonie. Bis zum Finale sind es nur noch wenige Tage, und Giulietta hat sich im Bad eingeschlossen, um ihre quadratmetergroße Kosmetiktasche mit allen Schminkutensilien vorzubereiten, die sie mitnehmen wird. Folglich, als nun ihr Handy auf dem Küchentisch läutet und im Display der Name Gisella aus Termoli erscheint, geht Alvise ran, der sich freut, seine Cousine zu sprechen, von der er seit ewigen Zeiten nichts mehr gehört hat.

»*Buongiorno,* Gisella! Wie geht es dir?«

»*Ciao,* Alvise. Tja, *bene,* uns geht es gut …«

Nach dem Austausch höflicher Floskeln kommt Gisella auf den Punkt.

»Ich wollte Giuli nur sagen, dass alles in Ordnung ist wegen der Angelegenheit mit dieser Person, der wir das Bein gebrochen haben. Nein, Michele war besorgt, weil Leute in der Nähe waren und uns vielleicht gefilmt haben könnten, und vielleicht hätte uns dann jemand angezeigt, aber alles ist okay, ihr könnt ganz beruhigt sein.«

»Ihr habt dieser Person das Bein gebrochen?«

»Ja, der Frau des Bäckers, wegen dem Tanzwettbewerb. Wie auch immer, *nema problema,* jetzt aber *ciao,* sonst kocht mir die Fischsuppe über.«

Als Giulietta aus dem Bad kommt, findet sie einen am Boden zerstörten Mann vor. Stumm betrachtet Alvise seine Gattin und deutet schließlich auf Natasha und Dimitri, die mit Gladiatorenrüstungen über den Schlafanzügen durch die Wohnung toben.

»Welche Frau habe ich meinen Kindern zur Mutter gegeben?«

Giulietta schaut ihn verblüfft an. »Mich. Du hast mich deinen Kindern zur Mutter gegeben.«

»Und das war falsch von mir, weil du ehrlos und barbarisch bist.«

Er hält ihr das Telefon unter die Nase, und Giulietta begreift sofort.

»O Gott. Du hast mit den Cousins aus Termoli gesprochen.«

»Du hast eine unschuldige Frau zum Krüppel gemacht! Wie konntest du nur? Du willst auf unlautere und unfaire Art gewinnen!«

»Du weißt doch nicht, ob sie unschuldig ist, diese Mikela. Vielleicht ist sie eine herzlose blöde Kuh.«

»Du bist eine herzlose blöde Kuh.«

»Und du ein Mondkalb. Wollen wir jetzt diese fünfundzwanzigtausend oder nicht? Muss ich dir das jedes Mal wieder vorbeten?!«

Die Diskussion zieht sich noch bis weit in die Nacht hinein, und dieses Mal kann nicht einmal mehr der Kühlschrank Alvises Qualen lindern. Gegen drei Uhr morgens einigen sich die Eheleute jedoch auf einen mühevollen Kompromiss.

»Okay, dann machen wir das so. Du lässt mich jetzt diesen Wettbewerb hinter mich bringen, ohne mich weiter zu stressen. Danach kannst du mich in die Wüste schicken und dir eine Ursulinerin als zweite Ehefrau nehmen. Okay?«

Alvise überlegt. »Okay. Aber sei dir bewusst, dass ich gehen werde. Ich liebe dich sehr, aber dein moralisches Niveau ist mir wirklich zu niedrig.«

»Ja, ja«, erwidert Giulietta, küsst ihn und ermahnt sich, die Cousine Gisella anzurufen und ihr die Hölle heißzumachen. Und das mit dem Geschenk, das kann sie sich abschminken.

Doch am nächsten Morgen, während Battista Boscolo sich auf den Weg in Richtung Hotel Belvedere macht, leicht nervös, aber gefasst, und Alvise sich kühl von Giulietta verabschiedet, um die Kinder zur Schule zu bringen, während Debra Lou auf Google »Schwarze Messen in Rivabella« eingibt, ohne nennenswerte Ergebnisse zu erzielen, während Stella Marina zur Arbeit fährt mit einem Innenleben, so zweigeteilt wie der Bildschirm beim Skypen – hier Lorenzo, da Gabriele –, während Claudia ein Kündigungsschreiben an die Kanzlei Romagnosi, Romagnosi & Lamberti aufsetzt und wieder löscht … nun, in genau diesem Moment hört Großmutter Maddalena ihr Handy läuten und erblickt eine unbekannte Nummer, die mit 06 beginnt. Die Vorwahl von Rom.

»Hallo? Sind Sie die Signora Maddalena Boscolo, die im Namen Satans mordende Großmutter?«

»Die bin ich! Wer will das wissen?«

Und als die Antwort kommt, fängt sie an, mit den Füßen aufzustampfen und laut zu kreischen. Ja, juhu! Was für ein Glück!

Folge zweiunddreißig

Als am Eingang der Kaffeefabrik Brioschi eine ältere Dame in einem Gehrock aus Pikee auftaucht, weiß die Rezeptionistin nicht, wie sie sich verhalten soll. Die Alte verlangt lautstark, auf der Stelle ihren Sohn Giuseppe zu sehen, und der Empfangsdame namens Greta wurde eingebläut, zu Besuchern eines bestimmten Alters besonders höflich zu sein, jedoch niemand ins Haus zu lassen, der der Direktion nicht angekündigt war. Genau in diesem Moment kommt der Ingenieur Bonvicini vorbei, um ihr aus der Patsche zu helfen, ein heißer Typ.

»Signora Maddalena! Was machen Sie denn hier?«

»Dich kenn ich doch. Du bist der Mieter aus dem zweiten Stock. Der, der mit Stella Marina was hat!«

»Nein, in dem Punkt irren Sie sich. Ihre Enkelin und ich, wir kennen uns kaum.«

»Na, klar doch, und ich heiße Rumpelstilzchen, ha, ha!«

Gefolgt von den misstrauischen Blicken Gretas, die Lorenzo nicht nur sehr attraktiv findet, sondern auch weiß, dass er mit der Tochter des Bürgermeisters verlobt ist, nimmt Lorenzo Maddalena schließlich beiseite und führt sie weg, bevor sie seinen guten Ruf endgültig zerstören kann.

»Sie ist die Mutter des Kochs, ich begleite sie hinauf«, erklärt er und entfernt sich eilig mit ihr.

Und so platzt Großmutter Maddalena mitten hinein in die hektische Kantinenküche der Brioschi, wo gerade die Vorbereitungen für das Mittagessen in vollem Gang sind und Giuseppe und Jolanda fast einen Herzinfarkt bekommen, weil irgendetwas

Schreckliches passiert sein muss, wenn ihre Mutter hier auftaucht.

»Die Kinder!«, ruft Jolanda und stürzt sich auf ihre Schwiegermutter.

»Das Haus ist abgebrannt!«, brüllt Giuseppe und wirft aus Versehen einen Kochlöffel in den Küchenabfallzerkleinerer.

»Amadeus!«, erwidert triumphierend die Großmutter.

Maddalena ist eigentlich kein großer Fan der Sendung *Identity oder: Wer bin ich?*, schaut sie sich jedoch gelegentlich ganz gerne an, vor allem aus Loyalität zu ihrer Busenfreundin Maria Berta, für die die Sendung eine der sieben Säulen der Weisheit darstellt. Erinnert ihr euch an Maria Berta? Sie ist die altmodische Freundin der Großmutter, die noch mit Bertolini-Hefe bäckt.

Folglich legt Maddalena großen Wert darauf, von vorneherein eine Sache klarzustellen, als Giuseppe und Jolanda sie an einen Tisch setzen, ihr einen Espresso machen und sich von diesem Anruf aus Rom erzählen lassen.

»Ich fahre dorthin, und zwar mit Maria Berta. Die haben mir gesagt, dass sie mir die Fahrt bezahlen, und auch die für eine Begleitperson, und als Begleitung wünsche ich mir Maria Berta!«

Passiert ist Folgendes: Einem aus der rührigen Redaktion der Sendung *Identity* war das Instagram-Profil der im Namen Satans mordenden Großmutter samt ihrer fünfzehntausend Follower aufgefallen, und diesem Mitarbeiter kam die Idee, Maddalena als Unbekannte Nummer eins einzuladen, die am leichtesten zu erraten ist und den Teilnehmern der Show sozusagen als Eröffnungsgeschenk offeriert wird.

»Muss ich dann auf diesem Podest stehen?«, wollte Großmutter Maddalena von dem freundlichen Redakteur wissen, der sich bei ihr gemeldet hatte.

»Ja, aber keine Sorge, Amadeus, unser Moderator, wird Ihnen da persönlich wieder herunterhelfen.«

»Maria Berta wird in Ohnmacht fallen«, rief Großmutter Maddalena, was der Redakteur korrekterweise als Zustimmung interpretierte.

»Mamma …« Giuseppe, der versucht, seine Mutter zur Vernunft zu bringen, vergisst darüber fast die vielen Babykraken, die darauf warten, im Risotto verarbeitet zu werden. »Maria Berta ist zweiundachtzig. Wie stellt ihr euch das vor, wollt ihr zwei allein nach Rom fahren? Ist es nicht besser, wenn Claudia oder Stella Marina sich zwei Tage freinehmen …?«

»Nein! Ich habe die Nase voll von Claudia und Stella Marina. Sie hocken schon in meiner Wohnung! Nach Rom fahre ich mit Maria Berta!«

»Und wenn euch was passiert?«

»Satan wird uns beschützen!«

»Das kann ja heiter werden«, seufzt Jolanda. »Wen kennen wir in Rom, Beppino?«

Giuseppe überlegt. »Da ist die Tochter des Schwagers von Domenica, die hat einen Römer geheiratet, ich glaube, er heißt Cesare.«

»Ist das nicht der, den sie wegen ›Mafia Capitale‹ eingebuchtet haben?«

»Ah, stimmt. Dann ist da noch Cousine Cesira, die Nichte von Großtante Crocifissa, die in den Fünfzigerjahren als Dienstmädchen nach Rom gegangen ist und, wenn ich mich nicht irre, mit einem Politiker einen Sohn gehabt hat. Da war doch dieser Skandal, auf jeden Fall hat Nonna hin und wieder Kontakt mit ihr …«

»Sie ist so alt wie Nonna, was nützt uns die? Jemand, der jung ist und nicht im Knast sitzt?«

Giuseppes Gesicht erhellt sich. »Es gibt da jemanden! Diese Escort-Lady! Wie heißt sie gleich noch mal?«

»Genau! Die Tochter der Nichte des Schwagers von Susy! Sie heißt … warte … könnte sein, Marietta, aber ich glaube, für die Arbeit … warte, Susy hatte es mir mal gesagt … ah, ja. Bon Bon Candy. Rufen wir sie an, los!«

Lassen wir für einen Augenblick die Angelegenheit *Identity* in der Schwebe und schauen nach, was sich in Bassano del Grappa tut, wo Battista aufgebrochen ist, um Verity abzuholen und sie zum Katasteramt zu begleiten. Doch keine Spur von den beiden, weder von Verity noch von Battista, als wir – mit magischen Kräften ausgestattet, wie es sich für einen Roman gehört – über die Straße fliegen, die vom Hotel Belvedere zur Via Matteotti führt, wo sich die Gemeindeämter befinden. Auch im Innern des Gebäudes: nichts. Wo stecken sie nur?

Um fündig zu werden, müssen wir ins Hotel Belvedere zurückkehren, in die Suite 320 hinauffahren und einen Blick auf das Kingsize-Bett werfen. Da sind sie ja!

Verity, die gerade an einem Glas Ananassaft nippt, macht ein Gesicht wie das kleine Hirtenmädchen in Fátima nach dem Erscheinen der Jungfrau Maria, während Battista auf der Suche nach seinen Kleidungsstücken ist.

»Ich muss auf die Baustelle, ich schließe heute die Leitungen an.«

»Bleib doch noch ein bisschen bei mir, du junger italienischer Gott!«

»Ich bin schon viel zu lange hier.«

Battista hat schlechte Laune, wie ihr seht. Er war damit einverstanden, die Amerikanerin zu verführen, um sie von weiteren Nachforschungen über das Testament von Urgroßvater Florindo abzuhalten, aber er hatte nie die Absicht, den ganzen Tag mit ihr zu verbringen.

Seine Herangehensweise war ziemlich simpel: Als er im Hotel

ankam, wartete Verity bereits ungeduldig und voller Kampfeslust auf ihn. »Entschuldigung, aber könnten Sie vielleicht kurz mitkommen, ich muss Ihnen etwas zeigen?« Mit diesen Worten führte er sie in die kleine Nische vor den Aufzügen. Dort presste er sie gegen die Wand, knabberte an ihrem Ohrläppchen und küsste sie. Verity wehrte sich ungefähr acht Sekunden lang.

Wohl wissend, dass die Hälfte aller reifen weiblichen Jahrgänge von Bassano ihren Sohn anschmachtete, ohne dass er je eine von ihnen erhört hätte, hatten Leandro und Domenica ihn um diesen Gefallen gebeten.

»Dieses Mal musst du ran«, hatte Leandro gesagt. »Sonst sitzt Onkel Giuseppe wirklich in der Scheiße.«

Verity mustert den Halbgott aus schmalen Augen, und ihr wird schlagartig bewusst, dass sie auf ihn nicht mehr verzichten können wird. Sie wird ihn mit nach Miami zurücknehmen. Ich muss nur noch einen Weg finden, ihn zu überzeugen.

Nachdem er sich der Alten entledigt hat, geht Lorenzo hinauf in sein Büro. Eigentlich ist er nur kurz wegen einer dringenden Angelegenheit vorbeigekommen, denn er hat schon seit einigen Tagen Urlaub und widmet seine ganze Energie dem Ziel, endlich den langsamen Walzer zu erlernen. Giulietta hat ihn über den Unfall informiert, den die arme Mikela hatte, und so sieht er seinen angebeteten Diablo sich schon auf leisen Alufelgen heranpirschen. Bald gehört er mir, der Lamborghini! Und dann wird er Ludovica irgendeinen Bären aufbinden, sodass er sie nicht heiraten muss und sich stattdessen darauf konzentrieren können wird, auch Stella Marina einzuwickeln, bis der Weg in eine perfekte Zukunft frei sein wird für ihn: mit einem guten Job, einer passenden Verlobten, mit einer bezaubernden, bequem zu manipulierenden Geliebten und einem Lamborghini Diablo.

Ein Seufzer der Dankbarkeit entringt sich seiner Brust, und im Überschwang der Emotion schickt er eine Nachricht an Stella Marina, zusammen mit einem Foto aus seiner Handygalerie. Und wie so oft in unserem Leben, das den Launen eines betrügerischen Schicksals unterworfen ist, öffnet sich, kaum dass er auf »Senden« gedrückt hat, die Tür, und herein kommt Dottore Ernesto Brioschi, der Gründer und Herrscher der Firma, in Begleitung einer jungen Frau mit erschrockener Miene und beigefarbenen Haaren.

»Komm, Adelaide, ich möchte dir eines der wichtigsten Mitglieder der großen Brioschi-Familie vorstellen, den Ingenieur Lorenzo Bonvicini. Lorenzo … du hast meine Tochter Adelaide noch nicht kennengelernt, oder?«

Nicht einmal Stella Marina hat Adelaide Brioschi bisher kennengelernt, obwohl sie ungefähr im selben Alter sind, was wohl daran liegt, dass Adelaide in der Schweiz zur Schule ging. Und ganz gewiss kann Stella Marina sich nicht vorstellen, dass dieses zierliche Wesen mit seiner unscheinbaren, wenn auch lästigen Präsenz ihr Leben noch komplizierter machen wird.

Und wie könnte sie auch auf die Idee kommen, wenn sie die Nachricht liest, die Lorenzo ihr nur wenige Minuten zuvor geschickt hat? Das Foto, auf dem ein Ring mit einem kleinen Rubin, umgeben von Perlen, zu sehen ist, dazu der Text: »Er gehörte meiner Mutter. Noch nie habe ich diesen Ring einer Frau gegeben. Er hat nur auf dich gewartet. Ich rufe dich an, sobald ich mit dem Training fertig bin. Bis heute Nacht.«

Folge dreiunddreißig

An dieser Stelle muss nun in aller Deutlichkeit gesagt werden, dass dieser mit Perlen gesäumte Rubinring niemals im Besitz von Lorenzos Mutter ist und war. Im Grunde genommen gibt es diesen Ring gar nicht. Lorenzo hat das Foto von einer Internetseite mit Schmuck heruntergeladen und benutzt es normalerweise, um den jeweiligen Frauen vorzuspiegeln, dass er sich ernsthaft mit ihnen verloben will. Kommt dann der Augenblick, in dem der Ring in natura überreicht werden soll, behauptet er, er hätte ihn zum Reinigen weggebracht, und noch ehe die jeweiligen Kandidatinnen anfangen können, zu fragen, ob es nicht allmählich an der Zeit sei, ihn wieder abzuholen, hat sich das mit der Verlobung bereits von selbst erledigt. Auch wenn keine einzige Frau ihn jemals am Finger trug, der bloße Anblick dieses wertvollen und eleganten Rings, so schlicht und einzigartig, hat bisher immer genügt, um die zukünftigen Verlobten hinters Licht zu führen und sie davon zu überzeugen, endlich die Auserwählte zu sein.

Geschieht nun auch das Gleiche mit Stella Marina, als sie dieses virtuelle Unterpfand der Liebe auf dem Display ihres Handys sieht? Tja, eigentlich schon. Wir haben ja bereits erfahren, wie impulsiv und leichtgläubig sie ist. Und so schlägt ihr Herz schneller, und ihr geht der Gedanke durch den Kopf, dass Gabriele ihr nie irgendwelche Ringe geschenkt hat, nicht einmal einen aus dem Kaugummiautomaten mit einem Stein aus grünem Glas. Doch siehe an, während sie gerade ihr Telefon wegpacken und nach einer kurzen Pause an ihre Kasse zurückkehren will, erreicht sie just in dem Moment ein Anruf von Gabriele.

»Hey. Wie geht's?«

»Meine Schicht geht gleich weiter, also mach schnell.«

»Dann hast du also nicht gerade voller Liebe im Herzen an mich gedacht?«

»Jetzt hör mir mal zu. Wir haben uns bereits vor einiger Zeit getrennt, genauer gesagt, DU hast dich von mir getrennt. Wie kommt es also, dass du jetzt so hinter mir her bist? Sind dir die willigen Anwaltessen ausgegangen?«

»Man sagt Anwältin. Die spucken mir ins Gesicht, wenn ich eine von ihnen Anwaltesse nenne.«

»Schon gut. Was willst du?«

»Ich wollte dich über Bassano auf dem Laufenden halten. Dein Onkel hat deinen Cousin überredet, Verity anzubaggern, und sie ist voll darauf hereingefallen. Sie ist verrückt vor Liebe und verschwendet im Moment nicht einen Gedanken an das Grundbuchamt.«

»Super, der Onkel! Ich wusste es. Hinter Battista war halb Bassano her, das war abzusehen! Du wirst sehen, er findet einen Weg, sie aufs Kreuz zu legen.«

Gabriele seufzt. »Klar doch, ich hatte ja völlig vergessen, dass für euch Boscolos Betrügen so normal ist wie Atmen. Vielleicht hast du tatsächlich recht, weißt du? Du wärst nie die richtige Frau für einen Mann des Gesetzes.«

»Du hast mich nie gefragt, ob ich dich heiraten will!«

»Und ich frage dich auch jetzt nicht!«

Und so endet das Gespräch der beiden mit tiefem Groll auf beiden Seiten. Stella Marina tröstet sich, indem sie sich das Foto des Rings anschaut, und Gabriele holt eine kleine Schachtel mit Legosteinen hervor, die er in einer Schublade in seinem Büro aufbewahrt.

»Also, ich würde sagen, jetzt passt es. Und wenn du jetzt noch ein wenig Seele hineinlegen könntest, Lorenzo, dann könnten wir auch gewinnen. Aber darf man vielleicht erfahren, was du hast? Du bist schlaff, schlapp, kalt. Soll ich dir beim Tanzen vielleicht ins Ohr flüstern: ›Diablo, Diablo, Diablo‹?«

Giulietta und Lorenzo halten eine der letzten Proben vor ihrer Abfahrt nach Biandrate ab. Im Fitnessstudio, wo aus dem Raum nebenan das rhythmische Keuchen der Übenden dringt, unter ihnen auch Ludovica. In einem Anflug von Genialität hat Alvise sie überredet, sich in den Kurs für Cyclocross-Haltung einzuschreiben, um damit zu verhindern, dass sie mit anfeuernden Rufen an den Proben teilnimmt: »Toooll seid ihr! Suuuper! Schatz, was für ein Anblick! Oh, Lori, bei deinem Cha-Cha-Cha bekomme ich Gänsehaut!« Auch wenn er ihr gegenwärtig nur mit größter Gefühlskälte begegnet – Alvise kennt seine Frau und weiß, dass ihre Konzentration unter diesem Enthusiasmus schwer leiden könnte.

Ohne Ludovica im Nacken stehen Giulietta und Lorenzo sich nun Aug in Aug gegenüber, und als er diese Frau mit den stählernen Nerven so ansieht, spürt Lorenzo, dass sie ihm vielleicht als Einzige dabei helfen könnte, sich aus der Falle zu befreien, in die er sich hineinmanövriert hat.

»Giulietta, ich habe jemanden kennengelernt.«

»Noch eine?« Giulietta starrt ihn entgeistert an.

»Ja, aber dieses Mal die Richtige. Giuli, sie ist die Tochter von Brioschi.«

Giulietta nickt langsam. »Einzige Tochter?«

»O ja.«

»Gut. Glückwunsch. Aber wenn wir jetzt noch mal die Merengue wiederholen könnten …«

»Nein. Hör doch, ich habe eine Dummheit begangen. Ich habe sie zum Finale eingeladen.«

Giulietta betrachtet ihn versonnen und stellt sich jenen wunderbaren Augenblick vor, wenn sie ihm nach dem Wettbewerb mit aller Kraft in den Hintern treten können wird.

»Zum Finale hast du aber schon Ludovica eingeladen.«

»Ja, ich weiß. Und jetzt? Die kleine Brioschi frisst mir bereits aus der Hand, Giuli. Sie ist ein farbloses, unscheinbares Wesen, das nicht glauben kann, dass einer wie ich sich für sie interessiert. Ich muss Ludovica unbedingt loswerden, bevor wir fahren …«

»Lorenzo, du machst mich krank. Jetzt konzentrier dich auf die Merengue, dann erklär ich dir, was du tun sollst.«

»Ich muss nur sagen: ›Ja, ich bin die im Namen Satans mordende Großmutter‹?«

»Das musst du sagen, wenn der Teilnehmer es erraten hat. Im anderen Fall, wenn der Teilnehmer zum Beispiel gesagt hat, dass du viereckige Kartoffeln anbaust, dann musst du antworten: ›Nein, tut mir leid, ich bin nicht die, die viereckige Kartoffel anbaut‹, und auf das Podest zurückkehren.«

»Ganz allein? Oder begleitet mich Amadeus?«

Großmutter Maddalena übt gemeinsam mit Claudia und Debra Lou ihren korrekten Auftritt in der Ratesendung. Zwischen den beiden Geliebten von Jeremy hat sich so etwas wie Freundschaft entwickelt, was nicht zuletzt daran liegt, dass den beiden im Grunde ein wenig die Begeisterung abhandengekommen ist, was ihre Beziehung zu Jeremy betrifft. Die Leidenschaft ist zwar noch nicht ganz erloschen, verblasst jedoch allmählich. Claudia hat nach der Sache mit diesem Vidussi ihr Herz keinem mehr so richtig geöffnet (»Keiner kennt die PIN«, hat sie Stella Marina einmal in einem Moment poetischen Überschwangs anvertraut), und Debra Lou ist viel zu energiegeladen, um sich langfristig auf ein einziges Gefühl zu konzentrieren. Seit sie

Satanistin geworden ist, wartet sie außerdem darauf, einen Mann kennenzulernen, der es mit Luzifer aufnehmen kann – vor oder nach dem Höllensturz.

Außerdem sind nur noch sie beide übrig, um sich mit Maddalena zu beschäftigen, da alle anderen Boscolos auf *Let's Dance Italy* und auf die Ereignisse in Bassano del Grappa konzentriert sind.

»Amadeus hilft dir vom Podest runter, sei ganz beruhigt. Komm, üben wir das mal. Unbekannte Nummer eins, Maddalena, dreiundachtzig Jahre alt, aus Rivabella, sind Sie diejenige, die viereckige Kartoffeln anbaut? Tatam, tatam, tatam ...«

»Jaaa, das bin ich!«, ruft die Großmutter begeistert.

Claudia bricht über dem Tisch zusammen. »Nein, Nonna, nein! Du baust keine viereckigen Kartoffeln an! Du bist die im Namen Satans mordende Großmutter!«

»Und? Die beiden Dinge schließen sich doch nicht aus!«

Debra Lou, die auf ihrem Laptop nebenbei alle möglichen Dateien durchforstet, tröstet sie.

»Macht euch mal keine Sorgen, ich habe hier endlich den Teufel gefunden, der die Teilnehmer von Gameshows beschützt. Es ist Beleth, ein König der Hölle.«

»Nie von ihm gehört«, meint Claudia zweifelnd.

»Machst du Witze? Er hat fünfundachtzig Legionen Dämonen unter seinem Kommando. Ganz ruhig, Maddy, mit diesen Helfern an deiner Seite wirst du keinen Fehler machen.«

»Mit ihnen und Maria Berta.«

»Wisst ihr was?« Debra Lou stößt Claudia heftig in die Rippen. »Ich glaube, ich komme mit euch nach Rom.«

»Nein, ich komme nicht mit dir nach Amerika«, sagt Battista gerade in dem Moment zu Verity.

Es ist der dritte Tag in Folge, den sie in diesem Zimmer im

Hotel Belvedere eingeschlossen sind. »Ich muss los und die Anschlüsse in dem Zweifamilienhaus in Marostica verlegen.«

»Ich nehme dich mit nach Miami! Du wirst der Sonnenschein im Sunshine State sein! Mein Alligator! Wir werden gemeinsam im Treibsand planschen!«

»Man kann im Treibsand nicht planschen.«

»Mit meinem Geld kann man alles machen!«

Battista atmet ein und wieder aus. Jetzt ist der Moment gekommen. Jetzt muss er das tun, was ihm aufgetragen wurde, und zum Helden der Boscolos werden. Er schaut Verity tief in die Augen – auch deshalb, weil er es vorzieht, sie an keiner anderen Stelle anzuschauen – und sagt:

»Ich könnte mitkommen. Aber nur unter einer einzigen Bedingung.«

Bon Bon Candy steht vor dem Regal mit den Putzmitteln und versucht, eine wichtige Entscheidung zu treffen: Was ist besser für das Parkett im Schlafzimmer geeignet? Bref Brillante für empfindliche Oberflächen oder Holzbodenseife? Alles Übrige hat sie, Ipersoap hat sie noch nie enttäuscht. Sie hat das Putzmittel für Badoberflächen, für Küchenoberflächen, das Marmorreinigungsmittel, den Entkalker, den Fensterspiritus, den Entfetter und das Edelstahlpflegespray. Und nicht einer dieser magischen Haushaltshelfer ist umweltfreundlich. Bon Bon Candy hält nichts von umweltfreundlichen Produkten, diesen Nichtsnutzen, die nicht sauber machen und nur so tun, als ob!

Und während sie die Hand ausstreckt, nachdem sie endlich einen Entschluss getroffen hat, und nach einem dieser beiden Produkte greift, läutet ihr Handy, und sie sieht COUSIN GIUSEPPE AUS RIVABELLA aufleuchten. Was kann der wohl von ihr wollen?

Folge vierunddreißig

Lorenzo Bonvicini bleibt nur noch ein Tag, um den Plan durchzuführen, der ihn in die bequeme Lage versetzen wird, dass Ludovica ihn in die Wüste schickt. Denn das ist sein Ziel: Verlassen zu werden ohne die üblichen Verzögerungen, die uns belasten, wenn wir jemanden verlassen. Angefangen bei nutzlosen Fragen nach dem Warum, flehentlichen Bitten um eine Aussprache, Versuchen, die Dinge wieder in Ordnung zu bringen, weinerlichen Vorschlägen, doch noch zu warten, um zu verstehen, und so weiter, und so fort. »Wenn man es aber hinkriegt, dass der andere einen verlässt«, überlegt Lorenzo an diesem Morgen, während er in ein dunkelrotes Hemd schlüpft (eine Farbe, die womöglich ein wenig gewagt sein mag, aber sehr schmeichelhaft für seinen Teint ist), »dann geht alles viel schneller. Sie verlässt dich, du verschwindest aus ihrem Leben, und *ciao*. Null Schuldgefühle, null Nachwehen.«

Sein Plan, oder, besser gesagt, der von Giulietta ausgearbeitete Plan, ist jedoch auf die Mitarbeit einer ahnungslosen Stella Marina angewiesen, die er anschließend natürlich auch noch loswerden muss. Denn um Erfolg zu haben, Adelaide heiraten zu können und so der zukünftige Inhaber der Brioschi-Werke zu werden, muss Lorenzo, wie ihm vollkommen klar ist, einen Boxenstopp einlegen. (Ach, wie sehr ihm diese dem Motorsport entlehnten Metaphern gefallen.) Er muss also einen Boxenstopp einlegen und einige Monate lang alle seine diesbezüglichen Aktivitäten auf Eis legen: keine Ludovica mehr, keine

Stella Marina. Adieu, kleine Praktikantin. Denn Lorenzo ist sich sicher, dass Dottore Brioschi ihn überwachen lassen wird. Sobald herauskommt, dass Adelaide ihn haben will, und zwar nur ihn, wird der liebevolle Vater nachprüfen, ob der Ingenieur Bonvicini auch ein untadeliges Leben führt und seine Tochter nicht zum bedauernswerten Gespött der gesamten Provinz macht.

Fest entschlossen, eine dieser Blitzoperationen durchzuführen, die den israelischen General Mosche Dajan in den Sechzigerjahren berühmt machten, wartet Lorenzo darauf, dass Stella Marina mit Claudia aus dem Haus kommt. An der Ecke Via delle Magnolie und Via Rose in Boccio fängt er sie ab.

»Kann ich dich einen Moment sprechen?«

Man beachte die Raffinesse dieses Mannes, dessen eine Hand in der Tasche steckt, leicht zur Faust geballt, als halte er ein blaues Schächtelchen darin fest und könne es kaum erwarten, es zu übergeben. Stella Marina sieht diese Hand, sieht die Unruhe in den dunklen, von langen, flatternden Wimpern gesäumten Augen, und zögert nicht.

»Claudi, entschuldige mich eine Sekunde.«

Kopfschüttelnd entfernt Claudia sich ein paar Meter, denn inzwischen kommen ihr allmählich ernsthafte Zweifel an dem Mieter im zweiten Stock. Lorenzo nimmt die Hand aus der Tasche und ergreift Stella Marinas Arm.

»Hör mal, heute Abend müssen wir uns unbedingt sehen. Ich habe Giulietta gebeten, mir freizugeben. Eigentlich passt jetzt alles, ein Tag Pause wird uns guttun.«

»Aber, dieser Ring … gestern …«

»Ja, ich weiß, ich habe es nicht geschafft, dich anzurufen. Ich musste erst die Sache mit Ludovica klären, aber heute Abend müssen wir zusammen sein, ich will ihn dir an den Finger stecken. Um neun bei mir zu Hause. Ich erwarte dich.«

Stella Marina sieht ihm nach, wie er zu seinem Auto läuft, im Augenblick noch ein banaler Volvo irgendwas, und dreht sich dann mit einem bangen Gefühl im Herzen zu Claudia um.

»Cla... er will ihn mir an den Finger stecken.«

Claudia kneift die Augen zusammen. »Was?«

»Den Ring seiner Mutter!«

»Mensch, Stemarì, du kommst mir vor wie eine dieser Tussen aus den Herz-Schmerz-Romanen, die du dauernd liest. Der Ring seiner Mutter, ich bitte dich! Was für ein Bockmist!«

»Vielleicht ist das nur ein Stil, an den wir nicht mehr gewöhnt sind ... vielleicht muss ich mich ihm hingeben wie eine Möwe der Welle.«

»Vielleicht solltest du mal frühstücken und Zucker zu dir nehmen, damit dein Hirn wieder funktioniert. Komm, schauen wir mal kurz bei ›Nustrizio‹ rein und gönnen uns zwei gefüllte Krapfen.«

»Weißt du was, Domenica? Ich habe mir gedacht, es ist vielleicht das Beste, es ihm persönlich zu sagen. Wir alle drei zusammen.«

»Warum, Leandro? Den ganzen weiten Weg dorthin?«

»Ach, Mädchen, wir sprechen hier vom Piemont, wir müssen nicht nach Argentinien.«

»Trotzdem, das ist eine lange Fahrt. Hast du eigentlich Winterreifen?«

»Wir haben Ende April. Komm schon, Mädchen, es ist Jahre her, dass wir nicht mehr weiter weggekommen sind als bis Treviso!«

Domenica reißt sich zusammen und strafft den Rücken. Na schön, dann wird sie sich auf dieses Abenteuer eben einlassen. »Gut, fahren wir. Dann sehen wir wenigstens Claudia wieder. Jedes Mal erzählt sie uns, dass sie bestimmt nächstes Wochenende kommt, und dann wird wieder nichts daraus.«

»*Brava,* das ist meine Menica. Battista, wir fahren jetzt alle drei nach Rivabella, um Onkel Giuseppe zu informieren.«

»Ich weiß nicht, vielleicht finden sie das nicht so gut.«

»Eben. Deshalb will ich es ihnen nicht am Telefon sagen. Und außerdem ist es auch für dich besser, wenn du ein paar Tage verschwindest, oder? Angenommen, die ...«

Battista schüttelt sich. Die Boscolos, die vor dem Fernseher sitzen und sich gerade gebannt eine actionreiche Folge ihrer Lieblingsserie *L'Ispettrice Rosaria* anschauen, nützen die Werbepause.

»Ich will nicht einmal ihren Namen hören. Nur dass ihr es wisst – das Thema Frauen ist für mich ein für alle Mal erledigt.«

»Bist du jetzt schwul geworden? Wie Malgioglio, der Sänger?«, will seine Mutter interessiert wissen.

»Keine Ahnung. Ich glaube nicht. Im Moment weiß ich nur, dass ich mit den Frauen abgeschlossen habe.«

»Und zwar mit einer Glanznummer, mein Sohn«, bemerkt sein Vater stolz. Doch dann ist die Werbung vorbei, und die Inspektorin Rosaria tappt gerade in eine vielleicht tödliche Falle, die einer ihrer korrupten Kollegen für sie ausgelegt hat. Über die Fahrt nach Rivabella werden sie später weiterreden.

»Hast du die Amethystbrosche dabei?«, will Maria Berta von Maddalena wissen, kaum dass die beiden es sich auf den Sitzplätzen 6B und 6A im Waggon 7 des Frecciarossa-Expresses nach Rom gemütlich gemacht haben.

»Spinnst du? In der Welt des Fernsehens trägt man doch kein Lila!«

»Trotzdem. Sie ist so elegant, diese Brosche. Und ist Lila nicht die Farbe des Satans?«

Obwohl sie sehr gläubig und eifrige Kirchgängerin ist, hat Maria Berta ohne große Diskussionen die plötzliche Hinwendung ihrer Freundin zu Satan akzeptiert, denn gerade dieser Wandlung hat sie es zu verdanken, dass sie eine Folge der Ratesendung im Fernsehstudio miterleben darf und, wenn dieser Teufel Beleth seine schützende Hand über sie hält, auch den Moderator Amadeus persönlich kennenlernen wird.

»Lila ist die Farbe der Bischöfe, dieser Bastarde«, wirft Debra Lou von ihrem Platz 6D ein, was die auf 6C sitzende Ordensschwester alarmiert aufhorchen lässt.

Die beiden älteren Damen und die Punk-Schlagzeugerin sind mit dem Regionalzug erst von Rivabella nach Turin gefahren und werden nun um dreizehn Uhr zehn in Rom erwartet. Dort wird sie diese römische Verwandte vom Bahnhof abholen …

»Wie heißt sie gleich noch mal?«, fragt Maria Berta und bindet ihr Seidentüchlein fester um den Hals.

»Bobo Kendi«, antwortet Maddalena einigermaßen korrekt.

»Was für ein schöner Name!«, flüstert Maria Berta ergeben. Debra Lou sagt nichts, da sie sich bereits die Kopfhörer aufgesetzt hat, die sie bis Roma Termini nicht mehr abnehmen wird. Sie übergeht die großen, aussichtslosen Schlagzeugsoli und setzt sich lieber mit *Toad* von Ginger Baker auseinander.

So setzen sie glücklich ihre Reise fort, die gegen zwölf Uhr zehn ihren Höhepunkt erlebt, als Maria Berta die belegten Brote mit Frittata herausholt, die sie am Nachmittag zuvor vorbereitet hat. Maria Berta hält nicht viel von gekauften Panini, und da sie im Gegensatz zu Maddalena kochen kann, sind ihre Eieromeletts mit Gemüse und Provola-Käse ein Genuss.

»Entschuldigung, aber könnte ich vielleicht ein kleines Stück haben?«, lässt sich Schwester Giovanna von Platz 6C bittend vernehmen.

»Aber gerne doch, Schwester.« Maria Berta reicht ihr ein belegtes Brötchen. »Aber Sie sollten wissen, dass wir eine Gruppe von Satanistinnen sind.«

Schwester Giovanna schlägt ein Kreuzzeichen und beißt herzhaft in ihr Brot.

Als sie in Termini ankommen, nimmt Debra Lou die Sache in die Hand. Sie weiß, dass ihre römische Ansprechpartnerin eine Escort-Lady ist, und sucht deshalb den Bahnsteig siebzehn, an dem sie verabredet sind, nach einer in Leopardenmuster gekleideten Gestalt ab. Umso größer ist ihre Überraschung, als eine Art Kindergärtnerin mit hässlichen Röhrenhosen auf sie zugelaufen kommt und ruft: »Tante Maddalena! Du siehst ja aus wie auf dem Foto! Sehr erfreut, ich bin Marietta.«

»Bobo Kendi!«, rufen Maddalena und Maria Berta im Chor.

»Nur bei der Arbeit! Kommt, das Taxi wartet!«

»Jetzt überleg mal, heute Abend steckt der Kerl ihr den Ring an den Finger.«

Claudia hat Gabriele überredet, die Mittagspause mit ihr zu verbringen, und jetzt sitzen sie mit zwei großen Döner Kebabs am Ufer des Ondina-Sees. Vor einer lebhaften Kulisse aus hin und her schwimmenden Entenmüttern mit Entenkindern setzt Claudia Gabriele über Lorenzos letzte Schritte in Kenntnis.

»Ich habe immer noch nicht verstanden, warum du mir das erzählst.«

»Weil ich zu dem Schluss gekommen bin, dass der Kerl ein Arschloch ist und dass man Stella Marina aus seinen Klauen befreien muss.«

Gabriele zuckt mit den Schultern. »Ich kann wohl kaum mein ganzes Leben der Aufgabe widmen, Stella Marina aus den Klauen dieser Arschlöcher zu befreien.«

»Natürlich kannst du das. Was hast du sonst schon Besseres zu tun?«

»Mir eine heiße Braut zu suchen, die mich wirklich liebt.«

»Uff. Jetzt Folgendes: Morgen bekommt ihr meine Kündigung. Ich gehe nach Amerika, Dickerchen.«

»Wie denn das? Willst du dich etwa auf diese Dreiecksgeschichte einlassen?«

»Ich lasse mich auf fünfzehntausend Gehalt im Monat ein.«

»Und was machst du mit diesen fünfzehntausend Monatsgehalt in einem Kaff in New Jersey, wo du niemanden kennst außer einer psychopathischen Schlagzeugerin und diesem Schwätzer von Jeremy?«

Claudia seufzt und dreht sich zu Gabriele um.

»Ich vertraue dir jetzt ein Geheimnis an. Aber wenn du es irgendjemandem sagst, bringe ich dich um.«

Folge fünfunddreißig

Völlig unmöglich, dass du ein Geheimnis hast«, erwidert Gabriele. »Denn hättest du eins, hättest du es schon vor Jahren allen erzählt.«

»Ich habe es erst seit gestern.«

»Ah, klar. Und? Was soll das jetzt für ein Geheimnis sein?«

»Als ich gestern mit Jeremy sprach, habe ich erfahren, dass in Bridgeton, ganz in ihrer Nähe, Marcus Bondarenko wohnt.«

»Tatsächlich? Nein!«

Für die wenigen unter euch, die ihn nicht kennen sollten – in seiner unternehmerischen Stärke ist Marcus Bondarenko nur noch mit Elon Musk zu vergleichen. Statt eines Elektroautos hat er allerdings eine Reihe vollkommen unnützer Mini-Haushaltsgeräte auf den Markt gebracht, die sich wie die Karnickel vermehrt und die ganze Welt überschwemmt haben: Den Erbsenschneider, den Klumpenzerkleinerer, den Erdbeerklopfer, den Minestra-Passierer, viele, viele bunte Geräte, die kaum etwas kosten, sofort kaputtgehen und sofort wieder nachgekauft werden, weil man ohne sie nicht mehr auskommt.

»Genau der! Er war immer schon mein Idol! Mein Vorbild! Ich will seine Sekretärin werden, seine unverzichtbare rechte Hand. Und wenn sie dann einen Film über sein Leben drehen, werden alle begreifen, dass ich für ihn wesentlich wichtiger war als alle seine Frauen, auch wenn zwischen uns nie etwas sein wird, weil er viel zu hässlich ist.«

»Und er wohnt in der Nähe von Jeremy?«

»Ja, man sieht sein Haus von Jeremys Haus aus. Es heißt ›Fortezza Bondarenko‹.«

»Klingt vielversprechend.«

»Ich werde einen Weg finden, in seine Burg hineinzukommen, und er wird sofort begreifen, dass ich die Mitarbeiterin bin, auf die er ein Leben lang gewartet hat. Ich werde eine der mächtigsten Frauen der Vereinigten Staaten werden! Der Welt!«

»Donnerwetter, Claudia, ich hätte nie gedacht, dass so großer Ehrgeiz in dir schlummert.«

»Ich hatte ihn erst mal auf Eis gelegt und mich mit der Position einer Sekretärin in einer armseligen Provinzkanzlei zufriedengegeben. Sorry, Gabri. Aber als ich das von Marcus erfahren habe … da ist mir der Gedanke gekommen, dass Jeremy eine Art Vermittler ist, das fehlende Bindeglied zwischen ihm und mir, verstehst du? Dass er in Wirklichkeit nur deshalb nach Italien gekommen ist, um mich zu Marcus zu geleiten!«

»Claudia, glaubst du allen Ernstes, dass ein Unternehmer mit einem Umsatz, der ein wenig unter dem von Jeff Bezos liegt, als persönliche Assistentin eine Dingsda aus Rivabella, Provinz Verbania-Cusio-Ossola, einstellt?«

Claudia schaut auf ihre Uhr. »Ich muss zurück. Ja, meiner Meinung nach, ja. Wie wären sonst solche Filme wie *Die Waffen der Frauen* auf die Welt gekommen?«

Nach einer kurzen Pause im Hotel, um die Koffer abzustellen, nimmt Bon Bon Candy ihre Verwandtschaft mit zu sich nach Hause. Ihre Wohnung ist strategisch perfekt gelegen, in der Via Urbana im Monti-Viertel, von wo aus man bequem Parlament und Senat erreichen kann, wo der größte Teil ihrer Kundschaft arbeitet.

»Würdet ihr vielleicht die Schuhe ausziehen?«, fragt sie, als sie in dem kleinen Eingang stehen. Debra Lou schleudert ihre

Flipflops von den Füßen (Amerikanerinnen in Italien tragen von März bis November Flipflops) und schaut sich unter zustimmendem Grunzen um.

»Das ist ja alles pures Feng-Shui. Nord-Nord-West, Ost-Süd-Ost. Sogar die Badewanne! Ich gehe mal kurz in die Küche … nein! Dein Kühlschrank ist nach Mekka ausgerichtet.«

Die beiden älteren Damen sind müde und ein wenig verwirrt. Als sie sich die Schuhe ausziehen, beschwert Maria Berta sich: »Und? Müssen wir jetzt Filzlatschen anziehen?«

»Nein, Großmütterchen, ihr bekommt jede ein Paar ordentliche Hausschuhe von mir. Kommt, ich mache euch einen Espresso. Oder habt ihr schon im Zug Kaffee getrunken? Nein? Perfekt. Ein Kaffeechen, und danach könnt ihr auch noch ein Nickerchen machen, bis der Wagen von der Rai kommt.«

Von Verkleinerungsform zu Verkleinerungsform machen es sich die drei Gäste im Wohnzimmer bequem, in einem Wohnzimmer von außerirdischer Sauberkeit und Ordnung. Maria Berta klatscht entzückt in die Hände: »Oh, Bobo Kendi, ich habe schon so lange keine so wunderbar gestärkten Vorhänge mehr gesehen!«

»Tatsächlich? Du müsstest mal meine Blusen sehen, die wirken wie aus Zement gegossen. Ich habe eine Vorliebe für Gestärktes. Es gibt ja das Klischee, dass eine Escort-Lady bis drei Uhr nachmittags schläft und dann ins Bad geht, um sich die Fingernägel zu lackieren. Aber wir sind nicht alle so.«

»Die Frauen in unserer Familie können alle hart arbeiten«, bestätigt Großmutter Maddalena nickend und greift in die Pralinenschachtel.

»Ich will ja nicht angeben, aber mein bescheidenes Talent ist das Bügeln. Das bestätigt mir auch immer wieder der Senatore Paglietti. Es kommt öfter vor, dass der Herr Senator mich bittet, bevor er sich wieder anzieht, doch noch kurz mal mit dem

Bügeleisen und dem Spray über seine Hosen zu gehen. Und ich sage jedes Mal zu ihm: Gerne, Senatore, aber das macht dann fünfzig Euro mehr. Nicht aus Geldgier, sondern zwecks der Gerechtigkeit. Die Appretur ist im Preis nicht inbegriffen … Achtung, Großmütterchen, du hast gekrümelt.«

Maria Berta schreckt hoch. O Gott, es stimmt. Ein einziger Krümel des Gebäcks, das sie gerade isst, hat sich auf dem Teppich niedergelassen. Bon Bon Candy springt auf und holt einen elektrischen Handstaubsauger.

»Schon erledigt. Ein sauberes Haus ist die beste Visitenkarte, das sagt der Onorevole Donghi auch immer. Debralu, du möchtest nichts?«

»Ich hätte nichts gegen einen Joint.«

Bon Bon Candy erhebt sich, ganz die perfekte Gastgeberin. »Super, ich habe gestern erst ein Stück Roten Libanesen bekommen, der Hammer.«

»Sehr freundlich.«

Als sie den Joint fertig gedreht und angezündet hat, wendet Debra Lou sich an die beiden Damen. »Maddy, Berty, Satan will von euch wissen, ob ihr einmal ziehen wollt? Warum nutzt ihr nicht die Gelegenheit, euch als alte Teufelinnen zu beweisen?«

»Ein Nickerchen ist mir lieber«, erwidert Großmutter Maddalena würdevoll. »Ich möchte bei klarem Verstand sein, wenn ich die Unbekannte gebe.«

Während die älteren Damen sich vor der Fahrt ins Teatro delle Vittorie noch etwas ausruhen, während Lorenzo sich auf den Abend vorbereitet, der über sein künftiges Leben entscheiden wird, während Giulietta sieben Stunden beim Friseur verbringt, um ihre Haare exakt in dem blauen Farbton Tiffany Pantone 1837 färben zu lassen, während Nancy mit einem Seufzer der Erleichterung wieder ihre Doppelhaushälfte in Bridgeton in

Besitz nimmt und sich auf einen Jogging-Marathon vorbereitet, während Jeremy ins Auto steigt, um nach Rivabella zurückzukehren, und auf der ganzen Fahrt berühmte Arien von Pavarotti schmettert, da klopft Adelaide Brioschi schüchtern an die Bürotür ihres Vaters.

Von jetzt an müsst ihr das Adjektiv »schüchtern« automatisch mit ihr in Verbindung bringen. Immer. Adelaide Brioschi macht alles »schüchtern«. Sie hat es sogar geschafft, schüchtern einen Hochschulabschluss zu erwerben und ebenso schüchtern ihre Jungfräulichkeit zu verlieren. Sollte sie jemals auf die Idee kommen, kriminell zu werden, und beschließen, eine Bank auszurauben, Adelaide würde diese Bank schüchtern ausrauben. Zu ihren beigefarbenen Haaren trägt sie heute einen haselnussbraunen Pulli und eine milchkaffeefarbene Hose. Und auch alles andere an ihr ist eher unansehnlich, so wie in manchen Vorher-nachher-Filmen, in denen die Protagonistinnen auch in der zweiten Hälfte noch reizlos bleiben, selbst wenn Haare und Make-up stimmen.

»Daddy … ich müsste dich da mal was fragen.«

Dottore Brioschi ist ein kluger Mann, der es seit Monaten auf Bonvicini abgesehen hatte, um ihm Adelaide aufzuschwatzen. Nein, ganz sicher ist er nicht der klassische Vater einer wenig attraktiven Tochter, der sie abgöttisch liebt, aber befürchten muss, dass sie Opfer eines Nichtsnutzes wird wie in dem Film *Washington Square*. Dottore Brioschi kann es kaum erwarten, dass Adelaide irgendwem in die Falle geht, damit sie nicht länger bei ihm zu Hause herumsitzt und Harfe spielt. Inzwischen ist sie zweiunddreißig Jahre alt, und trotz des vielen Geldes ihrer Familie hat bisher keine Verlobung länger als drei Monate gehalten. »Daran ist nur die Harfe schuld«, meint Papa Brioschi. »Diese verdammte Harfe. Immer wieder habe ich zu Maria Marilena gesagt, wir hätten sie lieber zum Ballett schicken sollen.«

»Schieß los, Schatz.«

»Äh, dein Mitarbeiter, der Ingenieur Lorenzo. Weißt du, gestern, als du uns einen Moment allein gelassen hast, um dir einen Kaffee zu holen, und nicht mehr zurückgekommen bist?«

»Ja, genau … die Kaffeemaschine … Ammelmumpf … hähä … grammel …«

»Wie bitte? Nicht so wichtig, ich wollte dir nur sagen, dass Lorenzo mich nach Biandrate eingeladen hat.«

»Du meine Güte«, denkt Dottore Brioschi. »Nach Biandrate? Da hast du schon mal die Gelegenheit, die Tochter des Chefs einzuladen, und dann schlägst du so ein Kaff wie Biandrate vor? Was bist du denn für ein dusseliger Dummkopf? Lade sie lieber nach Portofino ein, Idiot!«

»Er ist im Finale von *Let's Dance* und hat mich eingeladen, dabei zu sein. Wenn er gewinnt, sagt er, widmet er mir den Sieg im Fernsehen!«

»Ah, na ja. Aha. Hat es zwischen euch etwa gefunkt?«

»Wie der Blitz, Papi.«

»Ja, dann. Bravo, Lorenzo. Dann fährst du natürlich nach Biandrate. Aber vorher …« Er überlegt kurz und mustert seine Tochter von oben bis unten: »Vorher gehst du noch zur Kosmetikerin, okay? Egal was es kostet. Geh zur besten.«

»Auch bis nach Verbania, Papi?«

»Bis nach Verbania! Nimm meine Kreditkarte und hau das Geld auf den Kopf!«

Es ist ein merkwürdiger Zufall (vielleicht aber auch nicht), dass die beste Kosmetikerin genau die ist, bei der Ludovica diesen Nachmittag verbringt, nachdem sie von Lorenzo folgende Nachricht erhalten hat: »Sehen wir uns heute Abend? Es wird ein ganz besonderer Abend. Mit Überraschung. Ich erwarte dich, mein Schatz.« Und sie hat den Köder geschluckt: Heute Abend wird er sie fragen, ob sie ihn heiraten will, da ist sie sicher, und wenn sie seinen Antrag annimmt, dann will sie strahlen von Kopf bis Fuß.

»Er wird mir den Ring an den Finger stecken«, vertraut sie Fatima an, die ihr gerade ihre Nägel manikürt. »Also mach mir einen umwerfend schönen rechten Ringfinger!«

»Was für ein Stein?«

»Rubin mit Perlen. Er hat mir schon mal ein Foto gezeigt, weil er den Ring im Moment noch beim Reinigen hat.«

»Okay, dann nehme ich einen Nagellack in derselben Farbe. Oh, guten Tag, Signorina Adelaide!«

Nervös lächelnd kommt Adelaide hereingehuscht. Fatima beugt sich zu Ludovica vor: »Weißt du, wer das ist? Adelaide Brioschi, die Tochter des Kaffeebarons!«

»Nein, na so was! Lorenzo arbeitet für ihn. Er ist Ingenieur bei Brioschi!«

»Tatsächlich? Soll ich sie dir vorstellen?«

»Sicher! Super Idee! Wenn ich mich mit ihr anfreunde, könnte sie für Lorenzos Karriere nützlich sein.«

»Sobald der Lack trocken ist, gehen wir zu ihr rüber.«

Folge sechsunddreißig

Eins noch …«, setzt Ludovica an und glaubt, besonders schlau zu sein, als sie Fatima zuflüstert: »Sag ihr aber nicht, dass ich Lorenzos Verlobte bin. Erst müssen wir Freundinnen werden, dann kann ich damit herausrücken. Sonst sieht es so aus, als hätte ich mich mit Absicht an sie herangemacht.«

»Aber du willst doch, dass ich dich mit ihr bekannt mache.«

»Ja, aber es soll nicht so aussehen.«

Und so macht Fatima, kaum dass der Nagellack trocken ist, die Tochter des Bürgermeisters mit der Tochter des Dottore Brioschi bekannt. Die zwei Kronprinzessinnen von Rivabella.

»Seltsam, dass wir uns bisher noch nicht über den Weg gelaufen sind!«, flötet Ludovica.

»Ich bin in der Schweiz zur Schule gegangen und habe auch dort gelebt. Mit meiner Mutter«, erwidert Adelaide schüchtern.

»Und jetzt bist du wieder da?«

»Ja, bei meinem Vater. Und ich spiele Harfe.«

»Na ja, macht ja nichts!«, meint Ludovica huldvoll.

So plätschert die Unterhaltung zwischen Flüstern und Flöten vor sich hin, bis Ludovica auf die Uhr schaut und einen spitzen Schrei ausstößt.

»Oh, Mist, ich bin schon spät dran! Ich muss noch bei Midnight Merlet vorbeischauen. Kennst du das?«

»Merlet?«

»Ja, Midnight Merlet, die verkaufen dort wirklich scharfe Dessous! Weißt du, heute Abend steigt meine Verlobung …«

Eine heftige Röte schießt in Adelaides Wangen und haucht ihrem beigen Gesamteindruck fast so etwas wie Leben ein. »Ich bin zwar noch nicht verlobt, aber Samstagabend bin ich mit einem Mitarbeiter meines Vaters verabredet …«

»Ich sage nur eins: Midnight Merlet!« Ludovica deutet mit spitzem Finger auf Adelaide. »Das ist genau der richtige Laden für dich. Du wirst schon sehen, den wirst du umhauen, den Mitarbeiter deines Vaters. *Ciao*, Ade, mach's gut, die schließen bald. Man sieht sich!«

Unter den verdutzten Blicken Adelaides verlässt Ludovica den Ort, wo es fast zur Katastrophe gekommen wäre, und überlegt, wer wohl dieser Schlaumeier sein könnte, der sich mit der farblosen Tochter des Chefs abgibt … Ich muss Lorenzo fragen, ob er ihn kennt.

Nachdem sie die beiden älteren Damen den kundigen Händen der Laufburschen der Rai überlassen haben, bleiben Bon Bon Candy und Debra Lou noch einen Augenblick auf dem Bürgersteig in der Via Urbana stehen, direkt vor der kleinen Pam-Local-Filiale.

»Na gut«, sagt Bon Bon Candy höflich. »Ich müsste jetzt mal wieder nach oben, weil ich bald einen Kunden erwarte. Was machst du, fährst du ins Hotel zurück?«

»Weiß nicht. Ich habe mir überlegt, ob ich nicht in irgendein verrufenes Viertel gehe und mal schaue, ob dort schwarze Messen stattfinden.«

»Ein verrufenes Viertel … schwarze Messen … klar doch – Poppi!«

»Wer?«

»Poppi, einer von den Hinterbänklern. Der betet draußen in Acilia den Teufel an. Das ist zwar kein verrufenes Viertel, aber er und die anderen Satanisten haben dort ein Lager, wo sie Eidechsen abschlachten.«

»Aber die sind doch so klein!«

»Der Gedanke zählt. Ich schau mal, ob ich ihn erreiche, keine Ahnung, ob die heute was veranstalten …«

Doch überlassen wir die beiden nun diesem schönen Tag und der römischen Sonne – Bon Bon Candy, unsere höfliche Escort-Lady, und Debra Lou, die Schlagzeugerin des Satans – und kehren eilig zurück nach Rivabella, wo Lorenzo gerade das Haus betritt, um sich auf einen Abend vorzubereiten, der für ihn sicher sehr anstrengend sein wird, aber auch die erste Stufe zu seinem persönlichen *stairway to heaven* darstellen soll.

Alles ist bereit für ein mehr als offensichtliches Verführungsszenario. Champagner im Kühlschrank? Champagner im Kühlschrank. Bett frisch bezogen? Selbstverständlich. Playlist fertig? Mehr als fertig. Ed Sheeran? Auch der.

Während Lorenzo den Kragen seines roten Hemds lockert und sich mit ein wenig Dior Homme besprüht, präsentieren wir kurz seinen Plan, damit wir alle wissen, was uns erwartet. Giuliettas Ansatz ist simpel. Sozusagen eine Live-Version des berühmten Songs von Lucio Battisti – *Innocenti Evasioni*. Natürlich kann Giulietta den Song nicht kennen, sie ist erst sechsunddreißig – wäre ja noch schöner –, aber das zugrunde liegende Muster ist so universell, dass es auch diejenigen kennen, die das Lied noch nie gehört haben: Es geht darum, sich von der Verlobten in flagranti mit einer anderen erwischen zu lassen, sodass sie einen beide in die Wüste schicken. Hundertprozentige Erfolgsgarantie, wenn man ein wenig auf das richtige Timing achtet.

Stella Marina wird um einundzwanzig Uhr erwartet, Ludovica vierzig Minuten später; eine Minute hin oder her, darauf kommt es nicht an. Das Wichtigste, sozusagen, der Dreh- und Angelpunkt des Plans, ist es, wie Giulietta Lorenzo erklärt hat,

»dass du dich in einer eindeutigen Situation befindest, die durch keinerlei Ausflüchte, und seien sie noch so hanebüchen, wieder ausgebügelt werden kann«.

»Ihr müsst nackt im Bett liegen, oder auf dem Wohnzimmerteppich, die Klamotten auf keinen Fall in Reichweite. Sie muss die Wohnung betreten und euch beide so vorfinden. Danach kannst du jeden Schwachsinn erzählen: ›Schatz, wir haben uns nur zusammen eine Netflix-Serie angeschaut.‹ Oder: ›Ich habe ihr gerade einen Dorn aus dem Fuß gezogen.‹ Das heißt, du musst nicht einmal was beichten, es ist alles mehr als offensichtlich.«

Stella Marina hat nicht bei Midnight Merlet vorbeigeschaut und ist auch nicht zur Kosmetikerin gegangen. Sie ist auf dem Nachhauseweg. Sie schiebt ihr Fahrrad, da ihre Mutter sie gerade angerufen hat und sie damit überfordert ist, beim Fahrradfahren zu telefonieren.

»Stemarì, bist du heute Abend zu Hause? Onkel und Tante aus Bassano kommen zu Besuch, auch Battista ist dabei. Es ist irgendwas mit der Amerikanerin passiert, aber das wollen sie uns persönlich sagen.«

»Ich bin um neun verabredet, Ma.«

»Egal, komm halt auf einen Sprung vorbei, sag ›Hallo‹, iss einen Happen und geh wieder.«

»Okay, aber um fünf vor neun haue ich ab.«

Und genau das war der Fehler, der sich wie ein kleiner Schneeball in eine Lawine verwandeln wird, die alles unter sich begräbt. Denn Jolanda muss nicht lange nachdenken, um dahinterzukommen, dass, wenn ihre Tochter um neun verabredet ist und sich bereit erklärt, zum Essen mit Onkel und Tante bis fünf vor neun zu bleiben, dass deren Verabredung um neun nur im zweiten Stock sein kann. Mist.

Kaum dass sie aufgelegt hat, fegt Jolanda wie eine Windböe durch die Wohnung. In der Küche trifft sie auf Giuseppe, wo er gerade seine Spezialität zubereitet – belegte Schnittchen.

»Beppino, ruf doch mal bei Gabriele an und lade ihn auch ein.«

»Gabriele? Wieso der? Und außerdem, wenn Stella Marina kommt …«

»Mach dir mal ihretwegen keine Gedanken, um die kümmere ich mich. Lad ihn ein, denn wenn es Fragen gibt, ist es besser, wenn wir unseren Anwalt bei der Hand haben.«

Jolanda kommt sich schlau wie ein Fuchs vor, als sie sich wieder daranmacht, den Stockfisch zu pürieren.

»Nein, nein, du kannst nicht mit.« Claudia ist gerade dabei, sich nach einem flüchtigen Vorabendquickie mit Jeremy, der so gerne zum Abendessen im Erdgeschoss mitkommen würde, wieder anzuziehen.

»Wieso nicht? Ich bin als italoamerikanischer Cousin der Erfolgsgarant bei jedem Familientreffen.«

»Weil meine Verwandten extra kommen, um uns darüber aufzuklären, was der Amerikanerin, der Freundin deiner Mutter, zugestoßen ist, und da die Sache außerdem auch deine Wohnung betrifft …«

»Ich persönlich glaube ja nicht, dass die Mansarde die Wohnung von Großmutter Antonia ist. Ich glaube, dass ihr uns angelogen habt.«

»Jetzt hör aber mal auf mit deinen Haarspaltereien, das ist nicht der Fall. Du kommst nicht mit, weil du uns nur in die Bredouille bringen würdest. Und damit *basta.*«

»Und was soll ich tun? Du bist unten, Debra Lou ist in Rom.«

»Schau Fußball.«

»Häh?«

»Fußball. Willst du jetzt ein Italiener sein oder nicht? Dann schalte Sky ein und schau dir was aus der Serie A an. Bestell dir eine Pizza beim Döner-Mann, der macht die super, und schau dir, was weiß ich, Verona – Mailand, Turin – Neapel, was sie halt so zeigen, an.«

Jeremys Augen leuchten. »Genau! Genau das hat mir noch gefehlt, um ein echter Italiener zu werden! Der Fußball!«

Begeistert beugt er sich vor und gibt Claudia einen Kuss. »Ich freue mich so, dass du mit uns nach Amerika kommst, Darling. Ich bin mir sicher, dass du die Freizeit von meinem Boss bestens koordinieren wirst.«

»Unbekannte Nummer eins, Signora Maddalena aus Rivabella, sind Sie die im Namen Satans mordende Großmutter?« Während Amadeus diese entscheidende Frage an sie richtet, blickt Maddalena starr vor sich hin und wartet darauf, dass das rote Lichtlein grün aufleuchtet. Denn dann muss sie antworten. Ja. Aber was? Was soll sie antworten? Soll sie jetzt JA oder NEIN sagen? In ihrem Kopf funkt gerade ein Kurzschluss aus Müdigkeit und Aufregung dazwischen, und jetzt weiß sie gar nichts mehr. Hilfe!

Während die Großmutter den Mund öffnet, um eine Antwort zu geben, sind die beiden Brüder Boscolo und ihre jeweiligen Familienangehörigen, einschließlich des Anwalts Lamberti, soeben damit fertig geworden, sich zu umarmen, zu küssen, sich zu begrüßen, Appetithäppchen zu sich zu nehmen und Campari zu trinken. Unter lautem Geschrei und viel Lärm, wie es bei ihnen üblich ist, versammeln sie sich um den Tisch: Giuseppe und Jolanda, Alvise, Giulietta und die Kinder, Leandro, Domenica, Claudia und Battista (als Familie endlich wieder vereint) und Gabriele, der vor Stella Marina steht, die es noch immer nicht fassen kann, ihn hier anzutreffen, und die sich fest vornimmt, gleich nach der Vorspeise zu gehen, ohne sich Gedanken um eine Ausrede zu machen. Als alle auf ihrem Platz sitzen, klopft Leandro mit einer Gabel an sein Glas und verkündet:

»Und jetzt werde ich euch sagen, was mit der Signora Verity Sotomayor passiert ist.«

Folge siebenunddreißig

Ehe ihr sogleich Leandros bereits ungeduldig erwartete Mitteilung zu hören bekommt, kehren wir – wenn es euch nichts ausmacht – für einen kurzen Augenblick zu Großmutter Maddalena zurück, die wir vor wenigen Stunden verlassen haben, als sie gerade dabei war, auf die Frage von Amadeus zu antworten: »Signora Maddalena aus Rivabella, sind Sie die im Namen Satans mordende Großmutter?« Maddalena reißt sich zusammen. Ja, höchstwahrscheinlich muss sie mit JA antworten. Sie ist die Unbekannte Nummer eins, die Einzige in dem Alter, die als Großmutter infrage kommt. Außerdem haben sie ihr eine mit kleinen Teufelchen samt Mistgabeln bedruckte Küchenschürze umgebunden. Eine der italienischen Abendunterhaltung angemessene Form des Satanismus. Und tatsächlich hat der Kandidat richtig geraten, und als das Lichtlein grün aufleuchtet, öffnet Maddalena den Mund und verkündet mit Vorkriegstremolo in der Stimme:

»Jawohl, ich bin die im Namen Satans mordende Großmutter.«

Applaus, Begeisterung, ein glücklicher Kandidat, die ersten dreitausend Euro sind ihm sicher, alles scheint bestens zu laufen. Amadeus nähert sich höflich dem Podest, um die Großmutter zurückzubegleiten, als Maria Berta sich erhebt, ihre Handtasche schwenkt und ruft:

»Und ich bin die Freundin der im Namen Satans mordenden Großmutter! Amadeus, ich liebe dich!«

»STOOOOOP!«, ertönt es aus der Regie.

»… und als die Signora zu ihm gesagt hat – komm mit mir, du wirst es nicht bereuen, ich werde dir alles geben, was du dir wünschst, folge mir, mein prachtvoller junger Italiener …« Leandro hat sich jetzt in Fahrt geredet und deklamiert wie der größte Theaterstar zu seinen besten Zeiten.

Battista hingegen windet sich vor Verlegenheit. »Lass mal, Pà …«, murmelt er. »Das interessiert doch keinen.«

»Und ob das interessiert!« Jolanda, die gerade dabei ist, das Risotto mit Spargel zu servieren, verharrt mit erhobener Suppenkelle in der Luft.

»Als die Signora das zu ihm gesagt hat, hat Battista geantwortet … Willst du es ihnen sagen?«

»Nein.«

»Battista hat also geantwortet: ›Dann schenk mir die Wohnung in Rivabella.‹ So.«

»Ach komm!« Giuseppe fallen fast die Augen aus dem Kopf. Verschenken? Eine Wohnung? Um diesen Schwachkopf von Battista mitzunehmen?

»Und sie?«, will Jolanda wissen, die noch immer die Suppenkelle mit dem Risotto in die Luft hält.

»Und sie hat sie ihm geschenkt. Sie hat die Schenkung auch beurkunden lassen. Beim Notar Scorchi. Du erinnerst dich, Beppino, der immer auf die Straße gespuckt hat?«

»Dann gehört also jetzt die Wohnung im zweiten Stock …« Claudia schaut hoffnungsvoll zu ihrem Vater.

»Sie gehört jetzt uns.«

»Nein, sie gehört mir«, präzisiert Battista. »Und deswegen wollte ich dir, Onkel Beppino, jetzt sagen, dass die Miete von nun an mich geht.«

»Die kassierst du jetzt ein? Aber was soll das heißen? Und nun? Da haben wir dieses ganze Theater und Hin und Her mit den Pinkerton extra angeleiert, und jetzt geht uns die Miete trotzdem durch die Lappen? Aber das ist nicht gerecht!« Giuseppe stützt sich schwer auf den zum Glück noch leeren Teller.

»Also, ich bin letzten Endes zufrieden, weil diese Sache jetzt ein für alle Mal erledigt ist.« Jolanda stupst ihre Schwägerin Domenica mit dem Ellbogen an, die diesen Knuff erwidert. Die beiden Damen sind sich offenbar einig.

»Ich will auch Miete haben!«, kreischt Natasha, und einen Moment darauf meldet sich jeder und jede Boscolo jeden Alters lautstark zu Wort, nebenbei wird in rauen Mengen Risotto vertilgt. Das heißt alle außer Stella Marina, die auf die Uhr schaut und hochschreckt.

Viertel nach neun, sie ist bereits zu spät dran. Ihrer Ansicht nach ist die Operation Verity ein Riesenerfolg, weil sie jetzt Lorenzo nicht mehr wegschicken müssen, und alles andere interessiert sie nicht. Sie springt auf.

»*Ciao, ciao,* ich muss los. Sorry, aber ich habe eine Verabredung. *Ciao,* Onkel, Tante, *ciao,* Battista, wir sehen uns.«

»Aber wieso, du willst jetzt los?«

Stella Marina nickt und ist bereits draußen im Vorraum, als eine schwere Hand sie festhält.

»Und was soll das für eine Verabredung sein?«

»Warum fragst du mich, wenn du es schon weißt?«

»Weil ich nicht begreifen kann, dass du so dumm bist und diesem Idioten auch noch hinterherläufst.«

»Aha. Und wem läufst du hinterher? Dieser … na, einer Astrophysikerin wie Margherita Hack vielleicht?«

»Du verdienst was Besseres.«

»Und das wäre?«

Und nichts. Gabriele schafft es einfach nicht.

Ihr müsst das begreifen: Sie befinden sich auf dem Flur, und die Tür, die ins Esszimmer führt, steht sperrangelweit offen. Die Boscolos haben mit dem Gezetere aufgehört und spitzen die

Ohren, nur Dimitri nicht, der die Titelmelodie von *Paw Patrol* trällert. Gabriele hat sich ohnehin schon sehr weit aus dem Fenster gelehnt, als er Stella Marina nachlief und versuchte, sie aufzuhalten. Weiter kann er jetzt nicht mehr gehen. Und so platzt er mit der klassischen Dummheit heraus, die man in solchen Fällen immer zu hören bekommt.

»Jeder. Jeder x-Beliebige ist besser als der!«

»Okay, dann nimm jetzt deine Hand von meinem Arm, auf dass ich mich auf die Suche nach diesem x-Beliebigen machen kann.«

Gabriele packt fester zu, aber Stella Marina entwindet sich seinem Griff und läuft davon. Gabriele kann sie nicht mehr aufhalten, es sei denn, er hätte sie mit einem Judogriff zu Boden geschickt.

Das Timing ist fast perfekt, als Stella Marina die Tür öffnet und hinaustritt.

Um zu beweisen, wie hart im Nehmen er ist, kehrt Gabriele ins Esszimmer zurück, setzt sich und sagt in die Runde: »Entschuldigt, ich hatte ganz vergessen, Stella Marina noch was zu sagen. Könnte ich vielleicht noch etwas von diesem köstlichen Risotto bekommen?«

Als Stella Marina um zwanzig nach neun auf den Treppenabsatz im ersten Stock tritt, ist der Zeitplan allerdings schon vollkommen über den Haufen geworfen. Um zwanzig nach neun sollten Lorenzo und Stella Marina sich schon längst küssen und sich die Kleider vom Leib reißen. Ludovica müsste bei sich zu Hause auf der Treppe stehen, mit den Mercedes-Schlüsseln in der Hand, und genau noch zwanzig Minuten haben, um den Wagen aus der Garage zu holen und von der Villa ihres Vaters auf dem Hügel hinunter in die Via delle Magnolie Nummer 11 zu fahren. Doch keiner ist auf seinem Posten: Um einundzwanzig Uhr zwanzig knallt Stella Marina entschlossen die Wohnungstür hinter sich zu und will gerade in den zweiten Stock hinaufgehen, als sie sieht, wie sich die Haustür öffnet und Ludovica auftaucht. Was hat Ludovica bereits um zwanzig nach neun hier zu suchen, obwohl Lorenzo ihr eingebläut hat, ja keine Minute früher als zwanzig vor zehn zu erscheinen?

»Ich fürchte, dass ich mich heute Abend verspäten werde«, hatte er zu ihr gesagt. »Komm du so zwanzig vor zehn, aber nicht früher, weil ich es wahrscheinlich bis dahin noch nicht geschafft habe. Ich lege dir auf jeden Fall die Schlüssel in den Topf neben der Haustür, damit du reinkannst, falls ich wirklich noch nicht da bin.«

Die Schlüssel! Ludovica strahlt vor Glück! Es ist das erste Mal, dass Lorenzo ihr die Hausschlüssel überlässt. Die Schlüssel, der Ring! Alles symbolische Objekte, wie bei Tolkien. Ihr Leben verwandelt sich gerade in einen Fantasyfilm!

Und genau das ist der Punkt, an dem Ludovica einen fatalen Fehler begeht. Fatal für Lorenzo, nicht für sie. Sie beschließt, etwas eher aufzubrechen, um ihn zu überraschen: Wenn Lorenzo müde von des Tages Arbeit nach Hause kommt, wird er eine wohlig erleuchtete Wohnung vorfinden, einen fertig gemixten Cocktail und sie sinnlich in »Midnight Merlet«.

Das also ist der Grund, weshalb Stella Marina und Ludovica nun im ersten Stock aufeinandertreffen: Die eine hat sich leicht verspätet, die andere kommt leicht zu früh.

Ludovica grüßt beiläufig mit einem Nicken und einem zerstreuten Lächeln, da sie gerade am Telefonieren ist. Stella Marina verharrt reglos und lauscht dem Gespräch, während sie auf den Aufzug wartet.

»Ja, Erika, ich schwöre es, ich schwöre dir, dass er mir die Schlüssel gegeben hat … ja … das erste Mal, ja. Und er hat mir gesagt, dass er mir heute Abend den Ring an den Finger stecken wird. Einer Frau einen Ring zu schenken, das bedeutet doch, sich mit ihr zu verloben, oder? … Ja … Äh … Er hat seiner Mutter gehört … nein … nur auf dem Foto, er hat ihn zum Reinigen weggebracht … ja … der Wahnsinn … Ich habe was von Midnight Merlet an … ja, das Eisblaue …«

Der Aufzug kommt, Ludovica steigt ein, und Stella Marina hockt sich auf eine Stufe, um wieder in den Besitz ihrer geistigen Fähigkeiten zu gelangen. Nachdem sie mehr oder weniger alle Sinne wieder beisammenhat, beschließt sie, dass es nur einen Ort gibt, an den sie jetzt gehen kann.

Und Lorenzo, wie ergeht es ihm, während er wartet? Sehr schlecht. Es ist bereits dreiundzwanzig nach neun, und Stella Marina ist immer noch nicht da. In siebzehn Minuten wird Ludovica die Wohnung betreten. Und dank seines raffinierten Schachzugs, ihr die Wohnungsschlüssel zu überlassen, müsste sie in dem Moment ein Knäuel aus menschlichen Leibern auf dem Sofa im Wohnzimmer vorfinden. Doch wenn Stella Marina sich nicht beeilt, dann wird er sich praktisch schon an der Tür auf sie stürzen müssen, um noch rechtzeitig mit ihr als Knäuel auf dem Sofa zu landen. Diese Vorstellung gefällt Lorenzo jedoch ganz und gar nicht. Er ist schließlich kein Tier, er ist ein Mann, der mit Blicken, seiner schönen Stimme, mit zögernder Zurückhaltung verführt.

»Na gut«, denkt er, der immer auch die positiven Seiten im Leben sieht, »immerhin bin ich allein mit Stella Marina in der Wohnung, auch wenn wir noch angezogen sind. Mit Champagner in Sichtweite, einander küssend, vielleicht ziehe ich auch schon mal meine Schuhe aus …«

Und genau in diesem Moment durchfährt ihn ein unsäglicher Schrecken, als er hört, wie der Schlüssel im Schloss umgedreht wird …

Folge achtunddreißig

Was ist passiert? Wie hatte das alles dermaßen schieflaufen können? Lorenzo muss nicht lange überlegen. Die Antwort präsentiert sich ihm klar und deutlich, während er Ludovica, die seit einer Viertelstunde unermüdlich vor sich hin trällert, wobei jedes dritte Wort »Ring« lautet, ein großzügiges Glas Champagner einschenkt.

Alles lief schief, weil der Plan auf einem Minimum an Zuverlässigkeit vonseiten der beiden Frauen basierte. Doch auf Frauen ist kein Verlass; immer ergreifen sie die Initiative, statt zu tun, was man ihnen sagt. Das war doch nicht so schwer, denkt Lorenzo. Die eine musste um neun kommen, die andere vierzig Minuten später. Jeder x-beliebige Mann hätte das geschafft, die beiden nicht. Die eine tauchte erst gar nicht auf, die andere kam zu früh, und jetzt weiß er nicht mehr, wie er aus der Sache wieder herauskommen soll, denn Samstag ist schon das Finale, und dazu hat Lorenzo sowohl Ludovica als auch Adelaide eingeladen. Von der Produktion bekommt er aber nur einen Bühnenpass. Vielleicht ist das sein Glück, denn so ist er gezwungen, sich etwas einfallen zu lassen, um eine von beiden loszuwerden. Aber wieso hocke ich dermaßen in der Tinte? Eigentlich sollte ich mich doch besser auf meine Fußarbeit beim Boogie-Woogie konzentrieren, die noch immer nicht sitzt!

Und wenn er Ludo entführt? Ich sperr sie einfach in die Abstellkammer, stell ihr was zu essen hin und lass sie erst wieder raus, wenn ich aus Biandrate zurückkomme. Im Film enden solche Dinge meistens so, dass er verhaftet oder umgebracht werden würde, aber im Leben, soweit er weiß, nicht.

Ludovica greift nach dem Sektkelch und späht hoffnungsvoll hinein, bevor sie trinkt.

»Du hast ihn doch nicht hier reingetan? Du willst mich überraschen, wie? Liebling! Was, wenn ich ihn verschluckt hätte!«

»Da ist nichts drin, was du verschlucken könntest«, erwidert Lorenzo barsch. Ludovica macht ein Gesicht wie ein Murmeltier, dem man auf den Schwanz getreten hat, woraufhin Lorenzo seine Lebensgeister erneut erwachen spürt. Wenn ich weiter so unhöflich und unverschämt zu ihr bin, dann haut sie vielleicht endlich ab und schleudert mir den sehnlichst erwünschten Satz ins Gesicht: Und dass ich mir dein verschissenes Finale ansehen werde, das kannst du dir abschminken!

»Komm schon, hör auf zu spielen!«, trällert sie stattdessen. »Her mit deiner Überraschung, damit ich dich auch überraschen kann!«

»Was du vorhast, ist keine Überraschung mehr, das kenne ich schon in- und auswendig«, erwidert er und duckt sich in Erwartung einer heftigen Ohrfeige. Die jedoch ausbleibt.

»Das glaubst du! Aber du hast ja keine Ahnung! Ich zieh mich jetzt aus! Komm schon, gib mir den Ring, damit ich mich ausziehen kann!«

»Ich habe den Ring nicht mehr. Ich habe ihn verloren. Es gibt keinen Ring.«

Ludovica schwankt, und einen Moment lang wähnt Lorenzo sich am Ziel. In höchster Erregung scheint es ihm, als formten ihre Lippen die ersehnten Worte: Du bist ein Scheißkerl, ich hasse dich, ich gehe, versuch ja nicht, mich aufzuhalten.

Doch es ist nur ein kurzer Augenblick. Ludovica, die wohl einzige Frau auf der Welt, an der eine solche Beleidigung abperlt wie Wasser, erwidert lächelnd: »Umso besser! Ich muss dir nämlich gestehen, dass ich Rubine ein bisschen billig finde. Weißt du, was wir machen? Wir gehen morgen zusammen los und kaufen einen anderen Ring. So kann ich mir meinen Verlobungsring selbst aussuchen. Wunderbar! Noch ein Glas Champagner!«

»Diese Sache mit dem Fußball, die ist ja super! So völlig anders als Baseball. Man versteht sofort, was die da machen! Die laufen los und versuchen, den Ball in das Netz auf der anderen Seite zu schießen. Was für ein toller Sport! Mein Vater hat mir immer erzählt, dass sie den in Schottland spielen, aber ich habe mich nie dafür interessiert. Ab jetzt werde ich mir den immer anschauen. Als echter Italiener und so!«

Jeremy ist echt begeistert von der neuen Erfahrung und versucht, Claudia, die jedoch demonstrativ gähnt, mit seinem Enthusiasmus anzustecken. Sie haben beschlossen, die Nacht zusammen zu verbringen, da Debra Lou und die beiden Alten erst am nächsten Tag zurückkommen werden. Während Claudia versucht, ihm zu erzählen, was mit der Wohnung von Großmutter Antonia geschehen ist, will Jeremy nur über die Mittwochsspiele der Meisterschaft reden.

»Hast du verstanden, was ich zu dir gesagt habe? Diese Wohnung hier gehört jetzt meinem Bruder. Nicht mehr deiner Großmutter.«

Mit einem tiefen Seufzer verlässt Jeremy die Welt des Fußballs.

»Diese Wohnung hier hat nie meiner Großmutter gehört. Meiner Großmutter gehört die Wohnung, in der der Kerl wohnt, der deiner Cousine so gefällt. Die, die ihr seit Jahren unrechtmäßig vermietet habt.«

»Okay, mag sein. Meine Lippen sind versiegelt. Eventuell. Jedenfalls gehört sie jetzt nicht mehr deiner Großmutter und auch nicht deiner Mutter. Und auch nicht eurer Freundin, denn eure Freundin hat sie meinem Bruder geschenkt.«

»Verity hat sie deinem Bruder geschenkt? Warum?«

»Weil er ein heißer Typ ist. Sie wollte ihn sogar mit nach Amerika mitnehmen.«

»Und er?«

»Er hat sie ausgetrickst. In Malpensa hat er sich aus dem Staub gemacht, und sie ist allein zurückgeflogen.«

»Wie hat er das denn geschafft?«

Claudia zuckt mit den Schultern. »Pah. Battista kennt sich aus in solchen Dingen. Er ist ein stilles Wasser und schnell weg, wenn es darauf ankommt.«

»Und was passiert jetzt?«

»Nichts. Mein Vater und Onkel Giuseppe werden sich ein bisschen streiten, die Mütter werden sie dazu bringen, wieder Frieden zu schließen, und die tausend Euro Miete werden wir statt ihrer einkassieren. Aber die Wohnung bleibt in der Familie.«

»Schön. Familie, das gefällt mir. Hör mal, Claudia ...«

Jeremy rutscht näher und streicht zärtlich über ihre Schulter. Die beiden liegen im Bett vor Stella Marinas Fernseher, auf dem die Tore des Abends laufen.

»Könntest du mir vielleicht die Abseitsregel erklären? Ich habe das noch nicht verstanden. Wer läuft denn jetzt zuerst los?«

Claudia schnaubt und rückt ihr Kissen zurecht. »Wenn ich dir das Abseits erklären könnte ... ja, glaubst du denn, dass ich dann meine Zeit noch mit Arbeit verplempern würde? Ich wäre Journalistin bei Sky. Komm, lass uns schlafen.«

Stella Marina hockt derweil unten am Seeufer und kommt sich dumm vor. Seit ihrer Zeit in der Mittelstufe hat sie sich immer an den Lago dell'Ondina zurückgezogen, wenn sie sich wieder einmal dumm, enttäuscht, verraten oder nicht ernst genommen vorkam. Auf eine kleine, himmelblaue Bank dort, kaum größer als ein Fußschemel, auf die zog sie sich zurück und blies Trübsal. Auch jetzt suhlt sie sich wieder in ihrem Elend, muss aber feststellen, dass ihre Neugier größer ist als die Trauer. Weswegen hat Lorenzo heute Abend sowohl sie als auch Ludovica eingeladen? Was hatte er vor? Aber was kümmert mich das letztendlich, denkt sie sich, als sie aufsteht und den Weg nach Hause einschlägt. Das ist seine Sache. Wichtig ist nur, dass Gabriele, dieser arrogante Besserwisser, nichts davon erfährt. Er soll weiter glauben, dass Lorenzo und ich verlobt sind und bereits dabei sind, Vorbereitungen für die Hochzeit treffen.

Tags darauf, zur Mittagszeit, sind alle Boscolos aus Rivabella bei der Arbeit: Giuseppe und Jolanda, noch immer sauer, weil ihnen die Wohnung unterm Hintern weggeklaut wurde, hantieren in der Küche bei Brioschi, Stella Marina scannt die Waren eines nervös um sich blickenden Kunden ein, der hauptsächlich alkoholische Getränke gekauft hat (das ist der berühmte Buchhalter der Pinkerton, der hier zum ersten Mal in diesem Roman persönlich auftritt), Claudia schiebt zum neunzehnten Mal den Entwurf ihrer Kündigung in den Papierkorb ihres PCs, und Alvise gibt seinem Mitarbeiter Gervasio, der ihn im Fitnessstudio vertreten wird, während er zum Finale fährt, die letzten Instruktionen.

Die Boscolos aus Bassano hingegen warten am Bahnhof von Rivabella auf die Heimkehrer, die hoffentlich rechtzeitig zum Mittagessen mit dem Regionalzug aus Turin eintreffen werden.

Leandro, Domenica und Battista stehen am Gleis Nummer eins, das zusammen mit Gleis Nummer zwei den gesamten Bahnhof ausmacht. Und als sie die drei aussteigen sehen, ist ihnen sofort klar, dass etwas nicht stimmt.

Auf der einen Seite Großmutter Maddalena mit versteinerter Miene, auf der anderen Maria Berta mit verquollenen Augen, dazwischen eine hochgewachsene junge Frau mit Kopfhörern, die mühelos alle Koffer trägt, aber nicht im Geringsten am Gemütszustand ihrer Begleiterinnen interessiert zu sein scheint.

»Das muss die Amerikanerin sein«, sagt Leandro.

»Das sieht man«, meint seine Frau. »Sie trägt Flipflops.«

Battista sagt nichts, starrt die junge Frau stattdessen verzückt an.

Vielleicht haben wir vergessen, zu erwähnen, dass Debra Lou nicht nur Schlagzeugerin, Satanistin und Anhängerin eines exzessiven Lebensstils ist, sondern darüber hinaus auch noch umwerfend schön, eine echte Blondine mit Aprikosenhaut und einem Körper, der Hugh Hefner vor vielen Jahren in den höchsten Freudentaumel versetzt hätte.

Leandro eilt auf seine Mutter zu, die er seit Weihnachten nicht mehr gesehen hat, und schließt sie fest in die Arme, doch Maddalena hat momentan keinen Sinn für Sentimentalitäten.

»Die zeige ich an!«, geifert sie sofort los und zeigt mit spitzem Finger auf Maria Berta. »Der kündige ich die Freundschaft!«

»Und ich dir die meine! Du hattest es versprochen! Du bist … du hast …« Maria Berta sucht eine ganz gemeine Beleidigung und wird schließlich fündig: »Du bist eine Missgeburt!«

»Mamma!« Leandro ist entsetzt. Seine Mutter und Maria Berta sind befreundet seit ihrer Zeit als junge Lehrerinnen in Treviso. Sie haben noch nie gestritten. Was muss da nur vorgefallen sein?

Folge neununddreißig

Und dann ist diese blöde Kuh aufgestanden und hat gebrüllt, AMADEUS, ICH LIEBE DICH! Noch nie in meinem ganzen Leben habe ich mich so geschämt!«

Maddalena dreht sich auf dem Vordersitz um und deutet auf Maria Berta, die nach zweiundachtzig Jahren offensichtlich aus ihrer Sanftmut erwacht ist.

»Du hattest mir versprochen, ihn mir vorzustellen, und stattdessen hast du dich dumm gestellt!«

»Ich habe mich nicht dumm gestellt, ich war beschäftigt! ICH war die Unbekannte, nicht DU! ICH bin die im Namen Satans mordende Großmutter. Du bist nichts und niemand!«

»Du auch nicht! Dein Ausweis war nur dreitausend Euro wert! Pah! Der von dem Typen, der Delfinen Ballett beibringt, hat mit Zuschlag hunderttausend Euro gebracht!«

»Weil ich berühmt bin und die Ausweise von Prominenten immer wenig einbringen.«

»Du bist nicht berühmt, du hast nur fünfzehntausend Follower. Und du bist gar keine richtige Influenza. Die haben dich nur genommen, weil du alt bist!«

Leandro zählt die Minuten, die ihn noch von der Via dei Bei Bersaglieri trennen, wo Maria Berta wohnt. Sobald er sie dort abgeladen hat, wird der Lärmpegel in seinem Fiat Multipla hoffentlich wieder sinken. Dann geht es nur noch darum, seine Mutter zu Hause abzuliefern, sich der Tussi mit den Kopfhörern zu entledigen, die bisher noch nicht ein Wort gesagt hat, um anschließend so schnell wie möglich nach Bassano zurückzufahren.

»Komm, Maddalena, ich mach dir einen Kamillentee«, schlägt Domenica vor, als sie an ihrem Ziel eintreffen. Leandro flüchtet sich in die Wohnung seines Bruders, während Battista irgendetwas von einem »schweren Koffer« murmelt und Debra Lou hinauf in den vierten Stock folgt.

»Ich will keinen Kamillentee. Ich will wieder ins Fernsehen! Ich werde Karriere machen!«

»Klar doch, aber ruh dich erst mal einen Moment aus. Möchtest du vielleicht einen Eisbeutel auf die Stirn?«

Endlich verabschiedet sich Domenica, und Großmutter Maddalena bleibt allein in ihrer Wohnung zurück. Nach einem kleinen Sprint ins Wohnzimmer holt sie dort aus dem verschlossenen Schränkchen eine Flasche mit Kirschlikör heraus, den ihre zweitbeste Freundin Giacoma, die von nun an ihre beste Freundin sein wird, selbst angesetzt hat. Kaum hat sie es sich mit den Füßen auf einem Hocker und einem Likörglas in der Hand auf dem Sofa gemütlich gemacht, als ihr Handy klingelt.

Eine unbekannte Nummer. Das wird die De Filippi sein. Oder vielleicht die Marguzzi. Und wenn es ein Teilnehmer aus dem *BigBrother*-Haus der Senioren ist?

»Hallo?«

»Hallo, Maddalena?«

»Ja, wer spricht da?«

»Ich bin es, Antonia, deine Cousine. Die, die ihr seit Jahren um ihr Geld bringt! Ich schicke euch das FBI auf den Hals!«

Stella Marina macht heute beizeiten Schluss. Um fünf hat sie den Coop bereits verlassen, denn sie will Claudia abholen und mit ihr ins Einkaufszentrum fahren. Doch zuvor muss sie noch rasch eine dringende Angelegenheit erledigen. In dem Moment betritt sie das Yum Yam, den größten China-Shop von Rivabella. Im Yum Yam gibt es alles, was man zum Leben braucht – von

Lebensmitteln über Möbel, von Kleidern und Schuhen bis hin zu Putzmitteln. Alles minderwertige Ware, aber in rauen Mengen und tiefstpreisig, und deshalb der geeignete Laden, um einen unechten Verlobungsring zu besorgen. So etwas wie den da. Die kitschige Kopie des berühmten Verlobungssaphirs von Prinzessin Diana zu fünfzehn Euro siebzig.

Stella Marina findet die richtige Größe, steckt sich den Ring an den Finger und marschiert schnurstracks los in Richtung der Kanzlei von Romagnosi, Romagnosi & Lamberti.

Zwei wütend blitzende Augen sehen sie kommen und stürzen, zusammen mit dem restlichen Körper, in das Büro, wo Claudia gerade das zweiundzwanzigste Kündigungsschreiben verfasst.

»Stella Marina ist im Anmarsch.«

»Na und? Sie kommt mich abholen, wir fahren ins Trota Blu.«

»Was ist gestern Abend passiert? Hat sie daheim geschlafen?«

»Was weiß ich denn? Ich habe oben übernachtet.«

»Ihr schlaft wohl nie in euren eigenen Betten, wie?«

»Was geht dich das an?«

»Es geht mich was an. Ich kann nicht zulassen, dass sie mit diesem Kerl zusammen ist.«

»Ach, nein? Also: Dann geh zu ihr und sag ihr das. Hör mir mal gut zu ... hörst du mich?«

»Du wirst jetzt bestimmt gleich wieder irgendeinen Blödsinn von dir geben.«

»Und sag zu ihr: Stella Marina, du bist meine einzige wahre Liebe, und ich habe mich dir gegenüber wie der letzte Idiot benommen. Ich bitte dich, gib mir noch eine Chance.«

Gabriele schaut sie entsetzt an. »Glaubst du wirklich, dass mir so etwas jemals über die Lippen kommen würde? Gib mir noch eine Chance? SIE war es doch, die mich mit diesem Russen betrogen hat!«

Claudia schüttelt den Kopf. »Nein. So kommen wir nicht weiter. Solange du dein Unrecht nicht einsiehst, wird sie dich niemals mehr in Betracht ziehen. Sie hat nicht die geringste Lust, den Rest ihres Lebens im Büßerhemd zu verbringen, verstehst du das nicht? Na gut, dann verzieh ich mich jetzt mal besser, dann muss ich mir euren Unfug nicht mit anhören.«

»Ach! Hast du jetzt auf SENDEN gedrückt oder wieder nur auf PAPIERKORB?«

»Wieder nur auf PAPIERKORB.«

»Also bleibst du.«

»Ich weiß es nicht. Mir wäre es lieber, ich hätte nie erfahren, dass Bondarenko der Nachbar von Jeremy ist.«

»Ich gebe dir jetzt mal einen Rat. Du verdienst ihn zwar nicht, aber ich gebe ihn dir trotzdem. Überprüfe es.«

»Was?«

»Dass er dort wohnt. Vielleicht besitzt er dort ein Anwesen, schon möglich, er hält sich aber nie dort auf. Er ist doch ständig unterwegs, veranstaltet Konferenzen und fliegt in die obskursten Winkel der Erde, wo Kindersklaven für einen Napf Reis seine Apparätchen zusammenbasteln.«

»Jetzt mach mal halblang! Als Wohltäter der Menschheit kommt er gleich hinter Bill Gates!«

»Klar doch. Und du glaubst das auch noch. Auf alle Fälle kann dir passieren, dass du den ganzen weiten Weg zurücklegst und herausfindest, dass er sich gerade mal zwei Wochenenden im Jahr dort aufhält. Höchstens. Du würdest das alles umsonst machen.«

»Nein, für fünfzehntausend Euro im Monat würde ich es machen.«

»Auch das solltest du nachprüfen. Bist du sicher, dass sie dir so viel geben würden?«

»Ja, weil Jeremy seinem Boss gesagt hat, dass ich von Prada bin.

»Wie? Was heißt, ›du bist von Prada‹?«

»Na ja. Wie eine Tasche.«

»Das ergibt doch keinen Sinn.«

»Für die Amerikaner schon. Sie brauchen bloß zu hören, dass etwas von Prada ist, und schon drehen sie durch. Taschen, Schuhe, Sekretärinnen, sie wollen alles von Prada.«

»Tok, tok … aber entschuldigt mal.«

Stella Marina steht in der Tür und stemmt, gut sichtbar, die beringte Hand in die Hüfte.

»Stemarì, ich komme gleich. Der Signore hier hat mich aufgehalten.«

»*Ciao*«, grüßt sie mit äußerster Kälte in der Stimme, woraufhin er ebenso unterkühlt erwidert: »*Ciao*«, ohne jedoch den Blick von dem Ring abzuwenden. Eher ersticke ich an meiner eigenen Zunge, bevor ich mir anmerken lasse, dass ich den Ring gesehen habe, denkt er.

Claudia huscht hinaus, um ihre Jacke aus der Garderobe zu holen, und in dem Moment hat Gabriele einen Einfall – simpel zwar, aber immer wirkungsvoll. Das hat vor Kurzem erst auch Battista Boscolo aus Bassano bewiesen. Gabriele nähert sich der scheinbar ungeduldig wartenden Stella Marina und drückt ihr einen sanften Kuss auf die Lippen. Nicht zu vergleichen mit Battistas Attacke, der gleich blankzog, und auch nicht mit dem Kuss, den derselbe Gabriele einige Folgen zuvor, wenn ihr euch recht entsinnt, ebenjener Stella Marina am Tor bei ihr zu Hause gab. Nein, das ist ein Kuss, der sanft auf den Lippen verweilt. Ein Kuss, der sagt: Es ist mir egal, ob du diesen dummen Ring am Finger hast, ich allein kann dich mit einem simplen Kuss zum Schmelzen bringen.

»Avvocato Lamberti, wenn Sie fertig sind, wäre da noch meine Anzeige wegen schwerer Körperverletzung zu bearbeiten«, meldet sich ein kräftiger Herr zu Wort, der in dem Moment in der Tür erscheint.

Gabriele löst sich von Stella Marina, die ein leichter Schwindel überkommt, und gibt dem Mandanten ein Zeichen.

»Einen Augenblick noch, ich bin gleich bei Ihnen.«

Die vier Finalistenpaare von *Let's Dance Italy* sind von der Produktion im Hotel Resort Al Castello untergebracht: »Nur positive Emotionen«. Im Haus der Eheleute Boscolo kann dieses Versprechen leider nicht eingelöst werden, da sowohl Alvise als auch Giulietta nur die allerhässlichsten Gefühle füreinander hegen. Alvise legt weiterhin eine ausgesprochene Kälte im Umgang mit seiner Gattin an den Tag, die zwar eine faszinierende Frau sein mag und eine begnadete Tänzerin, aber auch erneut bewiesen hat, wie skrupellos sie ist. Skrupellos wie ihre große Heldin Zulema Zahir. Wenn sie das Finale gewinnt, dann nur deswegen, weil sie ihrer schärfsten Konkurrentin Mikela die Knochen hat brechen lassen. Und das kann Alvise natürlich nicht akzeptieren.

»Ich werde dieses Geld nicht anrühren«, ließ er sich während der äußerst ungemütlichen Fahrt von Rivabella hierher vernehmen.

»Scherzkeks«, lautete Giuliettas heitere Antwort. Und danach fiel kein einziges Wort mehr.

Inzwischen ist es jedoch vorbei mit Giuliettas guter Laune, denn als sie im Hotel ankamen, musste sie entdecken, dass Lorenzo nicht da war. Er sollte allein anreisen, aber zur gleichen Zeit wie sie.

Wo steckt er? In was für einen Schlamassel hat er sich jetzt wieder hineinmanövriert?

Nach einem langen Arbeitstag in Mailand kehrt Jeremy munter vor sich hin summend nach Hause zurück. Er weiß nicht, wer ihn dort erwarten wird: Claudia? Debra Lou aus Rom? Beide?

Oder keine? Beides wäre ihm recht. Seit er innerlich zum Italiener geworden ist (denn äußerlich ist er noch immer rothaarig von Kopf bis Fuß), nimmt Jeremy das Leben hin, wie es gerade so kommt. Irgendetwas in ihm hat sich verändert: Seit Wochen isst er nun schon Spaghetti mit Bolognesesauce aus dem Glas, ohne sie mit gesunden Bitterstoffen aufzupeppen. Selbst wenn man immer noch derselbe ist, sagt er sich, während er die Treppen hinaufsteigt, ist das Wasser doch ein anderes. Wie in dem Fluss von diesem Griechen, wie hieß der gleich noch mal?

Noch ehe er sich eine Antwort geben kann, ist er vor der Tür zur Mansarde angekommen und schließt auf. Doch kaum ist er in der Wohnung, fragt er sich, ob er sich nicht in die falsche verirrt hat.

Wer ist der junge Mann mit dem lockigen Haar, auf dessen nacktem Rücken Debra Lou gerade zu einem Trommelwirbel ansetzt?

Folge vierzig

»*Ciao*, Jer! Das ist Battista! Patatatam!«

Battista hebt den Blick, wie immer mit einem Stirnrunzeln, aber in diesem Stirnrunzeln liegt eine eindeutige Herausforderung: *Unbekannter Rothaariger, der du durch diese Tür trittst, diese Frau, die auf meinen Rücken trommelt, sie gehört jetzt mir, und es steht dir nicht zu, sie für dich zu reklamieren.*

Aber Jeremy hat gar keine Absicht, irgendetwas für sich zu reklamieren, er wünscht sich nur, in seiner Wohnung würde es nicht zugehen wie auf einem Rummelplatz. Außer einer Debra Lou in Unterwäsche, die auf dem Rücken eines nackten Unbekannten Schlagzeug spielt, stehen überall Koffer herum, auf den Sofas liegen vereinzelte Schuhe, und seine geliebte schwarze Thermosflasche mit dem Blumenmuster rollt in einer Ecke hin und her. Er hatte immer schon den Eindruck, dass der Boden in der Mansarde leicht schief war.

»*Ciao*, Deb, was ist hier los? Hast du gerade Satan ausgetrieben?«

»Ah, du meinst die Unordnung hier? Sorry, ich war gerade dabei, die Koffer zu packen, da ist mir eingefallen, ich könnte doch mal das Solo aus *The End* auf Battistas Rücken ausprobieren. So was von schön, schlicht, einfach perfekt!«

»Und wieso packst du deine Koffer? Battista, Sie könnten wenigstens mal ›Hallo‹ sagen.«

Jeremy ist sehr stolz darauf, mit welcher Gewandtheit er sich der italienischen Höflichkeitsform bedient. Nicht einfach für englische Muttersprachler. Sie begreifen fast nie, wann man

»Sie« und wann man »du« sagt, und bisher hat er sich dieser Form der Anrede nur bei älteren Herrschaften mit dem Anschein nach höherem Einkommen bedient. Doch angesichts eines nackten Mannes, der sich ganz offensichtlich bestens mit der eigenen Verlobten versteht, erscheint ihm dies als die geeignete Variante.

»'n Abend«, sagt Battista, steht auf und macht sich auf die Suche nach seinen Klamotten.

»Ich reise ab.« Auch Debra Lou hebt Kleidungsstücke vom Boden auf. »Ich fahre mit ihm und seinen Eltern nach Bassano del Grappa. Vorerst werden wir bei ihnen wohnen in der Via Colbacchini, und dann suchen wir uns eine eigene Wohnung«

»Aha. Du hast dich also blitzartig verliebt. Siehst du jetzt, wie das so ist in Italien? Hier kennt das Herz weder Langeweile noch Beständigkeit.«

»Ja, ich liebe ihn, aber das allein ist es nicht. Battista hat mir erzählt, dass es in seiner Region, im Veneto, sehr viel Satanismus gibt und dass in Bassano del Grappa dieser Kult sehr verbreitet ist. Schwarze Messen, Tieropfer, Jungfrauen, die mit … mit was werden sie noch gleich mal eingerieben, Battista?«

»Mit 'Nduja. Die importieren wir aus Crotone.«

»Genau. Ich werde mich dort total wohlfühlen. Und dann haben er und ich noch beschlossen, an der Vorauswahl für *X-Faktor* teilzunehmen. Als Band. Wir werden uns die ›Glühenden Kohlen‹ nennen.«

»Schön.« Jeremy hat sich inzwischen die Schuhe ausgezogen, den Kühlschrank geöffnet, eine Packung Parmaschinken herausgeholt und sich ein Brot geschmiert.

»Battista, möchtest du auch? Deb, für dich habe ich noch einen entrahmten Soja-Mozzarella.«

»Nein, danke, wir haben schon ein wenig Carpaccio gegessen.«

»Aber du bist Veganerin!«

»Man kann nicht gleichzeitig Satanistin und Veganerin sein. Auf eins von beiden musste ich verzichten.«

»Aha. Im Obstkorb sind noch Äpfel. Und was spielt er für ein Instrument in der Band?«

»Keines. Unsere Band besteht aus Schlagzeug und sonst nichts.«

»Ihr werdet Erfolg haben.«

»Jetzt komm schon, Batty, hilf mir, die Koffer zuzumachen, dein Vater hat gesagt, wir sollen uns beeilen.«

Falls ihr euch nun die Frage stellt, wie Leandro und Domenica diesen unverhofften Familienzuwachs aufgenommen haben, na ja … Das Mädchen ist groß und kräftig, und wenn es mit der Musik nicht klappen sollte, dann könnte sie immer noch in die Firma Boscolo & Sohn einsteigen oder bei Domenica im Laden arbeiten. Sie wird sicher nicht untätig die Hände in den Schoß legen, und sie wird ein paar nette, toughe Kinder zur Welt bringen, die …

»Und dann nichts wie raus aus diesem Irrenhaus«, sagt Domenica, während sie den letzten Koffer in den Wagen wuchten. »Hast du dich eigentlich von deiner Mutter verabschiedet, Leandro?«

»Ja, aber große Beachtung hat sie mir nicht geschenkt. Sie war gerade in den Stadtplan von Bridgeton vertieft, du weißt schon, wo Antonia wohnt.«

Um zu verstehen, warum Großmutter Maddalena sich einen Stadtplan von Bridgeton anschaut, müssen wir einen Augenblick zu dem Telefonat zurückkehren, das sie ein paar Stunden zuvor mit ihrer Cousine führte. Erinnert ihr euch? Es ging so los:

»Hallo?«

»Hallo, Maddalena?«

»Ja, wer spricht da?«

»Ich bin es, Antonia, deine Cousine. Die, die ihr seit Jahren beklaut habt! Ich schicke euch das FBI auf den Hals!«

»Wen schickst du uns?«

»Das FBI, die CIA schicke ich euch. Ich hetze euch die Marines auf den Hals, ihr miesen Mietdiebe, die ihr seid!«

»Ah, ah, ah, jetzt hör mir mal zu. Wenn du uns schon verklagen willst, dann kann ich dir gleich den passenden Anwalt empfehlen! Den Freund von Stella Marina!«

»Maddalena, du altes Walross, hätte ich dir nur an diesem Tag in Cesenatico die Zöpfe abgeschnitten.«

»Ach, wir waren beide frisch verheiratet …«

»Ja, und du hast versucht, meinen Mann zu vernaschen!«

»Das stimmt nicht!«

»Und ob. Du warst die Frau meines Cousins und gerade mal drei Tage mit ihm verheiratet.«

»Dass du dich daran noch erinnern kannst? Da sieht man mal wieder, dass ihr da drüben in Amerika einen Haufen Vitamine für die kleinen grauen Zellen habt!«

Fast unmerklich waren aus Vorwürfen nostalgisch gefärbte Erinnerungen geworden. Aber spulen wir mal zwanzig Minuten vor: Antonia hat mittlerweile begriffen, dass sie den zweiten Stock abschreiben kann, und ist eigentlich ganz froh, dass die Wohnung jetzt nicht diesem Stinktier von Verity, sondern einem Boscolo gehört.

»Und was treibst du immer so, Maddy?«

»Ich bin eine Influenza. Hast du mein Istagra-Profil nicht gesehen?«

»Ah, warte mal. Das Zeugs mit den Follower?«

»Genau das, ja. Ich war übrigens bei *Identity!*«

Große Begeisterung bei Antonia, die nicht eine Folge verpasst und sicher äußerst gespannt die Ausstrahlung von Maddalenas Auftritt erwarten wird. Und da eine Antonia Capece, geborene Ballarin, vierundachtzig Jahre, sich nie auf ihren Lorbeeren ausruht, kommt ihr genau in diesem Moment eine Idee.

»Hör mal, hast du Kohle?«

»Ich habe diese Dinger, diese Staatsanleihen.«

»Willst du was investieren? Was hältst du davon, wenn wir zwei eine Kunstgalerie eröffnen?«

Doch lasst uns nun in Riesenschritten durch die Nacht eilen und aus der Vogelperspektive Zeugen werden, wie die Boscolos aus Bassano mit der schlafenden Debra Lou, deren Kopf auf Battistas Knien liegt, auf der A4 nach Hause zurückkehren. Ohne uns lange aufzuhalten, fliegen wir weiter, bis wir über dem Hotel Resort Al Castello kreisen, wo Alvise und Giulietta sich unruhig in den Kissen wälzen: Er, weil er keinen ruhigen Schlaf mehr findet, seitdem er weiß, dass er eine Verbrecherin geheiratet hat, und sie, weil Lorenzo noch immer nicht eingetroffen ist und sie ihn am Handy nicht erreichen kann. Doch kehren wir jetzt ein kleines Stück des Weges zurück, und siehe da, da ist er, Lorenzos Volvo, ungefähr auf der Höhe von Novara, mit Lorenzo am Steuer, sodass er sicher früher oder später in Biandrate ankommen wird. In Rivabella träumt eine schlafende Stella Marina von Gabriele, nachdem sie sich den chinesischen Ring vom Finger gerissen und Natasha geschenkt hat. Auch Natasha schläft mit dem chinesischen Ring am Finger, Dimitri im Bett neben ihr. Sie sind in der Wohnung der Großeltern, die ebenfalls schlafen. Auch Großmutter Maddalena schläft; die Nachttischlampe ist an, auf ihrem Bett liegt ein Weltatlas neben einem aufgeklappten Computer, auf dem das Profil einer gewissen Blondie Bell zu sehen ist. Wer mag das sein? In Kürze wird Stella Marina wach werden, und wenn sie sieht, dass Licht im Zimmer ihrer Großmutter brennt, wird sie aufstehen und alle diese Sachen von ihrem Bett nehmen. Und auch sie wird sich fragen, wer Blondie Bell bloß sein mag. Jeremy schläft ebenfalls, doch ohne Claudia an seiner Seite: Sie hat ihren Laptop auf den Knien und formuliert zum fünfunddreißigsten Mal ihr Kündigungsschreiben an den Anwalt Romagnosi.

Und Gabriele? Gabriele ist wach und stellt sich die Frage, bis zu welchem Punkt es gerechtfertigt ist, seinen Prinzipien treu zu bleiben, statt seine Bedürfnisse zu befriedigen.

Mit anderen Worten, sollte er sich bei ihr entschuldigen, auch wenn er im Recht ist?

Das Schöne an der Nacht ist, dass sie immer endet – wie wunderbar oder zerrissen sie auch sein mochte –, und dass der Morgen immer einen neuen Tag bringt. Neu und speziell wie dieser für Giulietta und Alvise, als sie zum Frühstücken in den schönen Speisesaal des Hotels hinuntergehen. Sagenhaft, dieses Buffet. Um neun Uhr sind sie mit den Leuten von der Produktion und den anderen Finalisten verabredet, und Giulietta stirbt beinahe vor Neugier, mit wem Loris auftreten wird. Lorenzo ist auch schon da; hundemüde und zerknittert steht er neben den pochierten Eiern. Gegen drei Uhr nachts hat er ihr eine Nachricht geschrieben: »Bin da. Zimmer 219. Totale Katstrophe.« Ja, die Katastrophe ist ihm ins Gesicht geschrieben, aber Giulietta macht sich keine großen Sorgen. Sie wird ihm einfach ein Foto des Lamborghini Diablo zeigen müssen, um seine Lebensgeister wieder wach zu kitzeln. Und ohne die beiden aus Termoli wird das der reinste Spaziergang für sie werden. Während Alvise sich auf die hausgemachten Kuchen stürzt – morgens ist Zucker okay –, schaut Giulietta sich um … gleich hier drüben sitzen die beiden aus Genua, Vater und Tochter, Gilberto und Alice … die aus Umbrien, Vinicio und Luana, sitzen weiter weg und mühen sich mit dem Aufschnitt ab. Und Loris? Wo ist er? Durch wen hat er seine humpelnde Frau ersetzt?

»Giulietta?«

Sie dreht sich um, und da ist er, Loris aus Termoli, und streckt ihr lachend die Hand hin. Neben ihm steht, sprühend vor guter Laune … Häh?

Wie ist das möglich?

Neben ihm steht, sprühend vor guter Laune, seine Ehefrau Mikela, deren Knöchel in allerbester Ordnung sind.

Folge einundvierzig

Aber wen haben diese beiden Dummköpfe von Verwandten aus Termoli denn nun ausgeschaltet?

Nachdem sie das Paar hastig begrüßt hat, tritt Giulietta mit ihrem Handy beiseite und ruft Gisella an.

»Hör mal, was habt ihr da für ein Durcheinander angerichtet? Sie steht hier, in bester Verfassung, auf zwei gesunden Knöcheln!«

Gisella wartet seit gestern auf diesen Anruf, seit sie und ihr Mann vor der Bäckerei Pane, Sole e Amore vorbeikamen und spontan beschlossen, hineinzugehen, um zwei Worte mit der verletzten Frau zu wechseln.

Es ist ein gar nicht mal so seltenes Syndrom unter Straftätern, eine Beziehung zu ihren ahnungslosen Opfern aufbauen zu wollen. Und so sind die beiden in den Laden gegangen und haben hinter der Ladentheke eine junge Frau mit Gipsbein angetroffen, die gerade einer freundlichen, mütterlichen Kundin eine saftige, mit Tomaten belegte Pizza überreichte und sich dabei auf eine Krücke stützte.

»Und, Roberta, dein Bruder und Mikela? Sind sie schon losgefahren?«

»Klar, gestern sind sie aufgebrochen. Morgen Abend kommt ihr alle zu uns, um das Finale anzuschauen. Sag das auch Graziella, Annamaria, Tonino und seinen Leuten, auch Onkel Cesiro …«

Gisella und Michele sind nicht länger geblieben, um sich die Aufzählung aller Eingeladenen anzuhören. Ihnen war auch so klar, welch tragischer Fehler ihnen unterlaufen war. Die Frau, die an Loris' Arm auf der Burganlage von Termoli spazieren ging, war nicht seine Frau, das war seine Schwester. Mikela ist gesund und munter. Sie haben kläglich versagt, die ihnen von Giulietta anvertraute Mission zu erfüllen.

»Gisè, bin ich froh, dass wir am Sonntag wegfahren.« Hastig tritt Michele den Heimweg an und dreht sich dabei hin und wieder vorsichtig um.

»Warum?«

»Angenommen, Giulietta will uns bestrafen, was weiß ich, uns jemanden auf den Hals hetzen … aber so sind wir und die Kinder bis zum Achten auf Kreuzfahrt.«

»Ach, komm. Wir Boscolos, wir sind doch keine Bande wie aus dem *Paten!*«

»So, nein? Und die Sache mit Pino Pascarella, dessen Ape dein Onkel in die Luft gejagt hat?«

Leider fehlt uns die Zeit, um uns näher mit Pino Pascarella und seinem Kleintransporter zu beschäftigen. Wir müssen zurück nach Biandrate, wo Giulietta gerade wieder alles auf Anfang stellt: Loris und Mikela sind da und müssen geschlagen werden. Folglich muss Lorenzo sein Bestes geben. Und wie kann er sein Bestes geben, dieser menschliche Waschlappen, der gerade einen Magermilchjoghurt an seinen kleinen Tisch trägt?

Sie schickt sich gerade an, zu ihm hinüberzugehen und ein paar aufbauende Worte mit ihm zu wechseln, als sie Alvise lächelnd auf sich zukommen sieht.

»Schatz! Dann hast du also doch nicht auf Mikela geschossen! Umso besser!«

»Von wegen – umso besser. Und außerdem hätten sie nicht auf sie schießen, sondern ihr nur einen Rollschuh vor die Füße werfen sollen.«

»Bist du denn gar nicht zufrieden, Giuli? Jetzt kannst du ehrlich gewinnen.«

»Oder ehrlich verlieren. Und ehrlich verlieren interessiert mich nicht die Bohne. Entschuldige mich einen Moment, ich muss mal kurz mit diesem Tölpel reden.«

Der Tölpel erstattet ihr einen raschen Bericht über den katastrophalen Ausgang seines versuchten Befreiungsschlags à la *Innocenti Evasioni*. Giulietta hört sich alles konzentriert an, ehe sie ihn auffordert: »Du unternimmst jetzt gar nichts mehr, du bist einfach zu nichts zu gebrauchen. Um Ludovica kümmere ich mich. Sie wird nicht kommen. Sei beruhigt. Lass den Besucherausweis auf den Namen der Brioschi ausstellen und konzentrier dich lieber auf den Wettbewerb.«

»Sicher? Glaubst du wirklich, du kriegst das hin, Giulietta?«

»Ganz sicher. Ich weiß auch schon, wie. Mach ein bisschen Blumenmeditation, um dich zu entspannen. Giulebba hat uns Übungen zum Thema Konkurrenz geschickt: Gladiolen, Schwertlilien, so was. Bis später, ich kümmere mich jetzt um Ludovica.«

Nach einem tiefen Seufzer – schließlich bleibt ihr nur noch wenig Zeit, und sie muss auf ihr Frühstück verzichten – ruft Giulietta bei Ludovica an.

»Ludo? *Ciao*. Hör mal, ich muss mit dir reden. Jetzt spitz deine Ohren.«

Wie ein träger Fluss plätschert an diesem Morgen das Leben in der Anwaltskanzlei Romagnosi, Romagnosi & Lamberti vor sich hin. Die drei Anwälte sind unterwegs in den diversen Gerichtssälen der Region und alle schwer damit beschäftigt, die jeweiligen Beschuldigten ihrer gerechten Strafe zu entziehen. Claudia und die andere Sekretärin, die wir bisher leider noch nicht kennenlernen konnten, sind mit ihren Angelegenheiten beschäftigt, nachdem sie ein, zwei Akten abgelegt haben. Die andere, die Oriana heißt, um einiges älter und frisch getrennt ist, ist am Telefon in eine hitzige Diskussion mit der Leiterin der Schule ihres Sohnes verwickelt, während Claudia fasziniert auf ihren Bildschirm starrt, wo sich gerade alle ihre Zweifel in Wohlgefallen aufgelöst haben. Nach einigen Recherchen auf Internet-Klatschseiten hat sie endlich ein Interview mit Marcus Bondarenko gefunden, dazu ein äußerst aussagekräftiges Foto. Jawohl, der geniale Industriemagnat, dessen rechte Hand sie zu werden hofft, lebt tatsächlich den größten Teil des Jahres in der Kleinstadt Bridgeton, in New Jersey, von wo aus er via Internet seinen Geschäften nachgeht. Der Mann reist nur ungern und liebt es stattdessen, wie er sich ausdrückt, »mit eigenen Händen die Früchte der Erde zu ernten«.

Und da steht er in zerrissenen Jeans und einem karierten Hemd inmitten halb leerer Weidenkörbe und ein paar Wassermelonen.

»Der kreative Akt ist mittlerweile das Einzige, mit dem ich mich noch persönlich befasse«, sagt er in dem Interview, »und gerade gestern, als ich ein Eichhörnchen dabei beobachtete, wie es munter an einer Eichel knabberte, ist mir die Idee zu einer Nussreibe gekommen, einem neuartigen, äußerst praktischen Haushaltsgerät, das in den nächsten Wochen in Produktion gehen wird. Aber alles Übrige überlasse ich meinen Mitarbeitern, auch wenn mich vor ein paar Tagen meine persönliche Sekretärin, die unersetzbare Miss Parker, verlassen hat, um sich eine neue Karriere als Zahnärztin aufzubauen. Ich weiß wirklich nicht, wie ich ohne sie auskommen soll!«

»Oh, Marcus«, denkt Claudia, »auch sie ist mehr als ersetzbar, diese Miss Parker, nichts leichter als das! Du weißt es nur noch nicht, aber Claudia Boscolo aus Rivabella ist bereits auf dem Weg zu dir!«

»Nonna, wer ist Blondie Bell?«

Stella Marina hat heute frei und ist zu Hause bei der Großmutter geblieben, die sich sehr merkwürdig benimmt und sie gegen sechs Uhr morgens kreischend geweckt hat.

»Ein Pass, Stemarì, ich muss mir einen Pass machen lassen! Und zwar dalli, weil ich nämlich nach Amerika will!«

»Sag das Claudia, Nonna«, hatte die verschlafene Stella Marina gebrummt.

»Die bekommt man doch überhaupt nicht mehr zu Gesicht, dieses liederliche Frauenzimmer! Die schläft doch immer oben in der Mansarde bei dem Amerikaner! Ah, aber ich habe es zu Antonia gesagt, der muss sie jetzt heiraten …«

»Nonna, ich bitte dich.« Inzwischen ist Stella Marina aufgestanden und hat um sechs Uhr morgens den Espressokocher aufgesetzt. »Wir leben im einundzwanzigsten Jahrhundert, du hast ein Instagram-Profil mit fünfzehntausend Followern und hörst dich noch immer an wie eine aus den Fünfzigerjahren.«

»Fünfzigerjahre papperlapapp. Wenn dieser Enkel von Antonia sie heiraten muss, dann zieht auch Claudia nach Amerika, und ich bin dort nicht allein.«

»Was willst du denn in Amerika?« Stella Marina stellt den Milchkaffee und die Kekse vor die Großmutter hin und bestreicht sich selbst eine dicke Scheibe Weißbrot mit Butter und Marmelade.

»Ich will mein Gruppenziel erweitern.«

»Häh?«

»Das hat Antonia gesagt. Dass ich in Amerika mein Gruppenziel erweitern und viel mehr Foloer haben werde.«

»Ja, deine Zielgruppe meinst du. Und wieso das? Was wirst du denn Besonderes machen in Amerika? Wirst du nicht mehr die im Namen Satans mordende Großmutter sein?«

»Natürlich. Da drüben gibt es ein großes Publikum für so

was. Und außerdem werden Antonia und ich in Bridgeton eine Kunstgalerie eröffnen. Wir werden exklusiv Blondie Bell vermarkten.«

Jetzt sind wir genau an dem Punkt angelangt, an dem Stella Marina wissen will, wer Blondie Bell ist. Doch noch ehe ihre Großmutter antworten kann, leuchtet im Display ihres Handys der Namen GABRIELE auf, und sie zuckt zusammen wie ein von Amors Pfeil getroffenes Reh, was immer ein sicheres Zeichen für wahre Liebe ist.

Auch Stella Marina weiß das. Auch jetzt, als sie Gabrieles Anruf entgegennimmt. Und sie wusste es gestern, als sein Kuss sie zum Schmelzen brachte wie noch nie einer von Lorenzos Küssen zuvor. Lorenzos Küsse glichen eher kurzen Elektroschocks, sie beförderten Affekte, aber keine Gefühle. Gabrieles Kuss hat eine Welle in ihr zum Schwingen gebracht, die sie noch Stunden danach in sich verspürte. All das weiß sie, als sie sich am Telefon meldet.

»Hey.«

»*Ciao*. Hör mal, ich bin gerade bei Gericht in Ivrea und habe keine Zeit, dir alles zu sagen, was ich dir sagen will.«

»Und warum rufst du mich dann jetzt an?«

»Um zu erfahren, ob du heute gegen vier zu Hause bist, weil dir jemand was vorbeibringt.«

»Wer, wer bringt mir was?«

»Also, das kann ich dir nicht sagen. Du gehst einfach an die Tür, machst auf und siehst es dann schon. *Ciao*, gerade kommt die gegnerische Partei.«

Zum ersten Mal in ihrem farblosen Leben sieht Adelaide Brioschi sich vor die Wahl gestellt, sich zwischen mehreren knallbunten Möglichkeiten entscheiden zu müssen. Eine Auswahl, die sie nie, nie im Leben treffen wollte. Warum, fragt sie sich schüchtern, während sie vergebens in ihrer Handtasche nach den Globuli gegen ihre Kopfschmerzen sucht, warum muss das ausgerechnet heute Abend sein? Warum schenkt einem das Schicksal das, was man sich sehnlichst gewünscht hat, ausgerechnet in dem einzigen Moment, in dem man es lieber nicht realisiert sehen würde? Und was mache ich jetzt? Wofür entscheide ich mich? Auf was verzichte ich? Und mit einem Mal, nach vielen Jahren vergeblichen Studierens, begreift Adelaide perfekt die Seelenqualen, mit denen sich die Frauen in den griechischen Tragödien herumschlagen müssen. Die Antigones und Iphigenien, die fünf Akte lang nicht wissen, wie sie da wieder herauskommen und am Schluss als einzige Lösung den Tod sehen. Sie wird nicht sterben, wofür auch immer sie sich entscheidet, aber einer ihrer Träume wird auf der Strecke bleiben: die Freude an der Gegenwart oder die Hoffnung auf eine wunderbare Zukunft.

Ihre Tante Eleonora, die Leiterin der Stiftung »Brioschi Kultur und Koffein«, schaut ihr geduldig zu, während sie in ihrer Tasche kramt, ehe sie sie seufzend fragt:

»Also, Ade, willst du jetzt morgen Abend zu dem Essen mit Gustavo Dudamel mitkommen oder nicht?«

Folge zweiundvierzig

Stella Marina wartet unten im Garten; sie ist schwer damit beschäftigt, die kleine Kiesfläche unter der Laube von Unkraut zu befreien. Es ist halb vier, und ihr bleibt noch ein wenig Zeit, um sich vorzustellen, wer da wohl kommen und ihr etwas bringen wird. Angefangen bei Stufe null, ein Blumenhändler mit zwei Dutzend scharlachroten Rosen, fantasiert sie sich hinauf bis auf den höchsten Gipfel: ein berittener Bote mit einer auf Pergament geschriebenen Liebeserklärung. Mit wem sie allerdings ganz und gar nicht gerechnet hat, ist Ludovica, die plötzlich hinter dem Gittertor auftaucht, begeistert auf ihren hohen Absätzen tänzelnd und mit den Armen wedelnd.

»*Ciaooo!* Kannst du bitte mal aufmachen!!!«

Stella Marina legt ein Büschel Löwenzahn auf die Erde, zieht ihre Handschuhe aus und geht ans Tor.

Es ist unglaublich, wie sympathisch Stella Marina sie jetzt findet, jetzt, da Lorenzo ihr vollkommen egal ist. Seit dieser Kuss, der sie dahinschmelzen ließ wie Vanilleeis in der Sonne, ihr vor Augen führte, dass alles andere nur Schall und Rauch war, ist Ludovica für sie nur noch ein dummes Ding mit zu viel Geld, das sich in den Falschen verguckt hat.

»Und? Bereit für den großen Abend? Fährst du morgen nach Biandrate? Wir schauen es uns am Fernsehen an, weil Giulietta nur einen einzigen Besucherpass bekommen hat, und der ist für Alvise.«

»Nein, ich fahre nicht hin. Hör mal, versprich mir, dass du es niemandem sagen wirst … Lorenzo betrügt mich.«

»Neiiin!« Erstaunt reißt Stella Marina Mund und Augen auf und fragt sich im gleichen Moment, ob Ludovica nach dieser Darbietung wohl einen malaiischen Krummdolch aus der Tasche ziehen wird, um ihr mit dessen Zacken den Magen aufzuschlitzen.

»Doch, Giulietta hat mir das gesteckt, aber es ist nichts Ernstes! Absolut nicht! Ich lasse mich davon nicht entmutigen! Eine kleine Untreue, was soll's? Sie arbeitet in einer Bar!«

»Aha.« Stella Marina gibt sich überrascht.

»Hat Giulietta gesagt. Sie wollte mir das Lokal aber nicht nennen, sie meint, das ist nichts Ernstes, ich soll seine Treulosigkeit lieber ausnützen, um meine Position bei ihm zu stärken! Hat Giulietta gesagt! Sie sagt, so ein Seitensprung kann eine Beziehung wesentlich festigen! Stabilisieren! Verwurzeln! Der gelegentliche Seitensprung als Grundstein der Liebe sozusagen!«

»Als Grundstein.«

»Ja! Lass dich nicht entmutigen, Ludo, hat Giulietta gesagt! Begründe stattdessen dein Glück darauf!«

»Du vertraust Giulietta wohl sehr, wie?«

»Ja, und ob! Und genau deswegen bin ich hier! Ich muss in Lorenzos Wohnung bleiben, statt nach Biandrate zu fahren! Das ist nämlich der entscheidende Schachzug!«

»So, ja?«

Mittlerweile ist sie am Tor angekommen und macht Anstalten, einzutreten, dreht sich aber noch einmal mit leicht abgewinkeltem Bein schwungvoll um, was ihr seltsamerweise das Aussehen der indischen Göttin Kali verleiht.

»Ja, weil er mich nämlich suchen wird, wenn der morgige Abend zu Ende geht. Er wird nach mir fragen, mich aber nicht finden, weil ich nicht da sein werde! Und dann, sagt Giulietta, wird er nervös werden und sich fragen, wo ist Ludovica, wo ist

Ludovica, und Giulietta wird zu ihm sagen: Sie ist nicht gekommen, weil sie von diesem Mädchen erfahren hat!«

»Donnerwetter!«, ruft Stella Marina.

»Und er wird eine große Leere in sich verspüren, die er mit nichts füllen kann, und der Sieg wird ihm nichts bedeuten, oder, wenn sie verlieren, die Niederlage! Verzweifelt, untröstlich wird er nach Hause zurückkehren in dem Glauben, mich für immer verloren zu haben ... doch stattdessen!!!«

»Doch stattdessen?«

»Doch stattdessen wird er mich in seinem Bett vorfinden!«

So also sieht Giuliettas Geniestreich und dessen Umsetzung aus. Sie hat nämlich die Schnauze gründlich voll von diesem Möchtegern-Womanizer von Lorenzo. Wie immer der Wettbewerb auch ausgehen mag, sie will nichts mehr mit ihm zu tun haben, und um ihn loszuwerden, hat sie sich diese kleine Überraschung für ihn ausgedacht: Wenn es ihm gelingt, die Brioschi anzubaggern, und es wird ihm gelingen mit seinen Schlafzimmeraugen à la Poldark, wird er sie mit zu sich nach Hause nehmen und dort auf das kreischende Elend stoßen, das ihn in seinem Bett erwartet. Was für eine schöne Szene!

»Bist du sicher, dass das eine gute Idee ist?«

»Aber sicher! Eine ausgezeichnete sogar! Das hat ...«

»... Giulietta gesagt, ja, okay. Schon gut. Aber willst du dich jetzt schon in seiner Wohnung aufhalten?«

»Ja, da ich momentan nichts anderes zu tun habe. Ich nehme mir die Zeit, um seiner Wohnung einen weiblichen Touch zu verleihen.« Und mit einem listigen Lächeln öffnet sie ihre blaue Lady-Dior-Handtasche für dreitausendneunhundert Euro und zeigt ihr drei Diptyque-Duftkerzen zu fünfzig Euro das Stück.

»Tja, dann wünsch ich dir viel Glück«, sagt Stella Marina lächelnd.

»Halt mir die Daumen. Oh, da steht ein Herr am Tor. Bye!«

»Hast du die Schlüssel?«

»Ja, Lorenzo hat sie mir erst neulich gegeben. Und die gebe ich jetzt nicht mehr her!«

Ludovica tritt ins Haus, Stella Marina dreht sich mit einem mitleidigen Seufzer um und geht an das Gittertor, wo jemand auf sie wartet … Nein! Das ist nicht möglich! Er?

Maddalena, die im Namen Satans mordende Großmutter, hat gerade ihren letzten Mord gepostet. Ihre Opfer sind Nefertiti und Laiam, zwei Klassenkameraden von Natasha, die sich für die bescheidene Summe von zwei Euro wie Würste haben fesseln lassen, während die Urgroßmutter sich drohend mit der Heckenschere in der Hand über ihnen aufbaut. Am schwierigsten für Maddalena war es, die unglaublich schwere Heckenschere hochzuheben, und es ist nur Natashas erstaunlichem Talent zu verdanken, die mit einem geschickten Bildausschnitt zu verhindern wusste, dass der auf dem Boden kauernde Dimitri mit ins Bild kam, wie er seiner Urgroßmutter dabei half, die Waffe zu halten.

Aber jetzt schon mal für alle als Vorabinformation: In ein paar Tagen, wenn Giulietta den Wettbewerb hinter sich gebracht und ein Minimum an Mütterlichkeit in sich wiederentdeckt hat, wird sie beim Anblick dieses Fotos zu dem Schluss kommen, dass die Teilnahme der Kinder an diesen grausamen Morden möglicherweise keinerlei didaktischen Wert besitzt und dass sie deswegen einmal Klartext mit ihrer Großmutter reden muss, die in der Zwischenzeit jedoch bereits ganz andere Projekte im Kopf haben wird.

Doch an jenem strahlenden Nachmittag im Vorfrühling hat Maddalena gerade ihren Post zu Ende verfasst und lehnt sich nun aus dem Fenster, um Stella Marina zu rufen. Sie müssen ins Zentrum und die Fotos für ihren Reisepass machen lassen. Was treibt sie denn da noch im Garten?

Und so sieht Maddalena, wie Stella Marina in Begleitung eines eleganten, wenn auch ein wenig steif wirkenden älteren Herrn vor dem Gittertor steht, der ihr eine große, quadratische Schachtel überreicht. Wer mag das sein?

»STELLA MARINA, DER PASS!!!«, brüllt sie aus dem Fenster, und ihre Enkelin dreht sich mit einem genervten Blick zu ihr um.

Sie hat es tatsächlich getan. Sie hat auf SENDEN gedrückt. Wahrscheinlich hat Romagnosi senior die Mail bereits gesehen, da alle von früh bis spät ständig am Handy hängen. Am Montag wird er sie zu sich ins Büro rufen, und es wird zu einem langen, schmerzhaften Gespräch kommen, bei dem er versuchen wird, ihr diesen Entschluss auszureden, aber es ist bereits zu spät. Vor ihrer Abreise hat Debra Lou ihr noch ihr Rückflugticket geschenkt, das sie ja jetzt nicht mehr braucht, da sie sich für Bassano del Grappa entschieden hat.

»Es ist offen. Da …« – sie drückt ihr einen Schlüsselbund in die Hand –, »du kannst bei mir wohnen, wenn du willst. Für den Fall, dass meine Schlange noch lebt, im Eisfach sind noch ein paar eingefrorene Mäuse.«

Beinahe gerührt haben die beiden sich umarmt, und dann hat Claudia ihren Bruder für einen Moment beiseitegenommen.

»Na, du! Was meinst du, was passiert, wenn Debra Lou dahinterkommt, dass es im Veneto nicht so weit her ist mit dem Satanismus?«

Einen Augenblick lang verharrte Battista stumm, dann erwiderte er: »Tja, wir werden sehen. Man weiß nie, was passieren wird. Jetzt hängt sie noch an dieser fixen Idee mit dem Satanismus, aber wenn sie erst mal in Bassano ist, fängt sie vielleicht mit dem Töpfern an.«

Und so hat Claudia gekündigt und ist im Besitz eines Flugtickets nach New York. Bondarenko und fünfzehntausend Euro im Monat erwarten sie. Sie öffnet gerade das Tor und denkt ans Kofferpacken, als … aber was macht Stella Marina da im Garten mit diesem … diesem Zeug in der Hand?

»Seit wann spielst du noch mit Legosteinen? Wirst du jetzt wieder kindisch?«

»Das ist unser Haus. Schau, Veranda, privater Zugang zum Meer, Nashorn …«

»Wessen Haus? Deins und Barbies?«

»Meins und Gabrieles. Das hat er gebastelt, und sein Vater hat es mir vorbeigebracht.«

»Wer? Der alte Besenstiel?«

»Genau der. Er hat es mir an Gabrieles Stelle gebracht. Und er hat zu mir gesagt, dass er jeden Sonntag zum Essen zu uns kommen wird, wenn sein Sohn und ich in diese schöne kleine Villa ziehen.«

Claudia setzt sich benommen. Der alte Notar Lamberti, Witwer seit hundert Jahren, ein kalter, schweigsamer Mann, hat einer jungen Frau, die er noch nie leiden konnte, eine aus Legosteinen gebastelte Liebeserklärung vorbeigebracht?

»Alzheimer?«

»Nein, ich glaube, er will Großvater werden.«

»Tja, nicht schlecht. Der Mutterschutz beim Coop ist optimal. Erinnerst du dich an Selene, die auf Clotildes Party gekotzt hat? Also, sie …«

Doch ehe Claudia ihr von Selene erzählen kann, klingelt ihr Telefon.

»Oh, das ist Clarice … Wir sehen uns oben, Stemarì!«

»Ich muss mit der Nonna in die Stadt und einen Pass für sie beantragen!«

Aber Claudia hört sie schon nicht mehr. »*Ciao,* Süße! Und! Hast du die Tussi von meinem Bruder schon … ja. Nein. Was jetzt. Nein … warte … jetzt …« Claudia setzt sich auf einen der weißen Plastikstühle, während Stella Marina sie fragend mustert. Clarice ist Claudias beste Freundin in Bassano. Sie waren bekannt als Cla und Clari, die Unzertrennlichen, und auch jetzt telefonieren sie noch ständig miteinander.

»Jetzt, jetzt sitze ich. Schieß los«, sagt Claudia. Lange Pause, in der Claudia blass und blasser wird und Stella Marina spürt, wie ihr das Herz bis zum Hals schlägt. Ist Tante und Onkel etwas passiert? Oder Battista?

»Claudia, was ist los?«

Claudia schüttelt den Kopf und spricht weiter.

»Bist du sicher? Wer hat dir das gesagt? Aber wann?« Nach einigen weiteren kryptischen Fragen verabschiedet sie sich von Clarice. »'tschuldige, Clari, aber das muss ich jetzt erst mal verdauen. Ich ruf dich wieder an.«

Sie legt auf und wirft Stella Marina einen vielsagenden Blick zu.

»Federicos Frau hat ihn verlassen. Sie hat die Zwillinge genommen und ist mit einem abgehauen, der einen Gutshof im Salento hat. Er ist frei, Stemarì!«

Folge dreiundvierzig

Der Tango. Der Tango war entscheidend.

Verwirrt, außer sich vor Freude und gefeiert von Alvise, der ständig wiederholt: »Siehst du? Siehst du? Siehst du, dass Ehrlichkeit sich auszahlt?«, verstummt Giulietta ungläubig. Sie haben gewonnen. Die Telefonabstimmung hat ihnen den Sieg beschert, obwohl die technische Jury Mikela und Loris, die einen berauschenden Walzer, einen hinreißenden Quickstepp und einen umwerfenden Mambo aufs Parkett legten, besser bewertete. Sie beide waren super, aber immer einen Tick zu wenig perfekt. Bei den anderen beiden Paaren – wie erwartet – weder Drama noch Angst, doch dieses verdammte Bäckerspaar aus Termoli! Wie oft im Lauf dieses Abends, während sie von einem spektakulären Kleid ins andere wechselte, während ihr Make-up aufgefrischt wurde, während sie ihre Füße in Eiswasser steckte – wie oft bedauerte Giulietta bitter, dass ihre Verwandten bei dieser einen, einfachen Aufgabe, mit der sie sie betraut hatte, kläglich versagt hatten: Mikela auszuschalten.

Doch bei ihrer letzten Aufgabe, dem Tango, sollte das Publikum mit abstimmen. Und wie Giulietta immer gehofft hatte, drückten sich sämtliche Schönlinge in ganz Italien die Finger wund, um für Lorenzo zu stimmen, der wirklich alles gegeben hatte, wie Giulietta zugeben muss.

»Wie hast du das nur gemacht?«, hatte sie ihn, noch völlig außer Atem, am Ende des Wettbewerbs gefragt. »Du hast getanzt wie ein junger Gott. Du warst leidenschaftlich, intensiv, einen Moment lang habe ich sogar verstanden, warum alle

Weiber sich so gerne von dir an der Nase herumführen lassen. Wie hast du das bloß gemacht? An welche deiner Flammen hast du dabei gedacht?«

»An die Brioschi! Nicht an die Kleine, nicht an sie, die ich übrigens noch am Eingang abholen muss, sondern an die Firma, die eines Tages mir gehören wird. Ich habe mir vorgestellt, wie ich dort der Boss sein werde, und … irgendwie … irgendwie hat das mein Blut zum Kochen gebracht.«

»Also haben wir gewonnen, weil du dir vorgestellt hast, wie du der Boss einer Firma sein wirst, die Kaffee herstellt?«

»Ja, ich habe immer davon geträumt, einmal der Boss zu sein. Als ich als kleiner Junge im Haus von Onkel und Tante, die mich aufgenommen haben, nachdem meine Mutter mich verlassen hatte, die Teller spülte und wie ein Sklave für sie schuftete, als …«

»Halt. Deine Lebensgeschichte erzählst du mir mal in der Warteschlange vor einer Mautstelle.«

Giulietta, Alvise und Lorenzo stehen am VIP-Ausgang der Tanzarena und sind gerade dabei, sich zu verabschieden.

»Und die überweisen uns das Geld?«

»Innerhalb von dreißig Tagen. Fünfundzwanzig an Giulietta und fünfundzwanzig an dich. Jetzt fahren wir aber, weil ich will, dass wir morgen früh daheim sind, wenn die Kinder aufwachen.«

Giulietta schnaubt. Sie hätte gerne noch eine weitere Nacht im Hotel Resort Al Castello verbracht. Doch genau das gefällt ihr an Alvise: dass er das im Überfluss hat, was ihr fehlt.

»Na schön, dann gute Fahrt, ich laufe jetzt los und hol Adelaide vom anderen Eingang ab. Ach, übrigens, weißt du, dass sie fast nicht gekommen wäre? Auf den letzten Drücker hat man sie zu so einem Abendessen eingeladen, mit einem Dirigenten, hab's nicht ganz kapiert, einer, bei dem sie unbedingt immer spielen wollte … trotzdem hat sie sich für mich entschieden. Macht euch das mal klar. Leute, ich habe es geschafft. Sie gehört mir, sie ist Wachs in meinen Händen. Jetzt bringe ich sie ins Hotel …«

»Aber nein!«, fällt Giulietta ihm ins Wort. Das wäre ja noch schöner. Damit würde es nichts werden mit der von ihr geplanten Demütigung Lorenzos. »Denk nicht einmal im Traum daran, gleich die erste Nacht, die ihr zusammen seid, mit ihr im Hotel zu verbringen! Bist du verrückt? Fahrt zurück nach Rivabella. Sag ihr, dass du es kaum erwarten kannst, ihr deine Wohnung zu zeigen. Damit kriegst du jede Frau rum. Die denken doch alle, das ist der letzte Schritt, bevor man zusammenzieht.«

»Wir kennen uns gerade mal vier Tage, und ich habe sie noch nicht einmal geküsst, Giuli …«

»Eben. Wenn du der Boss werden willst, dann musst du zu unkonventionellen Mitteln greifen. Hör auf mich. Fahrt heim, und unterwegs bezirzt du sie so lange, bis sie einwilligt, mit in deine Wohnung zu gehen.«

Lorenzo nickt bedächtig. »Ja, vielleicht hast du recht. *Ciao*, Mädchen, bis bald.«

Während er in der dunklen lombardischen Nacht verschwindet, ruft Giulietta ihm noch nach: »Und halt unterwegs mal an einem Parkplatz an und küss sie!«

Die Großmutter, Claudia, Stella Marina und Gabriele sitzen am Küchentisch und haben eben mit ihren Kommentaren zu Giuliettas und Lorenzos triumphalem Sieg ein Ende gefunden. Gabriele schmollt. Lorenzo dabei zuzusehen, wie dieser ein Maximum an erotischer Anziehungskraft versprühte, hat ihm überhaupt nicht gefallen, sondern arg an dem Glücksgefühl genagt, das ihn nach einer halben Stunde in Stella Marinas Gesellschaft bereits durchströmte. Stella Marina weiß das. Sie weiß, dass von nun an die Eifersucht wie eine grünäugige Schlange für immer ihre Liebe belasten wird, aber sie macht sich deswegen keine großen Sorgen. Jede Liebe hat etwas, das sie belastet, und Eifersucht ist nicht das Schlechteste. Sie schiebt ihre Hand in die von Gabriele, drückt sie fest und wendet sich an ihre Cousine.

»Also, Claudia, was gibt es?«

Claudia hat um dieses abendliche Treffen gebeten. Eigentlich hätten nur sie, Stemarì und Gabriele sich anschließend noch zusammensetzen wollen, aber Großmutter Maddalena war nicht so leicht loszuwerden.

»Bist du denn gar nicht müde? Es ist schon fast eins, geh doch ins Bett, Nonnina.«

»Nenn mich nicht Großmütterchen. Du kommst mir schon vor wie Bobo Kendi. Ich bin nicht müde, ich habe meinen Malzkaffee getrunken. Aber jetzt sag schon, was dich bedrückt! Du glaubst wohl, ich merk das nicht. Seit heute Nachmittag hast du mindestens ein Kilo abgenommen, ich kenn dich doch.«

Claudia seufzt.

»Ich habe heute erfahren, dass Federicos Frau ihn verlassen hat. Sie hat die Zwillinge genommen und ist abgehauen. Sie hat jemanden aus dem Salento kennengelernt, der hat einen Gutshof, und lebt jetzt dort. Es ist endgültig. Wie es scheint, ist sie wieder schwanger.«

»Wer ist Federico?«, fragt Maddalena.

»Darf ich antworten?« Gabriele beugt sich liebevoll zu der Großmutter. »Das ist Claudias Ex-Verlobter, der, mit dem sie in Bassano zuammen war, der sie dann verlassen hat, um eine andere zu heiraten …«

»Hätte er sie doch einfach nur sitzen lassen«, mischt Stella Marina sich ein. »Er wollte heiraten, ohne ihr was zu sagen, um weiter mit beiden rumzumachen.«

»So wie damals Onkel Alfonso in Aosta!«

»Egal. Nur dass in dem Fall beide Frauen sind, Claudia und die andere. Auf jeden Fall hast du nie aufgehört, an ihn zu denken, nicht wahr, Cla?«

»Ja, und ich habe mich danach auch in niemanden mehr verlieben können. Nicht einmal in Jeremy, auch wenn ich am Anfang Schmetterlinge im Bauch hatte …«

»Sie ist damals ins Büro getanzt wie Schneewittchen«, bestätigt Gabriele.

»Aber dann, aus und vorbei. Es vergeht immer nach einer Weile. Und dann läuft alles wieder auf Federico hinaus.«

»Aber jetzt bietet sich Claudia eine unglaubliche Chance. Sie hat die Möglichkeit, nach Amerika zu gehen, dort einen Haufen Geld zu verdienen und Marcus Bondarenko kennenzulernen.«

»Wer ist Marcus Bondarenko?«

»Ach, nicht so wichtig, ein Geschäftsmann. Der stellt so nützliche Dinge her wie diesen Thunfischentsafter, den elektrischen Birnenhalter …«

»Warum willst du ihn denn unbedingt kennenlernen?«

»Ich weiß es doch nicht mehr!« Verunsichert schiebt Claudia vierzehn Jahre berufliche Ambitionen beiseite. »Aber was soll ich jetzt machen, Leute? Gekündigt habe ich schon, ein Flugticket für Amerika habe ich auch. Das ist eine einmalige Gelegenheit, ich weiß. Aber soll ich eurer Meinung nach auf die Möglichkeit verzichten, Federico zurückzuerobern?«

»Ja«, meint Stella Marina. »Federico ist, wer er ist, und er wird sich nicht ändern.«

»Ja«, meint auch Gabriele. »Dieses Mal triffst du die Entscheidung, und es wird die richtige sein. Und Bondarenko vergisst du am besten auch, der wird dich nämlich höchstens als Stalkerin verhaften lassen, wenn du ihm zu sehr auf die Pelle rückst. Bleib hier bei uns, ich will keine andere an deinem Schreibtisch sehen.«

»Ja«, wiederholt auch die Großmutter, »bleib hier, Mädchen, und gib mir das Ticket nach Amerika, ich kann es brauchen.«

»Tante Antonia hat die Nonna nach Amerika eingeladen«, erklärt Stella Marina. »Sobald sie ihren Pass hat, ist sie weg. Sie wollen in Bridgeton eine Kunstgalerie eröffnen.«

»Seid ihr verrückt? Bei allem Respekt, aber ihr seid zwei Italienerinnen jenseits der achtzig? Was habt ihr dort drüben schon für Chancen?«

»Wir haben Blondie Bell.«

»Und wer ist Blondie Bell?«, ertönt Claudias und Stella Marinas Frage in perfektem Gleichklang.

Doch Gabriele weiß es und reißt erstaunt die Augen auf.

»Blondie Bell? DIE Blondie Bell?«

Wenn es euch recht ist, verlassen wir nun das nächtliche Rivabella. Es ist schon fast Mai, die Linden am Corso Beatles duften noch nicht, und die Glyzinie, die den Palazzo in der Via delle Magnolie Nummer 11 schmückt, duftet nicht mehr. Dafür verströmen der Flieder, die Rosskastanien und die Zitronenblüten entlang der Ufer des Lago dell'Ondina ihren Duft. Und sogar die nördlichen Sterne am klaren Himmel, auch wenn ihr Duft nicht bis zu uns dringt.

Es ist nicht viel los auf der Straße, und deshalb fällt uns ein Volvo auf, der vor der Via delle Magnolie Nummer 11 anhält und aus dem jetzt Lorenzo und Adelaide steigen. Sie weniger beige als üblich, denn hier und da schleicht sich ein sanfter Rotton in das Gesamtbild ein, der von den Küssen in den Parkbuchten herrührt. Händchen haltend betreten sie das Haus und steigen die Treppe hinauf bis in den zweiten Stock, von dem aus diese ganze Geschichte ihren Ausgang nahm. Sie flüstern und kichern miteinander, während Lorenzo den Schlüssel umdreht und leise die Tür öffnet. Und kaum haben sie einen Fuß in den Vorraum gesetzt, steigt ihnen als Erstes ein Duft nach Rosen, Nelken und Anis in die Nase (Diptyque?), ehe sich eine laute Stimme vernehmen lässt: »Schatz! Ich bin hier!«

Zwei Monate später

Stella Marina hat es eilig heute Abend, sie kann es kaum erwarten, dass ihre Schicht zu Ende geht. Sie will schnellstens nach Hause und ihrer Mutter bei der Zubereitung des Abendessens helfen. Alle werden sie da sein, alle Bewohner der Via delle Magnolie Nummer 11, um gemeinsam Jeremy zu verabschieden, der nach Bridgeton zurückkehrt. Seine Aufgabe bei Starbucks ist erfüllt, und damit neigt sich leider auch sein Leben als Italiener dem Ende zu.

»Er wird alles vergessen«, sagt Stella Marina traurig zu Gabriele, der gekommen ist, um sie abzuholen. »Das Abseits, ›Bella Ciao‹, die Fusilli mit Thunfisch, die eheliche Untreue … in einem Monat wird er wieder ein Amerikaner mit schottischen Wurzeln sein, und das war's dann.«

»Das glaube ich nicht. Er ist ein Boscolo, wenigstens zu einem Viertel oder einem Achtel, keine Ahnung. Ein paar Tropfen von eurem Gaunerblut werden wohl für immer in seinen Adern fließen.«

»Hoffentlich«, erwidert Stella Marina seufzend. »Schade, dass das mit Claudia nichts geworden ist.«

»Mit Claudia wird nie irgendwas was werden. Kommt sie heute Abend eigentlich oder bleibt sie daheim und vollführt irgendeinen Voodoo-Zauber mit den Fotos von diesem Kerl?«

»Sie kommt! Und eigentlich waren sie und Jeremy doch schon so gut wie verlobt …«

»Apropos Verlobte. Schauen wir uns morgen zusammen dieses Haus in der Strada dei Papageni an?«

»Ja, aber … mal ehrlich, Gabriele, ist es nicht ein bisschen früh, um zusammenzuziehen?«

»Nein.«

»Und warum ziehst du dann nicht zu mir in die Mansarde?«

»Weil sie zu klein ist und wir von deiner Familie umzingelt sind. Ich will ein großes Haus, weit weg von deiner Familie.«

»Weit weg??!! Das hast du mir aber so noch nicht gesagt. Du hast zu mir gesagt: ›Nicht im selben Gebäude.‹ Das ist was anderes!«

Überlassen wir die beiden ihrer Diskussion, die sie noch oft in ihrem gemeinsamen Leben führen werden, mag es kurz oder lang sein, und wenden uns Claudia und ihren Problemen zu, die mit den Fotos eines gewissen Kerls gerade keinen Voodoo-Zauber vollführt, aber auch nur, weil sie sich mit Voodoo-Ritualen nicht auskennt.

Besagter Kerl ist, wie ihr euch bestimmt schon vorgestellt habt, Federico Vidussi, der Automechaniker, der als Einziger die PIN zu ihrem Herzen kennt. Denn letzten Endes hat Claudia sich für ihn entschieden und sich ganz darauf konzentriert, ihn wieder zurückzuerobern, jetzt, da ihn seine Frau verlassen hat. Doch der Versuch war nicht von Erfolg gekrönt, obwohl sie Wochenende um Wochenende in Bassano del Grappa verbracht und sämtliche Register gezogen hat, die einer Italienerin wie ihr zur Verfügung stehen. Für Federico besteht die Liebe nicht aus Wiederholungen, und deshalb hat er sich lieber gleich eine ganz neue Verlobte zugelegt.

Und so zieht Claudia an diesem frischen Julitag am Ufer des Sees Bilanz. Wo immer sie hinschaut, nur Misserfolge: kein Federico, kein Job in Amerika mit fünfzehntausend im Monat, nicht einmal der Versuch, sich als unentbehrliche Assistentin von Marcus Bondarenko zu etablieren. Alles weg, alles verloren, ihr bleibt nur noch ihre bescheidene Position als

Sekretärin in der Anwaltskanzlei Romagnosi, Romagnosi & Lamberti.

»Bist du sicher, dass dein Boss schon eine andere hat, die seine Freizeit organisiert?«, will sie von Jeremy wissen, als sie ihm behilflich ist, noch ein Stück Toma-Käse in den Koffer zu stopfen.

»Ganz sicher. Er hat jetzt eine Koreanerin von Huawei.«

»Eine Italienerin von Prada wäre besser gewesen.«

»Amerikanische Geschäftsleute fackeln nicht lange. Ah, was für ein schöner Ausdruck! Hast du gehört, Claudia? Jetzt beherrsche ich schon eure Redensarten!«

Ja, Jeremy ist fast zur Gänze zum Italiener mutiert, aber wenn ihr glaubt, er sei untröstlich, weil er Italien, die Familie Boscolo und die Mansarde verlassen muss, dann kennt ihr Jeremy schlecht. Jeremy gleicht einer Zwiebel und wird nicht lange benötigen, um sich jener Schichten aus nationalen Vorzügen und Gewohnheiten zu entledigen, um die Vorzüge und Gewohnheiten des nächsten Landes anzunehmen, in das man ihn schicken wird, um die nächsten Starbucks-Filialen aufzubauen.

Und in der Tat, da sitzt er nun, drei Stunden später, im duftenden Garten von Giuseppe und Jolanda am Tisch: gänzlich ein Mann, der mit sich selbst im Reinen ist.

»Morgen werde ich schon bei Nonna Maddalena sein!« Er hebt sein Glas, um einen Toast auszusprechen auf das Oberhaupt der Familie Boscolo, das in die Vereinigten Staaten ausgewandert ist, um dort mit seiner Cousine Antonia eine Kunstgalerie zu eröffnen: Die beiden über achtzigjährigen Unternehmerinnen sind auch schon in einer Ausgabe der Sendung *Erfolgreiche Italiener im Ausland* gewürdigt worden.

»Wer weiß, wie lange diese Geschichte wieder gut gehen wird«, unkt Leandro. Denn ja, zu dieser Gelegenheit sind auch die Boscolos aus Bassano vollzählig angereist, um Jeremy zu verabschieden und um danach einen Kurzurlaub in Menton zu verbringen. Zum ersten Mal in ihrem Leben werden Leandro, Domenica und Battista – auf Initiative von Debra Lou – die heiligen Grenzen ihres Heimatlandes verlassen.

»Das geht so lange gut, solange sie die Rechte an Blondie Bell haben«, sagt Gabriele, der (und das habe ich euch noch gar nicht erzählt) ein Liebhaber zeitgenössischer Kunst ist und daher als Einziger Blondie Bell kannte. Jetzt aber kennen sie alle, und alle wissen, dass Blondie Bell das Pseudonym von Blondie Boscolo ist.

»Aber habt ihr das gewusst?«, wendet sich Leandro fragend an seinen Bruder. »Habt ihr gewusst, dass wir eine englische Cousine haben, die auch noch berühmt ist?«

»Woher denn«, erwidert Giuseppe. »Die stammt von der Sippschaft von Großonkel Lelio ab. Das sind so viele, die kann man gar nicht alle kennen. Nur diese Hexe von Antonia hat so ein Ding, so einen Stammbaum von der ganzen Familie.«

»Eines will mir aber nicht in den Kopf. Wie kommt eine so wichtige Künstlerin wie Blondie Bell auf die Idee, sich von diesen zwei raffgierigen alten Weibern vertreten zu lassen?«, überlegt Gabriele laut. »Verzeiht mir meine uncharmante Ausdrucksweise.«

»Cousine Antonia hat so ihre Methoden«, erwidert Giuseppe mit einem düsteren Seufzer. »Und ich hoffe, dass Mamma wieder zurückkommt, bevor ihr noch jemand wehtut.«

»Ach, macht euch da mal keine Sorgen, Blondibel hin oder her, spätestens im September ist sie wieder hier, da ist Kirchweih, und die hat Maddalena noch nie verpasst!«

Wer hat das gesagt? Wie das? Etwa Maria Berta? Genau sie, Maddalenas ewige Busenfreundin, mit der sie sich noch vor ihrer Abreise auf das Innigste versöhnt hat.

Jeden Abend Punkt acht Uhr ruft Maddalena nämlich bei Maria Berta an, um alle Neuigkeiten aus Rivabella zu erfahren.

Das Leben in Amerika ist zwar interessant, aber das Heimweh schmerzt arg. Und keine der beiden stört es sehr, dass es für Maddalena acht Uhr abends, für Maria Berta aber zwei Uhr nachts ist. Danach gönnt sich Maria Berta immer einen kleinen Grappa und geht wieder ins Bett.

Alvise vergewissert sich, dass Natasha und Dimitri etwas zu essen auf ihren Tellern haben … und Giulietta? Wo ist sie? Giulietta … Giulietta … Das ist sie ja. Sie steht hinter der Buche und telefoniert flüsternd … mit wem?

Ganz sicher nicht mit Lorenzo, denn Lorenzo spielt definitiv keine Rolle mehr im Leben der Boscolos und wohnt auch nicht mehr im zweiten Stock.

Nach seiner desaströsen Rückkehr aus Biandrate ist es ihm sehr schlecht ergangen: Adelaide wusste Ludovicas Anwesenheit in Dessous von Midnight Merlet in Lorenzos Bett ganz und gar nicht zu schätzen, und Dottore Brioschi war alles andere als erfreut darüber, dass Adelaide von nun an wieder bei ihm zu Hause hocken würde, Harfe spielend und ständig in Tränen aufgelöst. Lorenzo wurde entlassen, und auch Ludovica ist er nicht losgeworden, die dafür sorgte, dass er in einer Ziegelbrennerei ihrer Mutter eingestellt wurde. »Ein Ingenieur ist immer nützlich, wenn es um Ziegel und Mörtel geht«, lautete der Kommentar der verhassten Signora. Jetzt leben er und Ludovica in einem Nebengebäude der Villa auf dem Hügel, und Lorenzo betreibt heimliche Studien zu Nischni Nowgorod, eine Stadt, in die er bei Nacht und Nebel und so schnell wie möglich ziehen will.

Und mit wem flüstert Giulietta da am Telefon? Schade, gerade hat sie aufgelegt, und im Augenblick können wir nicht mehr dazu sagen. Doch mit großer Freude stellen wir fest, dass sich unter den Gästen des Abschiedsessens für Jeremy auch die Pinkerton befinden.

Tatsächlich! Da sind sie, Lisa und Nino, sie grimmig dreinschauend, er lächelnd wie immer, aber beide nur allem Anschein nach nicht ganz bei der Sache: Man beachte ihre Blicke, die mit der Schärfe eines Eispickels *(Basic Instinct!)* jeden beäugen und Eindrücke und Emotionen aufsaugen, denn man kann ja nie wissen, ob man das nicht noch einmal gebrauchen kann. Doch das hindert keinen der beiden daran, sich die von Domenica zubereiteten marinierten Sardinen nach venezianischer Art genüsslich schmecken zu lassen, und gerade als Nino wieder einmal den Mund voll hat, klingelt sein Handy. Lisa fischt es prompt aus der Tasche ihres Mannes, sieht eine unbekannte Nummer und meldet sich.

»Pinkerton, guten Abend.«

»Sind Sie die Detektivin?«

»Ja? Wer spricht denn da?«

»Nancy McDermott. Vielleicht haben Sie mich besser als Miranda Mirandoni in Erinnerung.«

»Ah, aber sicher. Die Dame, die … ähem.«

Lisa spricht nicht weiter. Diskretion ist eines der wichtigsten Vorzüge der Pinkerton.

»Also, ich bräuchte Sie und Ihren Mann für einen kleinen Auftrag.«

»Wir überqueren den Atlantik nicht.«

»Das ist auch nicht notwendig. Es geht um einen Auftrag in England.«

»Signora, im Augenblick befinden wir uns in Gesellschaft. Können wir morgen zu unseren üblichen Bürozeiten darüber sprechen?«

»Aber jetzt haben Sie Bürozeit. Es ist vier Uhr nachmittags!«

»Bei Ihnen vielleicht. Hier ist es zehn Uhr abends. Rufen Sie uns doch morgen früh ab neun Uhr wieder an.«

»Das heißt, warten Sie … bei mir wäre es dann …«

»Wir raten jedem, der geschäftliche oder andere Beziehungen mit Personen aus einer anderen Zeitzone unterhalten will, sich eine Uhr mit doppeltem Zifferblatt zuzulegen. Guten Abend.«

Und so können wir für den Augenblick auch nicht erfahren, welchen Auftrag Nancy für die Pinkerton hat. Doch wir haben Glück. Wenn wir belauschen, was Giulietta im Moment zu Giuseppe sagt, dann erfahren wir wenigstens, mit wem sie kurz zuvor gesprochen hat.

»Sie kommt nächste Woche. Ist alles fertig?«

»Aber ja«, antwortet ihr Schwiegervater. »Aber kein Wort zu Claudia.«

»Claudia hat im Moment andere Probleme, sei beruhigt.«

»Pah, wir kriegen Probleme, wenn sie dahinterkommt, dass wir ihren Bruder um fünfhundert Euro im Monat bescheißen.«

»Sie wird nicht dahinterkommen. Von diesen kleinen Mauscheleien erfährt kein Mensch.«

»Und für Marietta sind fünfzehnhundert wirklich in Ordnung?«

»Aber klar doch. Und Battista ist mit tausend zufrieden. Alle sind zufrieden.«

»Man muss schon verrückt sein, wenn man fünfzehnhundert für den zweiten Stock hinblättert.«

»Man muss aus Rom sein. Weißt du, was sie für ihre Wohnung in Monti bezahlt hat?«

»Schon gut. Warte, bis ich das jetzt allen verkünde.«

Giuseppe stupst seine Frau an, die leicht erhitzt und lächelnd Kohlrouladen verteilt. Jolanda ist eine glückliche Frau, seit Stella Marina sich wieder – und diesmal hoffentlich für immer – mit Gabriele verlobt hat, und jetzt hofft sie darauf, dass sie im Eiltempo das erste Ultraschallbild ihres neuen Enkels – oder besser Enkelin – zu sehen bekommt.

»Jole … alles in trockenen Tüchern. Marietta hat unterschrieben. Sie kommt nächste Woche.«

»Tausendfünfhundert für sie, tausend für Battista?«

»Pssst, nicht so laut.«

Giuseppe erhebt sich und schlägt mit der Faust auf den Tisch, statt an ein Glas zu klopfen. Seine individuelle Variante.

»Bitte, seid mal einen Moment still. Während wir uns von unserem geschätzten Cousin Jeremy verabschieden, der hoffentlich bald wieder ins schöne Italien zurückkehren und seinen Urlaub bei uns verbringen wird, bin ich froh und glücklich, euch die Ankunft von Cousine Marietta anzukündigen, die in den zweiten Stock ziehen wird … jetzt, da wir ihn los sind, diesen … diesen …«

»Schon gut. Sprich weiter«, fällt Jolanda ihm entschlossen ins Wort. Sie weiß, dass es Gabriele absolut nicht gefällt – und auch in einer Million Jahren nicht gefallen wird –, wenn Lorenzos Name erwähnt wird.

»Aber das ist unsere Wohnung!«, beschwert sich Leandro. »Wir bestimmen darüber, wer dort einzieht! Was ist das jetzt schon wieder für eine Geschichte?«

»Hey, hey, Daddy, ich bin damit einverstanden. Ich habe das gewusst. Auch Debra Lou. Sie ist eine Freundin von ihr. Unsere Cousine und ihre Freundin.« Völlig erschöpft von seiner langen Ansprache, wirft Battista Debra Lou einen zärtlichen Blick zu. Also läuft es gut mit den beiden? Ja. Im Moment verstehen sie sich blendend.

»Wie Battista eben gesagt hat, ist Marietta eine Cousine von uns und eine Freundin von Debra Lou und zahlt jeden Monat tausend Euro an Battista!«

Giuseppe ist ein Meister der Ankündigungen, und auch in diesem Fall erzielt er den gewünschten Effekt: Leandro ist einverstanden, Domenica ebenfalls, und die Boscolos aus Bassano del Grappa sind ruhiggestellt.

»WER IST DIESE MARIETTA?«, brüllt Natasha, die ihre Urgroßmutter sehr vermisst und darüber geradezu wunderlich geworden ist (abgesehen davon, dass sie noch immer ein hässliches Kind ist).

»Ich weiß zwar nicht, warum sie so heißt«, mischt Debra Lou sich ein und versetzt Natasha einen freundschaftlichen Klaps auf die Schulter, der daraufhin die Brille von der Nase rutscht. »Aber das ist die Frau aus Rom! Die Escort-Lady! Bon Bon Candy! Sie hat mich mit dem Circolo Belzebù von Acilia in Kontakt gebracht!«

»Bobo Kendi …« Verzückt lässt Maria Berta die Gabel fallen. »Ich erinnere mich genau an sie, in ihrer Wohnung schwirrte nicht ein einziges Stäubchen durch die Luft!«

»Nun, sagen wir einfach, dass dieser Abschnitt ihres Lebens zu Ende gegangen ist.« Giulietta grinst wie eine zufriedene Katze. »Sie hat beschlossen, das Escort-Metier aufzugeben und schleunigst die Stadt zu wechseln. Durch die familiäre Buschtrommel hat sie von unserer … Verzeihung, von *eurer* Wohnung erfahren und Giuseppe angerufen. Der mich dann mit den Mietverhandlungen betraut hat.«

»Damit hättest du auch mich beauftragen können, Papà«, protestiert Alvise eingeschnappt. Warum wenden sich immer alle an Giulietta und nie an ihn?

»Es gibt einen Grund dafür, warum ich mich darum gekümmert habe. Bon Bon Candy und ich werden zusammen ein kleines Etablissement eröffnen.«

Claudia überläuft ein Schauer. Stella Marina bekommt Gänsehaut. Die beiden Cousinen schauen sich an und tuscheln.

»Das gefällt mir überhaupt nicht«, sagt Claudia.

»Mir auch nicht«, bekräftigt Stella Marina.

»Warum musste sie schleunigst die Stadt wechseln?«

»Und was für ein Etablissement wollen die zwei eröffnen?«

»Wenn Giulietta ihre Finger dabei im Spiel hat …«, fügt Claudia hinzu, ehe sie sich dem Geflügelsalat widmet, »dann ist es mit Sicherheit was Illegales. Hast du von der Geschichte aus Termoli mit den Verwandten gehört?«

»Ja, sicher, Alvise hat mir alles erzählt.«

Gabriele hat alles mit angehört, und Sorgenfalten treten auf seine Stirn.

»Ich wusste doch, dass ich mich mit den Boscolos besser nicht einlassen sollte.«

»Jetzt ist es zu spät«, erwidert lächelnd Stella Marina und küsst ihn vor allen Leuten am Tisch, was ihn in größte Verwirrung stürzt.

Jeremy schaut sich zufrieden um. Wie ist ihm diese Familie doch ans Herz gewachsen. Wie froh er ist, ein Teil von ihr zu sein. Und wie schade, dass er nicht bleiben kann, um auch noch Cousine Marietta kennenzulernen … Mit einem tiefen Seufzer voller Vertrauen in die Zukunft erhebt er sein Glas und sagt: »Auf Bon Bon Candy!«

Und während alle anstoßen und Bon Bon Candy sich unterdessen anschickt, alle ihre Bankkonten zu leeren und sich die Haare zu färben, verabschieden wir uns von den Boscolos und lassen sie zurück in dieser lauen Sommernacht, während sie auf das Dessert warten, versammelt um den großen Tisch im kleinen Garten der Via delle Magnolie Nummer 11.

Ciao, ciao, ihr Boscolos, bis bald!

ENDE

Alice Pantermüller

Segelsommer oder Die beste Katastrophe meines Lebens

Roman

Konfuzius sagt: Bei Herzweh hilft Ostsee

Wie konnte das nur passieren? Die frisch getrennte Krimi-Autorin Juliane findet sich auf einem Segelboot mitten auf der Ostsee wieder, dabei hat sie weder Ahnung vom Segeln noch kennt sie eines der fünf anderen Crewmitglieder. Doch sie hofft, dass die Bootsüberführung von Schweden nach Flensburg sie auf andere Gedanken bringt – und außerdem lockt das Abenteuer! Schnell muss sie allerdings feststellen, dass die Enge an Bord und ihr neuer Single-Status für jede Menge Verwicklungen sorgen – reichlich Stoff für ihren neuen Krimi! Wenn sich nur ihr Herz ans Drehbuch halten würde …

Der lustige Wohlfühlroman von Bestseller-Autorin Alice Pantermüller bringt Sommer-Feeling und eine frische Ostsee-Brise ins Wohnzimmer.

KNAUR

Sophie Irwin

Wie man sich einen Lord angelt

Roman

Konfuzius sagt: Bei Herzweh hilft Ostsee

Nichts wird Kitty Talbot davon abhalten, ihre Schwestern vor dem Armenhaus zu bewahren – denn das steht den jungen Frauen im England des Jahres 1818 bevor, nachdem ihr Vater ihnen lediglich einen Berg Spielschulden hinterlassen hat. Also wagt die clevere Kitty sich auf das gefährlichste Pflaster Londons, um einen gutsituierten Ehekandidaten zu finden: die Bälle der vornehmen Gesellschaft. Tatsächlich erliegt bald ein reicher Junggeselle Kittys Charme, doch dessen älterer Bruder durchschaut ihr Spiel und unternimmt alles, um eine Hochzeit zu verhindern. Lord Radcliffe wäre ein wunderbar ebenbürtiger Gegner für Kitty – hätte die Liebe nicht längst ihre eigenen Pläne …

»Eine köstliche Geschichte mit einer brillanten, furchtlosen Heldin ... Ich habe Kitty die ganze Zeit gefeiert!«
Sophie Kinsella

KNAUR